KB138888

# Re:제로

Re: Life in a different world from zero

부터 시작하는 이세계 생활

「더 충전해야 해!」

레굴루스의 반격이 오기 전에 베아트리스가 다음 마법의 발동 조건이 충족되지 않았다는 사실을 보고 했다.

그 사이에 스바루는 무방비 상태.

피하거나 방어하긴 어렵다.

──그렇다면 영혼을 갈아 내겠다.

「와라!

──인비지블 프로비던스──!」

그 표정이, 태도가, 목소리가 가필의 존재를, 영혼을 거세게 흔들었다.

왜냐면, 그곳에 있었던 것은——

「——엄마?」

있을 리 없는 재회에 쉰 목소리만이 목에서 불쑥 흘러나왔다.

「저기, 우리 애들이 신세를 진 것 같은데요.

미안해요. 괜찮으면, 우리 집에서 이야기 좀 할 수 있을까요?

이 근처예요.」

——격돌의 시간.
*Head-on collision*

# Re: Life in a different world from zero

The only ability I got in a different world "Returns by Death"
I die again and again to save her.

## CONTENTS

❖

Re: Life in a different world from zero

**나가츠키 탓페이** 지음
**오츠카 신이치로** 일러스트

표지 · 본문 일러스트
**오츠카 신이치로**

# 제1장 『안이한 해답의 결과』

1

──처음 찾아든 감각은 뇌를 직접 잡고 흔드는 듯 참기 어려운 충격이었다.

"────."

심장이 세차게 뛰고 혈류를 타고 몸 사방에 몰이해가 뻗어 나갔다. 호흡하는 방법을 잊은 목이 숨을 못 쉬며 허덕이고, 폐가 경련하는 감각에 대량의 비지땀이 등을 적셨다.

끊임없이 치미는 구역질. 심장 고동이 시끄럽고 귀울림 소리가 머릿속에 끝없이 메아리친다. 시야가 빨간색과 검은색으로 깜빡거리며 의식은 수면을 떠도는 거품처럼 헛되이 흩어졌다.

자신이 지금 어디에 있는지, 무엇을 하고 있는지 모르겠다──.

"──루."

애매모호한 의식 속에서 불현듯 자신이 낸 것이 아닌 소리가 들렸다.

밤바다를 헤엄치듯 불확실하게 더듬거리는 감각에 몸을 내맡기고 소리의 정체를 찾아 열심히 발버둥 쳤다. 이윽고 느릿느릿,

의식의 수면을 가르듯 사고가 떠오르고——.

"——스바루!"

은방울 같은 목소리가, 존재가 모호한 나츠키 스바루를 현실로 일깨웠다.

"——아."

못난 자식, 아니 못난 의식이 귀환하면서 나츠키 스바루가 거친 숨을 내쉬고 재기동했다.

천천히 시야의 블루 스크린이 사라지고 눈앞에 있는 아름다운 남보랏빛 보석—— 아니, 남보랏빛 눈동자의 존재를 깨달았다. 걱정하는 에밀리아의 두 눈이 스바루를 바라보고 있었다.

에밀리아의 손이 스바루의 뺨을 살며시 만지고 있었다.

"————."

가녀린 손가락 감촉이 자상하게 스바루의 오감에 제 역할을 떠올리게 해 주었다.

시각이 녹음이 넘치는 공원을. 후각이 선선한 바람에 섞인 꽃냄새를. 청각이 분수의 맑은 물소리를 포착하고, 현실이 확고한 실감과 함께 색을 띠기 시작했다.

그제서야 스바루는 자신의 손을 잡아 주고 있는 다른 존재를 깨달았다.

작고 따뜻한 손바닥이다. 손에 익은 감촉에 그쪽을 돌아보니 동그란 눈과 시선이 교차했다.

"베아, 트리스……."

"진정한 것이야? 스바루. 걱정했어."

스바루와 손을 잡은 베아트리스가 부드럽게 한숨을 내쉬었다. 스바루는 잔디에 주저앉은 그녀를 보고 본인 또한 땅바닥에 엉덩방아를 찧고 있었다는 사실을 뒤늦게 이해했다.

그런 자신들을 에밀리아와 베아트리스 외의 두 시선이 바라보고 있다는 사실도.

"후휴— 놀랐다고요오, 나츠키 님. 불초 이 릴리아나는 갑작스러운 사태에 산 것 같지가 않았어요. 진혼가 연습은 별로 안 한지라."

익히 아는 『가희』 릴리아나가 무탈한 스바루를 보고 꽤 독특하게 기뻐해 주었다. 애용하는 류리레를 한 손에 들고 몸을 비틀며 독창적인 걱정을 표현하고 있었다.

그 옆에선 스바루가 이상해진 것을 모르는 듯한 프리실라가 있었다. 손에 든 부채로 본인을 살랑살랑 부치는, 나하곤 상관없다는 태도. 정말 그녀다워서 되레 안심됐다.

"————."

스바루는 제각기 어울리는 그 태도들을 지켜보다가 자리에서 천천히 일어섰다.

머리가 무겁다. 눈이, 귀가, 코가, 피부가 TV 채널을 바꾼 것만 같은 황급한 변화에 적응해 가는 가운데, 영혼만이 낡은 채널에서 못 벗어난 기분이다.

그런 감각을 남긴 채로 스바루는 깊이 숨을 내쉬었다. 확인을, 하고 싶은 게 있었다.

"스바루, 일어서도 괜찮겠어? 지금 안색이 심각했는데……."

"──괜찮아. 잠깐 현기증이 났을 뿐이니까. 그보다 에밀리아 땅…… 지금은 혹시, 릴리아나가 다시 노래 부르겠다 싶은 흐름 아니야?"

"어쩜─! 거기서부터 다시예요?! 이 릴리아나, 이야기를 흘려 듣는 걸 넘어 무시당했단 사실에 충격과 상심을 감출 맘도 안 일 거든요! 물어내! 제 마음을 물어내요!"

옷소매를 잡으며 소송도 불사할 기세인 릴리아나. 스바루가 야 멸차게 뿌리치자 가희는 "꺄울─!" 소리를 내고 잔디에 나뒹굴 었다. 그리고 스바루는 에밀리아를 꼿꼿이 쳐다보았다.

에밀리아도 스바루의 그 진지한 눈초리에 뭔가를 감지한 표정 으로 끄덕였다.

"응, 맞아. 지금부터 다시 우리가 놓치고 못 들은 노래를 릴리 아나가 불러 준다고 얘기하던 차야. 그리고 스바루와 릴리아나 가 속닥속닥 비밀 이야기를 시작하고…….'

"지금에 이른다는 말이군. 알았어. 고마…….'

『──고마워요, 미안해요.』

에밀리아의 설명에 감사를 표하려던 스바루. 그 뇌리에 그런 목소리가 울렸다.

"_____."

그것은 시각탑에 나타난 붕대 차림의 괴인── 시리우스 로마 네콩티의 입버릇이었다.

대개 그 표현은 감사와 배려를 전하기 위한 마법의 말이다. 하 지만 지금의 스바루는 그 마법이 소름 끼쳤다.

괴인이 그 말을 입에 담고 저지른 짓을 생각하면──.

"……그렇군. 나는."

그때까지 생각하고, 스바루는 그 사실을 똑똑히 받아들였다.

끔찍한 『분노』의 광연. 그 한복판에서 스바루는 에밀리아 일행 곁으로 되돌아왔다. 그러나 이건 기적적인 생환을 이룬 까닭이 아니다. ──그 반대다.

──나츠키 스바루는 그 광연 도중에 목숨을 잃었다. 죽은 것이다.

죽었기에 다시 운명을 뒤집고자 나츠키 스바루는 『사망귀환』한 것이다.

"제……길……!"

사실을 받아들인 스바루의 가슴을 안도감과 견디기 어려운 분노가 뜨겁게 달구었다.

1년 전의 『성역』에서 스바루는 굳센 각오로 『죽음』을 거부하고 모든 고난에 항거하겠다며 마녀에게 『시련』의 답을 제시했다.

그런데 정작 이 꼴이다. 『죽음』에 항거하기는커녕 위화감마저 품지 못한 채 목숨을 잃고──.

"──아."

──그 순간, 이해가 현실을 따라잡았다. 그 즉시 자기 자신에게 품은 울화를 뛰어넘어 부끄럼이 솟구쳤다.

깨달았다. 이제야 깨달았다. 이해가, 자각이, 생각이 부족하고 너무나 한심하다.

릴리아나의 두 번째 노래. 에밀리아와 프리실라의 불화. 그녀들을 위해서 스바루는 먹거리를 사러 뛰다가 그곳에서 괴인과 조우, 목숨을 잃고 『사망귀환』했다.

그리고 자신이 지금 이 순간으로 돌아왔다는 말은——.

——그 괴인의 악몽 같은 연설까지 앞으로 약 15분밖에 남지 않았다는 뜻 아닌가.

"이게 뭐야……."

스바루는 아연실색하며 눈앞에 놓인 현실에 기겁했다.

처한 상황을 자각하자마자 그 절박함에 시야가 깜깜해지는 착각을 느꼈다. 당연한 노릇이다. 일찍이 이토록 『사망귀환』의 재시작 지점이 가까웠던 적은 없다.

여태까지 겪은 『사망귀환』에선 스바루에게 몇 시간부터 며칠의 유예가 주어졌다. 그 유예를 이용해 막다른 미래를 바꾸는 것이 나츠키 스바루의 싸움이었다.

그 유예가, 이번엔 짧다. 극단적으로 짧기 그지없다.

고작 15분 가지고 스바루가 대체 뭘 할 수 있단 말인가.

"……바보냐, 나는. 아니 바보지, 나는. 그런 소리나 할 때가 아냐. 내가 막아야지."

스바루는 유예가 적다고 한탄하는 자신을 굳센 말과 의지로 타일렀다.

유예는 무슨. 스바루가 아니라면 애초에 기회란 한 번밖에 없는 법이다. 그런데 두 번째 기회를 받고서 그 내용에 토를 달다니 너무나 배부른 소리다.

주어진 조건 속에서 최선을 다해야 한다.

"베아트리스! 나랑…… 나……랑……."

"──나랑, 뭔데?"

각오와 함께 고개 돌린 스바루가 말을 잇지 못했다. 그 모습에 베아트리스가 갸우뚱했다.

적은 대죄주교. 베아트리스에게 도움을 청해서 함께 싸우는 게 최선의 선택이다. ──베아트리스를 제외하면 스바루의 선택지는 격감하고 전력은 절반 이하도 못 된다.

그 사실을 알면서도 스바루는 베아트리스에게 협력을 청하기를 망설였다.

베아트리스를 위험에 말려들게 하기 싫다. 그런 감상적인 이유가 원인은 아니다. 그런 각오의 경계선은 베아트리스와 지내면서 넘어선 지 오래다.

그렇다면 스바루가 결단을 망설이게 한 요인은 어디에 있는가.

──에밀리아다. 에밀리아가, 이곳에 있는 것이다.

"──────."

그 괴인, 시리우스 로마네콩티는 마녀교 대죄주교 중 『분노』라고 자칭했다.

같은 대죄주교인 페텔기우스는 집요하게 에밀리아를 노렸었다. 그러면 시리우스의 목적 또한 에밀리아가 아닌가. 그런 의혹이 스바루의 마음을 옭아매었다.

에밀리아를, 혼자 두고 가기가 두렵다.

자기가 없는 곳에, 자신의 소중한 사람을 남기고 가는 행위에 느끼는 공포. ──잠자고 있는 렘의 신변에 일어난 비극이 스바루의 마음을 두려움이라는 사슬로 칭칭 묶고 놔주질 않는다.

따라서──.

"베아트리스, 나랑……."

"스바루랑?"

"똑같이, 단 거라도 괜찮을까?"

박진감 있는 표정으로 스바루는 별것 아닌 물음을 입에 올렸다. 물론 베아트리스는 그 말에 수긍 못해서 미심쩍어하는 눈치지만, 스바루는 살며시 얼굴을 들이대고 언질을 주었다.

"──에밀리아랑 같이 있어 줘. 네가 있으면 안심할 수 있어."

"……또, 베티한테도 말 못할 일인가 봐."

"미안. 하지만 무슨 일이 있을 때, 내가 맨 처음 기댈 건 너야."

비겁한 걸 알면서도 사정을 자세히 설명하는 게 불가능한 스바루는 베아트리스에게 매달렸다. 그 답변에 베아트리스가 한숨을 짓자 스바루는 에밀리아를 돌아보았다.

"잠깐 달려서 기분도 전환할 겸 마실 거라도 사 올게. 에밀리아 땅은 우아하게 정숙하게, 위험스러운 가희의 노래라도 들으며 기다리고 있어 줘."

간신이 웃음을 꾸며낸 스바루는 가벼운 투로 말하고 그 자리를 떠나려 했다.

그러나──.

"잠깐만."

뛰어가려던 순간, 옷을 잡는 감촉에 발길이 멈추었다. 쳐다보니 에밀리아가 체육복 옷자락을 손끝으로 잡고 뭔가 말하고 싶은 듯 스바루를 바라보고 있었다.

속이는 방식이 엉성하기 짝이 없다. 에밀리아가 의심을 품는
건 당연한 노릇이다.

그렇기에——.

"스바루, 제발 조심해. 무리하면 안 되거든."

의문을 집어삼키고 주의하는 말로 그쳐 준 에밀리아의 배려가
기뻤다.

"——그래, 당연하지. 믿고 기다려 줘. 너는, 내가 지킬 거니까."

"응. 조심해서 다녀와."

스바루는 옷자락을 잡은 에밀리아의 손을 잡고 그렇게 말했다.
스바루의 솔직한 말에 에밀리아가 희미하게 볼을 붉히며 끄덕였
다.

"번뜩 떠올랐습니다. 들어주세요. ——정분났네 정분났어."

"그럼 갔다 올게! 금방…… 기분상으론 금방 돌아올 거야!"

그 광경에 창작욕을 불태우는 가희를 무시하고 스바루는 이번
에야말로 달리기 시작했다.

악몽의 연설이 시작될 때까지 대략 10분—— 유예는 악을 쓰고
싶어질 만큼 짧았다.


2


문제의 시각탑 광장까지는 달리면 5분도 채 걸리지 않는다.

『사망귀환』에서 회복하고 상황을 확인하느라 시간이 걸리는

바람에 지난번보다 늦게 공원에서 출발했다. 쇼핑을 안 한 만큼 시간은 단축됐지만——.

"제한 시간이 15분이면 몇 초 손실이 치명적인 사태를 부를 수도 있어."

하물며 이번 『사망귀환』은 정보도 압도적으로 부족하다. 가장 뚜렷한 문제가 스바루를 『사망귀환』시킨 요인—— 즉, 사인(死因)마저 특정하지 못한 것이다.

이번 『죽음』을 전후해 스바루 주위에선 이변이 너무나도 많이 일어났다.

시각탑에 나타난 대죄주교. 그 연설을 희희낙락하며 듣는 스바루와 군중들. 끝내는 시리우스가 탑 위에서 죄 없는 한 소년을 던져도 스바루와 군중들은 환희와 박수와 함께 소년의 머리가 깨지는 모습을 지켜보았다.

의식이 끊기고 『사망귀환』이 발생한 것은 그 직후. 이 사실에서 알 수 있는 점은——.

"내 머리가 이상해졌었다는 것 말고 달리 있겠어?"

시리우스가 만들어낸 비정상적 공간을 스바루와 군중은 당연한 것처럼 받아들이고 있었다. 그건 일종의 광란 상태, 정신이 오염된 상태였다고 할 수 있으리라.

『사망귀환』을 통한 기억의 인계는 죽는 순간의 영향을 크게 받는다. 정신 오염 상태로 『사망귀환』을 해서야 직전 기억의 신빙성은 뻔한 노릇이었다.

"——그리 생각하는 새에 광장에 도착했네."

어깨를 들썩이며 목적한 광장에 도착한 스바루는 주위 상황을 살폈다.

광장 안쪽에 문제의 시각탑이 있으며 많은 사람들이 탑 아래를 오가고 있다. 도시 내에서 가장 번영한 1번가 한쪽이다. 스바루의 기억 이상으로 인파가 많고 끊이질 않았다.

불행 중 다행은 그 안에 검은 복색의 개인이나 집단이 눈에 띄지 않는다는 점일까. 연설 중에 시리우스 주위에서 마녀교도의 모습은 보지 못했다. 단독범일지도 모른다.

만약 그게 사실이라도 대죄주교의 위험성이 줄어들 일은 털끝만큼도 있을 수 없지만.

"자, 나츠키 스바루. 어쩔 거냐. 광장 사람들을 피난시키긴…… 어렵겠지. 설득하며 다니기엔 머릿수가 모자라고, 섣불리 소동을 일으켰다간 시리우스가 알아차릴 거야."

소동을 일으켜 흉행을 방해하는 수단도 잠깐 고려했지만 그건 필시 졸책이다.

애초에 시리우스의 범행은 특정 인물을 노린 것이 아니라 무차별 테러에 가깝다. 이 자리를 벗어나면 다른 장소에서 또 같은 짓을 할 뿐. 그래서는 의미가 없다.

대죄주교란 반드시 원흉을 제거해야 하는 해악, 순전한 악이다.

"최소한 여관에 돌아갈 시간만 있으면 도우미 한두 명쯤은…… 아아, 제길!"

없는 걸 탓하는 심정을 뱉어내던 스바루가 자기 뺨을 두 손으로 때렸다. 그리고 각오를 다진 눈초리로 정면의 원망스러운 시각탑을 노려보았다.

──몇 분 뒤, 이 하얀 첨탑 꼭대기에서 시리우스의 사악한 극장이 막을 연다.

즉, 현시점에서 괴인은 이미 탑 안에 숨어 있을 터. 그리고 당연히 그곳에는 납치된 소년, 어린 루스벨의 모습도 있을 것이다.

"──문은, 열어 놨군."

시각탑 입구의 낡은 철문은 탑 뒤편의 눈에 띄지 않는 위치에 있었다. 문에 손을 대자 잠금이 풀린 철문은 쉽게 열렸다. 망설임은 한순간. 스바루는 탑 안에 조용히 발을 디뎠다.

"──────."

──어두운 시각탑 안에는 먼지 냄새와 차가운 공기가 충만해 있었다.

역할이야 시계탑에 가깝지만 마각결정(魔刻結晶)에 의존하는 시각탑에 톱니장치 같은 것은 없다. 탑 안에 있는 것은 중심을 잡는 지주와 벽을 따라 설치된, 위층으로 오르는 나선계단뿐이다. 그렇기에 탑 안에는 정적이 가득했다. 부득이하게 스바루는 자신의 시끄러운 심장 소리를 들으며 어금니를 악물었다.

"……읍, 크, 으."

정적 속에서 별안간 희미한 신음이 난 것은 그 직후였다.

머리를 쳐들었다. 목소리. 갑갑해하는 그 소리는 탑 위에서 들려왔다. 벌벌 떠는 울음소리. 어린애가 내는 소리라고, 그렇게 확신하고──.

"울지 않기, 떠들지 않기, 장난치지 않기. 약속 잘 지키고 참 착하네요. 야무져요. 가족도, 아직 못 본 동생도 분명히 자랑스럽게 여길 거예요."

──들려온다. 소름 끼치는 목소리가.

그것은 흐느끼는 소년에게 원한처럼, 축복처럼, 애증처럼 말을 건넸다.

삐뚤어졌다. 그것이 정상적인 정신을 가지지 못한 존재임을 단 한마디만으로도 알 수 있을 만큼.

"_____."

위에, 있다. 그 사실을 확신한 순간 스바루는 깊게 숨을 내뱉고 호흡을 죽였다.

크게 뛰는 심장. 스바루는 자기 가슴에 손을 얹고 나선계단에 발을 디뎠다. 다행히 발소리를 지우고 걷는 요령은 요 1년간 스승인 클린드에게 교육받은 잔재주 중 하나다. 발을 뒤꿈치부터 바닥에 내리고 천천히 체중을 앞으로 싣는 발놀림으로 탑의 바로 위층을 향했다.

탑의 최상층에는 마각결정을 점검하기 위한 창문이 있으며 그 코앞에는 출입 및 작업용 공간이 되는 다락 같은 공간이 있다. 계단 중간에서 신중하게 그 공간을 엿보니 어둑한 어둠 속에 굼실대는 사람의 그림자를 볼 수 있었다.

주위에 다른 그림자는 없다. 십중팔구, 시리우스와 납치된 소년밖에 없다.

"_____."

빈틈을 살피면서 스바루는 허리 뒤로 손을 돌려 탑에 부설되어 있던 손잡이를 움켜쥐고는, 애용하는 무기——채찍을 홀더에서 빼냈다.

　소몰이 채찍이라고 불리는 타입인 이 채찍은, 세계적으로 유명한 영화의 고고학자가 유적을 도굴할 적에 애용하던 것으로 널리 알려졌다. 스바루의 채찍은 그 고고학자의 애용품보다 사거리가 길고, 당연히 그만큼 더 다루기 어려운 물건이다.

　하지만 스바루는 요 1년간 클린드에게 철저하게 지도를 받아 간신히 임시 면허 수준까지 기술을 습득했다. 이 채찍도 졸업의 증표로서 스승에게서 선물로 받은 특별제다.

　소재로 사용한 마수(魔獸)의 이름을 따서 스바루는 『길티휩』이라고 이름 지었다.

　잔재주를 충실히 갖출 것——. 스바루가 여럿 있는 무기 중에서 채찍을 고른 건 바로 그 한 목적에 특화한 결과였다. 이세계에서 스바루는 많은 전사의 모습을 지켜보았다. 일조일석에 그들을 따라잡을 수 있을 만큼 무예의 세계는 만만하지도 않고 쉽지도 않다.

　따라서 스바루가 다른 사람과 비교해서 자랑할 수 있는 건, 그 약아빠진 자세뿐이다. 그 상황 파악과 스승의 육성 방침 덕분에 이 상황 속의 스바루라도 선택할 여지가 있었다.

　"약, 4미터."

　계단 끝에서 일렁거리는 그림자까지 남은 거리를 눈으로 잰다. 스바루의 채찍 사정거리로는 빠듯한 수준. 확실하게 맞추려면

한 걸음, 최소한 반걸음은 내딛는 게 바람직하다.

어느 쪽이든 간에 채찍의 위력 가지고 일격필살은 노릴 수 없다. 채찍으로 상황을 타개하려면 위력은 다른 요인에 의지할 필요가 있다. ──이번 경우에는 당연히, 높이를 이용하는 쪽이다.

작게 숨을 들이쉬고 살짝 뱉는다. 그리고 숨을 멈추었다.

확실하게 맞출 만한 거리에서 공격한다. 스바루는 힘차게 일어나 채찍을 든 오른손을 당기면서 계단을 올랐다. 첫 공격 순간, 안쪽 사람은 공격 측을 보지 못한다. 선수를 받아가겠다.

"흡──."

반걸음 내디디고 머리 위에서 회전하듯 팔을 휘둘렀다. 팔을 옆으로 뿌리친 사이드암은 위력보다 속도와 정확성을 우선한 한 수였다.

발사된 채찍의 속도는 눈으로 좇지 못한다. 이 또한 스바루가 자신의 무기로 채찍을 택한 이유 중 하나. 자신보다 훨씬 강력한 적에게도 일격을 먹이기 위한 선택이었다.

채찍은 변화 없이 무방비한 등에 날아든다. 목을 휘감고 계단 아래로 떨어뜨리고자──.

"──왜, 그렇게 화내는 거죠?"

그러나 명중하겠다 싶은 순간, 등을 보인 그림자가 그런 질문을 입에 담았다.

다음 순간, 그림자는 뒤돌아보지도 않고 오른팔을 휘둘렀다. 그 팔에 감긴 쇠사슬이 어마어마한 속도와 정확도로 스바루의 채찍과 정면충돌, 위력을 상쇄하며 격추했다.

한순간 경악했다. 하지만 채찍에는 희미한 손맛이 남았기에 스바루는 억지로 팔을 끝까지 휘둘렀다.

"어머머?"

사슬 끝에 달린 갈고리가 스바루의 채찍에 엉키고, 잡아당겨진 그림자—— 시리우스가 자세를 무너뜨렸다. 그 순간, 스바루는 거침없이 돌진해서 어깨를 부딪쳤다.

"으, 아압!" "꺅!"

가냘픈 비명과 함께 뜻밖에도 가벼운 시리우스의 몸이 난간을 넘어가 반회전하고 시야에서 사라졌다. 계획대로 발판에서 계단 아래로 추락한 것이다. 최상층에서 1층까지는 20미터 이상 벌어졌으며, 최소한 어린애 머리가 과일처럼 깨질 높이인 건 확실하다.

"괜찮냐, 루스벨!"

괴인의 추락사는 지켜보지도 않고, 스바루는 발판 안쪽의 그림자에게로 달려갔다.

그곳에 있던 것은 내던져질 운명이던 가엾은 소년, 루스벨이었다.

소년의 몸에는 이미 사슬이 휘감겨 있어 하반신이 칭칭 매인 상태였다. 보기 딱한 몰골이지만 정녕 소름 끼치는 건 소년이 자기 몸에 감긴 사슬의 남은 몫을 잡고 있다는 점이었다.

그 사실이 의미하는 것. 그건 하나뿐이었다.

"그 작자, 스스로 사슬을 감게 시켰던 거냐……!"

그 악랄한 취향을 이해한 스바루의 감정이 끓어올랐다.

스멀스멀. 말 그대로 스스로 자기 목을 조르는 행위다. 그 행동을 강요받은 루스벨이 얼마나 큰 공포를 맛보았을까. 그 고역은 상상을 초월한다.

　"이제 됐어! 이제 그만해! 이제, 네가 이런 짓 할 필요는……."

　"하……지만…… 내, 내가 약속, 안, 안 지키면, 티나가…… 티나가……!"

　사슬을 풀려는 스바루의 행동에 루스벨이 울먹이며 저항했다. 그 행동과 입에 올린 이름—— 지난번에 시리우스가 떠든 소년의 소꿉친구 이름에 스바루는 숨을 집어삼켰다.

　이 소년은 소꿉친구 소녀를 궁지에서 구하고자 악마와의 거래에 응한 것이다. 이토록 두려운 상황에 처했음에도 소년은 여전히 소녀의 몸을 염려하고 있다.

　다리를 떨고 이를 딱딱 부딪치며 눈물을 흘리면서도 여진히 목숨을 걸고서.

　"걱정, 마. 이 도시에는 지금 믿음직스러운 사람이, 많이…… 있으니……."

　소년을 안심시키고자 스바루는 말을 가리며 격려하려 애썼다.

　이 소년을 위해 믿음직스러운 말을 해야 한다. 도시에는 『검성』이, 『검귀』가, 『가장 뛰어난 기사』까지 있다. 왕국 최고의 치유술사도 있고, 질 이유를 찾지 못할 정도다.

　그러니 아무것도 겁낼 필요 없다. 이 세상에 악이 번성한 적은 없다. 그렇다. 그렇고말고.

　겁낼 필요는, 없다. 없는 것이다.

"그러니까…… 그만 떨라고, 다리야아아아!!"

공포를 느낀 나머지 허옇게 눈이 뒤집힌 루스벨 앞에서 스바루는 무릎을 굽히고 소리쳤다.

뒤집힌 그 목소리도 설움을 띠고 있어서 모골이 송연했다. 정체 모를 뭔가를 짊어진 것만 같은 혐오감이 스바루의 온몸을 휘감고 놔주려 하질 않았다.

"——웨엑."

눈앞에서 신음한 루스벨이 허리를 굽히고 노란 토사물을 쏟아냈다. 루스벨은 발작이 일어난 듯 경련하며 자기 토사물 위에 쓰러졌다. 그 몸을 부축하려던 스바루 또한 내장을 할퀴는 것 같은 감각을 맛보고 똑같이 그 자리에 구토했다.

그대로 루스벨처럼 앞으로 고꾸라지려다가——.

"——당신이 그렇게나 공포를 느끼는 건, 당신이 다정하다는 증거랍니다."

"윽, 끄아아악!"

목소리가 들린 순간, 스바루는 왼쪽 어깨를 덮친 작열에 절규했다. 바로 뒤로 홀쩍 끌려간 몸이 난간에 격돌, 위로 넘어가서 공중으로 날아갔다.

까딱하면 추락사——. 그 직후, 낙하가 멈추고 스바루는 허공에 매달렸다.

"푸, 억……!"

"고마워요, 미안해요."

난간 위, 그곳에서 내려온 감사의 말에 스바루는 대답하지 못했다.

감정적인 이유가 아니라 물리적인 이유 때문이다. 스바루의 목에는 사슬이 휘감겼으며 그 끝부분에 달린 갈고리는 왼쪽 어깨에 푹 박혀 있다.

추락한 시리우스가 던진 사슬이 스바루를 끌어당겨 떨어뜨리고, 그 기세에 힘입어 시리우스는 발판에 돌아왔다. 그리고 지금, 목이 매달려 있는 스바루를 내려다보며 미소 짓고 있었다.

스바루는 허공에서 발을 버둥거리고 목에 들러붙는 토사물을 흘리면서 필사적으로 발악했다. 살려 애쓰는 그 모습에 시리우스는 기쁜 듯 연방 끄덕였다.

"사람은 서로 이해할 수 있어요. 사람은 하나가 될 수 있어요. 다정함은 자신을 위해서 있는 게 아녜요. 타인을 위한 거랍니다. 다정함은 타인에게 베풀기에 빛나는 기예요. 자신에게 다정한 건 단순한 이기심일 뿐, 진짜 다정함과는 한없이 다른 것! 따라서 이러고 있는 당신의 다정한 마음씨는 다른 사람을 배려하는 참된 빛! 아아, 아아, 아아! 요컨대, 『사랑』이랍니다!"

"으, 아, 끽……."

"실컷 느껴 보세요. 실컷 보여주세요. 당신의 『사랑』을. 그 무한한 다정함의 연쇄를. 루스벨 군을 구하고 싶다고 소망한, 당신의 존엄한 마음가짐을!"

시리우스는 오물 범벅인 루스벨을 안고 피와 토사물을 흘리는 스바루에게 말을 건넸다. 루스벨에게 볼을 비비며 하얀 붕대를 소년의 위액으로 노랗게 더럽히면서.

"루스벨 군의 공포를 다정한 당신이 함께 느끼는 거예요. 당신이 느낀 루스벨 군의 공포를 루스벨 군이 당신을 통해서 느끼고요. 그 루스벨 군이 느낀 더한 공포를, 또다시 당신이 전부 받아냅니다. 기쁨이든 슬픔이든 공포든, 목이 매달린 고통이든, 그야말로 죽음이 사랑을 갈라놓을 때까지——."

주절주절 위에서 뭔가 헛소리가 떨어진다. 압도적인 망언, 허언. 그걸 이해하는 데 쓸 뇌의 용량이 지금의 스바루에게는 없다. 지금은 목소리가, 공기가, 나츠키 스바루를 에워싼 모든 것이 공포의 대상이다. 모조리 다 무섭다. 눈에 들어오는 것이 무섭다면 눈을 감으면 되는가 그래도 어둠이 무섭다 다시는 빛이 비치지 않기를 바라면 온몸이 얼어붙을 정도로 무섭다 이해하는 것이 공포라면 공포를 이해할 수 없는 것 또한 공포이며 세상이란 모조리 공포로 구성되어 공포만이 세상의 진리이며 공포는 공포를 공포로 공포하고 공포에 "어머? 아무래도 한계였나 보네요. 애정 깊고 감수성이 강한 사람은 아름다운데, 하지만 때로 허약하니…… 아아, 『사랑』 때문에 사람은 괴로워해요. 하지만 『사랑』이 있기에 사람은 살 수 있어요. 참 어려운 문제죠. 그럼 다음은 티나에게 도움을 받아 보죠. 루스벨 군하고 형아는 수고했어요." 생명의 가치에 둔감하다는 건 생물 본래의 본능이나 기능을 거스르며 다시 말해 공포는 필요하다 이렇게 무서움에 떠는 것은 인간으로서 당연하며 부끄러워할 필요는 없고 물론 그렇게 아무 의미도 없는 가정에 불과하지만 이러한 사고 실험을 반복함으로써 현재 온몸을 지배하는 공포에 저항하다가 이길 수 있지 않을까 안 그러면 스바루는 무엇 때문에 무서워 무서워 무서워 모든 게 다 무서워 사는 게 무서워 역겨워 으버버버버바바바바바바바바아바르아아다다다다그아다다다——.

3

"노래 다음은 환담, 나츠키 님은 그 시간을 향해서 간식이라도 준비하시지 그래요? 아마 단 과자 준비하면 마음도 들떠서 서로 거리가 가까워질 것 같지 않아요?"

눈을 깜빡인 직후 세계가 돌변해 스바루는 휘청 자세를 무너뜨렸다. 그 바람에 눈앞에서 형편없는 윙크를 보내던 소녀와 힘껏 이마가 격돌했다.

"따으아?!" "이앗!"

딱딱한 소리와 함께 스바루의 눈앞에 불똥이 튀겼다.

찌르는 것 같은 통증에 몸을 뒤로 꺾은 스바루는 상황을 파악 못해 뒷걸음질 쳤다. 정면의 잔디 위에 뭔가가 호쾌하게 자빠졌지만 이마를 쓰다듬는 스바루는 그쪽에 의식을 쪼갤 수 없었다.

"무, 무슨 일이……."

"아유, 무슨 일은 무슨 일이야! 스바루가 갑자기 릴리아나한테 박치기했잖아! 그럼 안 되지. 뭔가 울컥해도 먼저 말로 주의를 줘야지."

"그래. 폭력 전에 우선 그 못나 빠진 윙크를 그만두라고 주의를 줘야 마땅한 것이야."

"제가 그렇게 못 했었어요?!"

생각도 못했다며 깜짝 놀란 릴리아나가 벌떡 일어났다. 릴리아나의 발언에 에밀리아와 베아트리스가 대답하기 궁한 눈치로 눈길을 주고받았다.

긴 침묵에 충격을 받은 릴리아나는 다시 그 자리에 대자로 뻗었다.

"어처구니없는 촌극이로고. 범골아. 소녀의 작은 새에게 행패를 부리지 마라. 다음은 안 봐준다."

그런 릴리아나를 유일하게 두둔한 사람이 뜻밖에도 프리실라였다. 프리실라는 릴리아나가 보통 마음에 든 게 아닌지 험악한 눈길로 스바루를 쏘아보았다.

하지만 스바루는 그런 프리실라의 경고에 아무 말 없이 자기 몸 상태를 확인했다.

"……역겨워."

──그리고 두 번째 기회에, 하나도 변하지 않은 괴인에 대한 평가를 음울하게 뱉어냈다.


4


──두 번째 『사망귀환』을 거친 스바루는 전에 없는 피로에 정신이 멍들어 있었다.

단기간에 두 번의 죽음. 그 부담도 크지만 가장 큰 요인은 두 번에 걸쳐 이성을 상실한 것이었다.

그 성질이야 다를지라도 조울(躁鬱) 두 종류의 정신 붕괴를 연속으로 맛본 판국이다. 특히 두 번째는 자신의 존재가 붕괴하는 모습을 꼼꼼히 만끽하고 말았다. 두 번은 사절이다.

그 두 번째 사인은 극도의 공포에 따른 심장발작이거나 심플하게 목이 매달려 질식사했거나, 둘 중 하나일 것이다. 어느 쪽이든 간에 루스벨을 구하려고 혼자서 도전한 대가는 컸다.

그러나 불과 30분 만에 두 번이나 죽었어도 스바루에게 아무런 수확이 없던 것은 아니었다.

시리우스는 죽어 가는 스바루를 위한 저승길 선물인지 친절하게도 설명해 주지 않았던가.

"공포의 감정이 상호 간 고조된다…… 공진, 같은 것인가?"

루스벨의 공포를 스바루가 느끼고, 그 공포를 느낀 스바루의 공포를 다시 루스벨이. 그 연쇄가 제눕처럼 양쪽 감정을 강화하며 죽음에 이르는 절대적인 공포로 증대했다.

시리우스의 발언과 본인의 정신 붕괴 경험을 통해 스바루는 상대의 권능을 그렇게 추측했다. 동시에 최초의 시각탑 광장에서 벌어진 광기 어린 일체감의 진상도 상상이 갔다.

분노와 혐오의 감정을 환희나 유열로 고쳐 쓴 것이다. 그리고 탑 안에선 루스벨이 느낀 공포가 스바루의 공포와 바꿔치기 되어 마음이 깨졌다.

즉, 시리우스가 지닌 『분노』의 권능이란──.

"──타인의 감정을 맘대로 가지고 논다. 그쯤일까. 진짜 쓰레기 같군."

페텔기우스의 『보이지 않는 손』과 마찬가지로 이 세계의 마법 체계에 속하지 않는 특수한 힘, 권능. 『분노』의 이름에 어울리게, 감정과 밀접하게 관련된 실로 사악한 능력이다.

하지만 두 번의 죽음으로 추측이 가능한 구석은 거기까지. 가장 큰 문제인 권능의 발동 조건은 불명——. 그 타개책은 실마리조차 찾지 못한 상태였다.

페텔기우스의 공략법은 다분히 운이 얽힌 기적적인 형국이었다고 할 수 있다.

『나태』의 권능인 『보이지 않는 손』과 사정령(邪精靈) 페텔기우스가 타인에게 『빙의』하는 히든카드. 스바루에게는 그 양쪽 모두에 대항할 방도가 있었기 때문이다.

그러나 『빙의』의 대항수단은 그렇다 쳐도 『보이지 않는 손』을 볼 수 있었던 이유는 아직껏 모르고 있다. 인비지블 프로비던스라는, 『보이지 않는 손』과 많이 비슷한 기술을 어느 틈에 습득한 현재도 의문은 여전히 남아 있다.

"마녀와 『사망귀환』이 관계있는 낌새니까, 그렇다면 나는 마녀교의 반칙기가 안 듣는 체질이 아닐까 기대했었는데……."

그토록 된통 『분노』의 영향을 받은 이상, 그쪽 기대는 버릴 수밖에 없다.

더불어 현시점에서 추측할 수 있는 바로는, 시리우스가 지닌 권능의 발동 조건은 최악의 경우 그 괴인과의 접촉—— 목소리를 듣거나 모습을 보는 것만으로도 아웃일 가능성이 있다.

그때, 가장 확실한 시리우스의 공략법은 시각탑에서 나오기 전에 건물째로 괴인을 날려 버리는 게 최선이다. 그러면 권능을 발휘할 여지도 없으며 『사망귀환』 직후 시리우스의 출현 위치를 특정한 지금밖에 실행할 수 없는 작전이기도 했다.

지금이라면 확실하게 시리우스를 쓰러뜨릴 수 있다. ——한 소년의 희생에 눈만 감으면.

"——그런 희생은, 절대로 용납 못해."

필요한 희생이었다고, 누가 무슨 입으로 당당하게 말할 수 있을까.

다수를 구하기 위해 희생된 생명도, 그 생명이 보자면 세상 전부를 잃은 것이나 마찬가지다. 자기 자신의 희생을 허용할 수 없는 스바루가 어찌 감히 타인의 생명을 숫자로 계산할 수 있을까. ——그건 신이나 악마가 할 짓이다. 스바루는 그런 존재가 될 생각이 없다.

"루스벨을 구하고, 시리우스를 쓰러뜨린다. 양쪽 다 해내야만 하는 게 에밀리아땅의 기사로서 힘든 점이지."

하지만 그러지 않으면 나츠키 스바루에게 가치는 없다. 물론 스바루가 잘 아는 다정한 사람들은 그런 나약한 스바루도 용서해 줄 것이다.

그렇기에 하는 것이다. 스바루는 그 사람들과 나란히 서고 싶다. 그러기 위해 여기서 행동을 관철할 필요가 있다면, 그렇게 할 것이다. 그게 스바루의 마음가짐이다.

"혼자서 도전했다가 꼴사납게 졌어. 전력이 부족한 건 알고도 남아……. 다른 사람의 힘이 필요해."

순수한 전력으로 시리우스를 압도하고, 스바루의 말을 믿고 작전에 협력해 주며, 나아가 시리우스의 권능에도 내성이 있는 시리우스 킬러가 이상적이다.

　그 조건을 갖추고 시각탑 광장에서 10분 이내에 오갈 수 있는 거리에 있는 강캐. 그런 편의주의의 화신을 찾는 자기 자신을 일소에 부치려고 했다.

　"——아."

　부치려다가, 깨달았다. 떠올렸다.

　첫 번째 광장에서 스바루는 한 남자와 맞닥뜨렸다. 그런 그 또한 『분노』의 권능에 영향을 받았기에 시리우스 킬러가 될 수는 없지만——.

　"——라인하르트!!"

　편의주의의 화신 같은 존재를 찾던 마음을 반성하려던 스바루는, 이제야 진정한 편의주의의 화신 같은 남자를 떠올릴 수 있었다.


5


　자기 자신을 옹호할 생각은 없지만, 라인하르트의 존재—— 광장에 있던 라친스와 라인하르트의 연관성을 스바루가 깜빡한 이유는 역시 지나치게 짧은 『사망귀환』의 영향이 크다.

　——『죽음』 직후, 『죽음』 전후, 그리고 두 번의 정신 붕괴와 정신 붕괴한 전후다.

스바루가 체감한 전대미문의 30분이 얼마나 황급했는지는 말할 필요도 없다. 냉정하게 순서를 모색할 시간을 주지 않는 구석에서 이번 루프의 악랄함에 절로 혀가 내둘러졌다.

따라서 스바루는 항상 전력으로, 몸으로 부딪치며 일을 진행하겠다고 분주하는 것 말고 방법이 없다. 그리고 그건 필사적으로 상대를 설득하려는 지금 이 순간도 예외가 아니었다.

"겨우 찾아냈다. 놓칠까 보냐! 부탁이니 지금 당장 여기서 라인하르트를 불러내 줘! 긴급 사태라고!"

"웃기지 마! 난 빨강머리 자식한테 싫은 소리 듣는 건 사절이야! 당장 꺼져!"

그렇게 길거리에서 고함을 주고받는 두 사람의 모습에 주위 사람들은 뭔 일인가 싶어 얼굴을 마주 보고 있었다.

드잡이질을 벌이려는 분위기에 구경꾼들 틈에서 부수거대는 목소리가 날아들었다. 머리에 확 열이 받지만 스바루에게는 거기에 상관할 여유가 없었다.

『사망귀환』의 충격에서 회복하고 앞서 내린 결론에 이른 스바루는 곧장 행동으로 옮겼다.

전회차와 비슷하게 베아트리스를 에밀리아의 호위로 남기고 뭘 사 온다는 핑계로 공원을 이탈. 그리고 문제의 광장에서 라친스를 찾아내어 긴급 사태를 호소했다.

그러나 첫 접촉이 좋지 않아 대화는 난항을 겪는 중이었다. 라친스를 찾는 데 고생한 나머지, 발견한 김에 거칠게 어깨를 잡은 게 실수였다. 사과는 몇 번이나 하고 있지만.

"좌우간 지금은 침착하게 얘기나 들어줘. 장난으로 하는 말이 아니라고. 너도 죽기 싫으면 지금 당장 라인하르트에게 연락해 줘."

"아앙? 비실비실한 꼬맹이 주제에 날 처죽이겠다고? 라인하르트의 손 따위 빌릴 필요 없어. 내가 죽여 버린다, 썩을."

"아아, 제기랄, 이 말귀 못 알아먹는 놈……."

스바루의 말을 도발로 받아들여서 라친스의 분노에 더욱더 불이 붙었다.

애초에 스바루와 라친스 사이는 우호적이라고 하기 어렵다. 덤으로 라친스는 아무래도 라인하르트에게 대항심이 있는지 그에 의지하는 것도 탐탁찮게 여기는 눈치다.

물론 그 오기와 대죄주교는 저울에 달아볼 필요도 없는 문제지만, 스바루도 사정을 쉽게 털어놓을 수 없는 이유가 있다. ──하지만 이렇게까지 꼬여서야 별도리가 없다.

스바루는 본능적인 공포를 억누르면서 자기 가슴에 손을 얹고 토로했다.

"라친스, 이건 헛소리가 아냐. 라인하르트를 불러 달라는 건 우리가 감당 못할 녀석이 못된 짓을 저지르기 때문이야."

"감당 못해? 꼴리는 대로 떠들지 마시지."

스바루의 호소에 라친스는 가소롭다는 듯 콧방귀를 뀌었다.

그 표정에 스바루는 눈을 내리깔고 심호흡. ──오지 마라. 그렇게 빌면서 입을 열었다.

"──마녀교, 놈들이 올지도 몰라."

말했다고, 스바루가 숨을 내뱉는 것과 라친스의 표정이 굳은 것은 거의 동시였다.

말을 마친 직후, 스바루는 자신의 가슴을 내려다봤지만 주위에 변화는 일어나지 않았다. 『사망귀환』으로 알아낸 정보를 일부 공개해도 페널티는 발생하지 않았다.

"안, 오나. ……제길, 이중의 의미로 심장에 안 좋긴."

스바루는 가슴을 부여잡으면서 안도감과 희미한 짜증에 투덜거렸다.

——『사망귀환』 자체는 1년 만이지만, 그동안에도 『사망귀환』을 털어놓으려는 시도에 대한 페널티들은 스바루를 계속 괴롭히고 있었다.

특히 한 차례 단단히 마음먹고 베아트리스에게 모든 것을 털어놓으려 시도했을 때는, 진정한 의미로 전례 없는 지옥의 고통을 맛보았다.

『성역』에서 경험한 마녀의 다과회, 그 자리에서 작별했을 때의 사건—— 그 검은 마수(魔手)의 장본인인 『질투의 마녀』는 기특하게도 배웅해 주던 건 다 잊은 듯 페널티를 집행했다.

따라서 지금도 스바루는 베아트리스를 비롯해 다른 누구에게도 『사망귀환』에 관해 밝히지 못했다.

물론 파트너인 베아트리스에게는 페널티에 걸리지 않는 범위에서 전할 수 있는 내용을 다 전했다고 생각한다. 그 이야기에 관해선 길어지니 생략하겠지만.

어쨌든 중요한 문제는 페널티에 저촉되지 않고 라친스에게 마녀교 습격의 정보를 전했다는 것이다.

"이봐, 꼬맹이. 방금 얘기는 어디까지 진담이야? 구라 치는 건 아니겠지."

"나츠키 스바루다. 계속 꼬맹이라고 부르지 마라, 라친스."

목소리를 낮춘 라친스가 스바루의 대꾸에 혀를 찼다.

이 세계에서 『질투의 마녀』와 마녀교의 이름이 갖는 의미는 한없이 무겁다. 그 라친스마저 즉각 위급한 사태라고 알아채고 표정을 바꿀 정도로.

"망할 스바루, 넌 그런 얘기를 어디서…… 아아, 젠장, 맞아. 넌 마녀교의 『나태』를 죽였다고 했지. 신빙성이 있지 않냐고……!"

혀의 피어스를 손가락으로 튕긴 라친스가 스바루 발언의 근거를 알아서 찾아냈다. 실제로는 사실과 다른 추측이지만, 그 공적은 충분히 라친스의 내면에서 근거가 될 만했던 모양이다.

"여기라면, 도시 말이냐? 아니면 이 광장에 온다 이거야?"

"믿어 주는 거냐?"

"장난이 아니라고 그런 건 너잖아. 알겠어? 난 빨강머리 자식의 잔소리도 사절이지만 죽을 상황에 처하는 것도 사절이야. 알았으면 너도 입조심해."

신용도 아니고 신뢰도 아니지만, 라친스는 뜻밖일 만큼 합리적인 판단을 내렸다. 그 반응에 스바루는 "좋아!" 하고 힘차게 끄덕였다.

"알았어. 미안하다. 제대로 설명하겠는데, 오는 건 마녀교의 대죄주교 『분노』다. 이 광장의 시각탑 꼭대기에서 고개를 내밀 거야. 노리는 건 광장 전원, 누구 개인이 아냐."

"마녀교답게 절조가 없으시군그래. 제길, 시간은?"

"아마 5분도 안 남았어. 그러니까 정말로 당장 불러 줘."

"5분?! 웃기지 마! 왜 더 일찍 말 안 했어!"

"그러니까 내가 5분 전부터 너한테 부탁했었잖아!"

절박한 사태에 라친스가 언성을 높이지만 시간제한에 관해서는 스바루 쪽이 그보다 더 빨리 세 배는 저주하고 있다. 스바루 역시 가능하면 이런 아슬아슬한 줄타기에 의지하고 싶지는 않은 것이다.

"자식들! 뭘 구경하고 자빠졌어! 얼른 꺼져, 구경꾼놈들!"

꽁무니에 불이 붙었으니 방법이 없다고 라친스는 결단했다. 그는 스바루의 말다툼을 멀리서 지켜보던 사람들에게 거칠게 외치고는 그 오른손을 하늘에 내질렀다.

"이랬는데 아무 일도 없으면 도시 안에서 마법 갈기는 거 도시법 위반이다. 너도 머리 숙이라고."

"그쯤이야 같이 가 주고, 뭐하면 상대 신발에 입맞춰 주마."

"너, 그러고도 진짜 기사냐?!"

스바루의 대답에 라친스가 기겁한 다음 순간, 손바닥에서 붉은 빛이 천공으로 발사됐다. 하늘에 붉은빛이 퍼져 나가고, 작고 싸구려 불꽃놀이 같은 불빛이 하늘에 깜빡였다.

솔직히 기대보다 볼품없는 효과지만 그 영웅에겐 이걸로도 충분하리라.

"그건 그렇고, 설마 친과 같은 목적을 위해 힘을 합치는 날이 올 줄이야……."

그런 감회도 옳은 선택으로 갔다는 조짐이라고 믿고 싶다. 이로써 라인하르트가 달려오면 상황은 크게 변화할 터.

──그런, 막연한 안심감이 스바루에게 당연한 문제를 깜빡 잊게 했다.

마침 15분 전── 두 번째 루프에서 한 번은 똑똑히 우려를 품지 않았던가.

"————."

광장에 있던 사람들이 하늘의 빛을 올려다보고 무슨 일인가 싶어 놀란 소리를 질렀다.

따라서──.

"──어머. 하늘 저편에 불덩이가 하나. 무척 예쁜 빛이었네요. 고마워요."

밖의 소란을 주워듣고 붕대를 두른 괴인이 모습을 내민 건 당연한 과정이었다.

6

하얀 탑 위에서 몸을 내민 시리우스는 옆에서 봐도 흥겨운 낌새인 것이 아른아른 엿보였다. 표정은 붕대 때문에 안 보여도 들뜬 목소리에 감정이 넘치기 때문이다.

시리우스는 푸른 하늘에 붉게 떠오른 마법의 빛을 즐기고 나서 크게 손뼉을 쳤다.

"자! 그럼 여러분, 미안해요. 안녕하세요—!"

예사롭지 않게 높고 커다란 박수 소리가 울려 퍼지고, 라친스가 쏜 마법—— 고아에 눈길을 빼앗겼던 군중은 반사적으로 시리우스 쪽을 쳐다보고 말았다.

"안 돼, 보지 마!!"

권능의 발동 조건을 두려워한 스바루가 사람들에게 경고하는 소리를 던졌다.

그러나 그 경고에 따라 눈길을 피한 이는 한 명도 없었다. 당연하다. 스바루 본인도 첫 번째 시리우스와의 접촉에서 완전히 같은 감각을 품었을 터.

——괴인은 본능에 직접 호소한다. 그 충동에서 눈을 돌릴 수는 없다고.

"어머. 생각보다 훨씬 일찍 조용해지셨군요. 아마 제가 나오기 전에 여러분의 이목을 모아 준 두 분 덕분이려나요. 고마워요. 박수~!"

입으로 짝짝 소리를 내면서 시리우스가 사슬이 얽힌 두 손으로 스바루와 라친스를 가리켰다.

뜨문뜨문 오르는 박수 속에서 스바루는 등골에 치닫는 오한을 참으며 필사적으로 고개를 돌려 권능의 영향으로부터 벗어나려 했다. 그러나 그 또한 필시 이미 늦었다.

왜냐하면 현시점에서 이미 스바루는 귀를 막지 못하고 있었다.

시리우스가 지닌 권능의 발동 조건은 육안으로 확인하거나 목소리를 듣는 것이라고 스바루는 추측했다. 그렇기에 처음에 눈을 돌리고 귀를 막으면 대처 가능한 게 아닐까 짐작했지만——

무엇 때문에 귀를 막을 필요가 있을까. 시리우스의 목소리는 이토록 듣기 좋은데.

"――아."

정신이 들고 보니 스바루는 돌리고 있었을 고개를 원상복귀한 채 시리우스를 쳐다보고 있었다.

시리우스 또한 자신을 올려다보는 스바루를 알아채자 기쁘게 몸을 흔들었다. 사슬 끝부분, 갈고리가 소리를 내며 바닥을 쓸고, 쇳소리에 스바루가 세운 마음의 벽이 허물어졌다.

"자! 여러분이 제 쪽을 봐 주실 때까지 19초 걸렸어요. 미안해요. 하지만 바람직해요. 그리고 어쩐지 기대하던 것보다 훨씬, 훨씬 강하게 저를 생각해 주는 아이도 계신가 봐. 자, 그러면 자기소개를 해야죠."

말을 잃고 자신을 올려다보는 시선의 소용돌이. 그 안에서 시리우스는 정중히 고개를 숙였다.

그리고 고개를 쳐들어 유일하게 노출된 왼쪽 눈을 희번덕거리며 광장을 내려다보면서 선언했다.

"저는 마녀교 대죄주교 『분노』 담당―― 시리우스 로마네콩티라고 합니다."

무시무시한 자기소개. 본래라면 혐오와 공포의 상징으로 취급되는, 저주스러운 존재.

그러나 군중은 그 선언을 마치 친한 이웃 사람의 이름을 들은 것처럼 받아들였다. 시리우스도 그 반응을 온화하게 받아들이고 자애로운 어머니처럼 미소 지으면서 끄덕였다.

"후후, 고마워요. 이렇게 여러분의 시간을 받아가서 미안해요. 하지만 금방 끝낼 테니까 안심하세요."

다정하게, 침실에서 어머니가 자식에게 그림 동화를 읽어 주는 것처럼 시리우스의 목소리가 마음을 녹인다.

그녀의 목소리를 더 깊게, 강하게 듣고 싶다. 그런 충동이 군중을 지배하고——.

"——그렇군. 그렇다면 나도 신속하게 끝내는 편이 좋겠어."

이어진 그 목소리는 시리우스가 보내는 허구의 친애보다 더 깊고 부드럽게 스바루를 포함한 광장에 있던 사람들의 심신에 스며들어 감정을 뒤흔들었다.

"————."

시리우스가 눈을 부릅뜨고 스바루와 군중의 눈길도 일제히 광장 옆으로 돌아갔다.

그 시선 앞에 있는 것은 광장 후방에 흐르는 수로였다. 잔잔하게 물이 흐르는 수로, 그것이 어마어마한 기세로 역주하는 뭔가에 물보라를 튕기고 있다.

그것은 아름답게 일렁이는 불꽃처럼 붉게 타오르고 있었다.

그것은 장대한 푸른 하늘처럼 맑은 눈을 가진 이였다.

그것은 온갖 존재가 넋을 잃고 바라볼 정도로 반듯했다.

——그것은 모든 인간이 마음에 그리는, 영웅이라는 존재가 구현된 모습이었다.

"지름길을 찾느라 시간이 걸렸어. 도착이 늦어서 미안해."

5초가 아니라 30초에 달려온 것을 영웅이 사과했다.

지름길이라고 칭하며 길 없는 길—— 아니, 물 위를 내달린다는 가공할 재주를 선보인 『검성』은 광장에 올라섰다. 그리고 그는 시각탑에 서 있는 『분노』를 쳐다보고 숨을 내쉬었다.

파란 눈을 좁히며 『검성』—— 라인하르트가 "그렇군." 하고 중얼거렸다.

"내가 이 자리에 불린 이유는 이해했어. 정확한 판단이야, 라친스. 아니면 네가 나를 부른 거야? 스바루."

천천히 걸어온 라인하르트가 스바루와 라친스의 어깨를 두드렸다. 그 즉시, 부자유를 강요받던 몸에 힘이 돌아왔다.

"라, 라인하르트……?"

"그래, 나야. 상황이 심상치 않은 모양이군. ——저건, 대죄주교구나."

스바루의 떨리는 목소리에 라인하르트가 힘차게 끄덕여 주었다. 라인하르트의 맑고 파란 두 눈에 깃든 확고한 경계. 라인하르트 또한 한눈에 시리우스의 위험성을 간파한 것이다.

그 신속한 이해에 침을 삼키면서 스바루는 끄덕이고 더듬더듬 말했다.

"저 녀석은…… 저 녀석은, 타인을 세뇌하는 힘을 가지고 있어. 지금은 그나마 낫지만 저 녀석의 목소리를 듣거나 눈을 보면, 조만간에."

"아니, 목소리나 모습만이 아냐. 아무래도 존재를 지각한 시점부터 영향을 받는 모양인걸. 나도 그리 오래 평정을 지키지는 못할 것 같아."

"그게 무슨, 네가……?!"

약한 소리라고도 볼 수 있는 라인하르트의 견해에 스바루는 충격을 받고 말문을 잃었다.

근거도 없이 라인하르트라면 괜찮을 거라고 여겼지만, 시리우스의 권능이 그에게도 영향을 미친다면 작전은 근본적으로 붕괴한다.

그리고 그런 대화를 주고받는 둘의 모습에 시리우스로부터도 반응이 있었다. 붕대 괴인은 그 남보랏빛 눈으로 라인하르트를 주시하고 말했다.

"혹여, 혹시, 머리가 빨간 당신께선 고명하신 『검성』님이 아니신가요?"

"네 말대로 나는 『검성』의 이름을 이은 라인하르트 반 아스트레아다. 단지 아직 그 칭호는 나에게 과분하단 자각이 있지만."

라인하르트가 당당하게 시리우스의 물음에 긍정했다. 이 자리에 나타난 지상 최강의 존재를 앞둔 시리우스는 두려워 떨기는커녕 "아하." 하고 비웃었다.

비웃으며 몸을 뒤틀고 괴인은 깨지는 목소리로 카랑카랑한 웃음을 도시 하늘에 날렸다.

"아하! 아하하! 아아, 어쩜 이리도 멋질까! 당신이 이렇게 와 주다니, 이렇게 좋은 날이 있을 수가! 당신은 이 나라에서 가장 훌륭한 기사로서 알려진 분! 누구나 당신을 사랑하고, 당신도 모두를 사랑하죠! 당신은 희망의 체현, 『사랑』의 전도자!"

"그런가?"

거세게 몸부림치며 완전 광희난무하는 기색으로 떠드는 시리우스. 한편, 라인하르트는 괴인 쪽을 보진 않아도 말을 퍼붓는 시리우스와 대화를 나누고 있다.

의사소통이 광기로 통하는 권능을 상대로 그 행동은 너무나도 경솔한 짓이다.

"자, 잠깐, 라인하르트…… 그 녀석과 계속 대화하면 위험해. 위험할, 거야. 위험했다고 생각해. 이유는 잘 모르겠지만."

"……그런가 보군. 나 개인은 몰라도, 너무 오래 끌어선 안 되겠어."

"라인하르트?"

"――호출된 나로서도 바라는 바야. 문제를, 정리하지."

한 걸음 앞으로 내디딘 라인하르트는 그리 말하고서 가볍게 무릎을 굽혔다가 도약했다.

마치 눈앞의 물웅덩이를 넘어가는 것 같은 발놀림. ――하지만 그 도약은 폭풍 같은 여파를 만들고 지면을 지나는 진동과 충격에 주변 사람들은 숨을 집어삼켰다.

그 경악을 남긴 라인하르트는 폭발력을 그대로 상승력으로 바꾸었다.

"우후후후! 아아, 이렇게나 비상식적이라니――!"

밑에서 차올린 『검성』의 발차기가 팔을 교차해서 일격을 받아낸 시리우스의 몸을 훌쩍 하얀 탑보다 훨씬 더 상공으로 날려 버렸다.

"……이, 봐, 이보셔."

──그 직후 펼쳐진 그것은, 그 광경은, 공중전이라고 부를 만한 것일까.

도약 한 번에 고지를 확보한 시리우스를 강습한 라인하르트는 이어서 시각탑의 테두리에 발끝을 딛고 날려 버린 상대를 쫓아서 더욱 상공으로 비상했다.

"후후훗! 아아, 이렇게나 압도적이라니!"

다시 눈 아래에서 쇄도하는 영웅의 모습에 시리우스는 환희로 목소리를 떨면서 팔을 휘둘렀다. 갈고리 달린 사슬이 으르렁대는 소리를 연주하며 바람을 가르고 라인하르트에게로 가차 없이 적의를 드러냈다.

갈고리는 인체를 쉽사리 뚫고 사슬은 흉악한 겉모습 이상의 흉기로 변해 뼈를 깨부순다. 하늘을 들썩이게 하는 사슬의 음색이 연이으며 파괴와 폭력의 협주곡이 되어 『검성』에게 덤벼들었다.

허공에서 사슬을 자유자재로 다루는 시리우스의 기량은 출중하다. 그 전투력은 인간의 경지를 벗어난 초월자 레벨임이 틀림없다. 그야말로 누가 봐도 한눈에 알 수 있을 만큼.

──따라서 그 뒤에 펼쳐진 광경에 누구나 눈을 부릅떴다.

"사슬이, 성가신걸."

소리를 앞지르는 사슬의 폭위. 『검성』은 그것을 정면으로 응시하고 눈살을 찌푸렸다.

그리고 눈살을 찌푸린 『검성』의 대처에 관중은 아연실색하고.

"후후훗!"

시리우스는 웃었다. 그게 본심에서 나온 웃음인지, 궁색한 나머지 나온 것인지는 알 수 없다.

다만 시리우스가 아니어도 웃을 수밖에 없었으리라.

폭풍우처럼 후려치는 사슬의 연격에 맞서 라인하르트는 허리춤에 찬 검을 뽑지 않았다.

——전에 들은 이야기가 사실이라면, 그 검은 뽑지 않는 게 아니라 뽑을 수 없는 것이다. 라인하르트가 가진 성검은 격이 맞는 상대가 아니면 뽑을 수 없다고 한다.

따라서 라인하르트는 맨손으로 시리우스와 맞선다. 그 상황이면 아무리 라인하르트라도 고전은 피할 수 없을 터——라고 생각하는 사람은 아직 라인하르트를 이해하지 못하는 것이다.

"————."

미쳐 날뛰는 사슬의 연격이 찢어지는 소리와 함께 잇달아 튕겨 나갔다.

지상에 있는 스바루와 사람들에게는 번개가 내달렸나 오인할 만큼 발생한 충격파와 불똥이 튀는 광경이 거세게 춤추었다.

그 광경을 만들어 낸 것은 라인하르트의 상식을 초월한 발기술이었다.

라인하르트는 사슬의 첫 공격을 발바닥으로 받고, 그대로 발목을 돌려 사슬을 감더니 발끝을 즉석 무기로 삼아 후속 연격을 모조리 차 낸 것이다.

1초에도 못 미치는 공방. 라인하르트의 초월적인 행동을 눈으로 좇을 수 있던 건 실력에 자신 있는 몇 명의 무인뿐. 그런 그들조차 이해한 직후에 펼쳐진 광경을 이해하기 포기했다.

 다음 순간, 군중에 찾아든 것은 웃음의 충동이었다. 숨이 탁 풀리고 어깨 힘이 풀린다. 저 사람이 아군이라 다행이다. 만약 적대했더라면 지금쯤 무릎과 방광에서도 힘이 풀렸을 것이다.

 "후훗, 후후훗! 아하하, 후후후훗!"

 스바루와 사람들의 안도감과는 다른 충동에 삼켜져서 시리우스는 여전히 웃고 있다.

 괴인의 두 팔에 감긴 사슬, 그중 한쪽은 라인하르트의 발에 빼앗긴 상태다. 시리우스는 공격 횟수가 줄어든 왼팔 사슬의 난격으로 영웅을 떨어뜨리려 했으나 공격은 불똥과 함께 튕겨났다.

 작렬하는 불똥의 기세는 수그러들지 않아 푸른 하늘이 하얗게 불탈 것만 같았다. 하지만 하늘이 불타기 전에, 마침내 『검성』은 사정거리에 괴인을 포착했다.

 "설마, 이 정도까지 될 줄이야! 너무 대단해요오!"

 "네 실력도 훌륭하더군. 그런 만큼 악행에 쓰는 게 유감이야."

 교차한 순간, 말을 주고받은 쌍방이 혼신의 일격을 질렀다.

 라인하르트는 오른발을 거두고 대신에 손가락을 모은 왼쪽 수도를 질렀다. 시리우스는 그 공격을 요격하고자 하늘을 가르듯 쇠사슬을 강렬하게 내리쳤다.

 ──그, 완강한 강철의 사슬이 단순한 수도에 끊어지는 광경은 아예 감동적이었다.

옛날에 스바루는 젓가락 포장지로 나무젓가락을 자르는 재주를 본 적이 있다. 라인하르트라면 종이로 강철검을 베는 곡예도 해낼 것이다.

그런 믿음을 줄 만큼 라인하르트의 수도에는 참격의 본질이 띠는 아름다움이 서려 있었다.

중간 부분이 수도에 절단되어 회전하던 쇠사슬이 시각탑의 벽을 깨고 안에 날아들었다. 먼지구름과 파편이 광장에 떨어지는 광경을 보고 스바루는 간신히 제정신을 차렸다.

"멍청하긴. 넋 놓고 볼 때가 아니지. 라인하르트가 녀석을 제압해 준다면……!"

지금, 시각탑 안의 납치된 소년에게 시리우스의 눈길은 닿지 않는다.

넋을 빼놓고 있던 추태를 떨쳐내듯 스바루는 군중 틈새를 누비며 거침없이 탑으로 달려 들어갔다. 인질을, 루스벨을 해방해서 후환을 완전히 제거한다.

만에 하나라도 인질을 방패 삼는 바람에 라인하르트가 궁지에 빠질 일이 없게끔.

어둡고 차가운 공기가 흐르는 시각탑의 내부에도 바깥에서 격돌하는 초월자 간의 전투가 들렸다. 그 소리를 등지고 스바루는 긴 나선 계단을 단숨에 뛰어 올라갔다.

"루스벨!"

"음―! 으읍―!"

최상층. 스바루는 점검용 창문 옆에서 사슬에 묶인 소년을 발견했다. 흐느끼는 루스벨을 안아 일으키자 소년은 필사적으로 고개를 도리질 쳤다.

루스벨이 소꿉친구 소녀를 염려해 그 대역이 된 것을 스바루는 안다.

"걱정할 것 없어. 난 네 편이야. 그 붕대 괴인과는 적이고, 그 녀석은 지금 밖에서 정의의 사자와 싸우는 걸로 한계야. 그러니까 이 틈에 널 여기서 데리고 나가려고 해."

버둥대는 소년에게 끈기 있게 말을 건다. 이윽고 스바루의 호소에 루스벨의 저항이 약해졌다. 차츰 소년의 눈에 공포가 아니라 이성이 돌아왔다. 스바루는 소년에게 끄덕여 주었다.

"가만있어. 당장 사슬을 풀어 주마."

멈칫거린 소년의 머리를 쓰다듬고서 스바루는 신중하게 칭칭 매인 사슬을 풀기 시작했다. 어깨부터 발목, 재갈 역할을 하는 사슬이 사라지자 간신히 루스벨의 얼굴에 안도가 깃들었다.

"좋아. 치웠다. 스스로 설 수 있어? 못하겠으면 업고 간다."

"괘, 괜찮아……요……. 감……사합니다……."

루스벨은 떨리는 다리로 일어서서 당차게 스바루에게 감사를 표했다. 아직 그 눈물이 얼굴을 더럽히고 있었지만 몇 번 루프를 거듭해도 그의 용기는 진짜배기다. 존경할 만하다.

스바루는 끄덕이는 것으로 소년의 의사를 존중하고 창문 밖, 격투가 이어지는 탑 바깥으로 의식을 돌렸다.

"자칫하면 이 탑도 부서질지 몰라. 어서 나가자. 다친 데는?"

"왼팔이 아까, 약간……."

얼굴을 찡그린 루스벨이 스바루의 물음에 왼팔을 내보였다.

소년의 왼팔에는 뱀이 달라붙은 것만 같은 검은 멍과 날카로운 열상이 있다. 피가 질금질금 나는 상처 자국에 스바루는 소태 씹은 듯 뺨을 일그러뜨렸다.

"자식이, 이런 어린애를 상처 입히고. 묶는 것만으론 부족하단 거냐."

"저기, 아녜요. 이 상처, 아까 갑자기…… 묶여 있을 때 갑자기 아프더니."

"갑자기?"

묶인 동안에 상처 입었다는 루스벨의 설명에 스바루는 눈살을 찌푸렸다.

생각해 보면 루스벨의 몸은 어깨부터 발목까지 온몸이 칭칭 감긴 상태였다. 묶기 전이면 또 몰라도 묶은 다음에 팔을 상처 입힐 수는 없다.

──그 상처의 모순이, 스바루의 가슴을 꺼림칙한 예감으로 괴롭혔다.

"……가자. 아무튼 여기에 있으면 안 돼."

다친 곳이 없는 루스벨의 오른손을 잡고, 스바루는 탑의 나선 계단을 이번에는 뛰어 내려갔다. 단숨에 최하층에 내려서자 두 사람은 그대로 탑 밖으로.

그리고 두 사람이 뛰쳐나온 순간, 광장에 전개된 광경은──.

"────."

"──죽여라! 죽여라! 죽여라! 죽여라!"

쩌렁쩌렁한 살육 연호는, 궁지에 내몰린 괴인의 처형을 바라는 군중의 피를 토하는 절규였다.

　눈에 핏발을 세우고 이를 드러낸다. 타인에게 불쾌감을 심는 괴인에 대한 혐오, 생리적으로 거절 반응이 나오는 상대를 배척하고 싶은 적개심, 온갖 어두운 감정의 궁극이 살의로 승화한다.

　──그 감정들을 종합해서 사람은 『분노』라고 부른다.

　"──죽여라! 죽여라! 죽여라! 죽여라!"

　서로 이름도 모르는 사이끼리 어깨동무하고 한 가지 목적을 향해 목소리를 높인다.

　"──죽여라! 죽여라! 죽여라! 죽여라!"

　난관을 앞두고 결속한 마음을, 비일상 속에서 확인하게 되는 인간이 가진 선악의 정신성을.

　"──죽여라! 죽여라! 죽여라! 죽여라!"

　극한 상태에서 나타난 단결. 그저 올곧게, 순수하게 마음을 통하게 하는 행위. 그것이 바로──.

　"──죽여라! 죽여라! 죽여라! 죽여라!"

　"──하나가 될 수 있는 것, 그것이 바로 『사랑』이잖아요? 그럼 이건 틀림없이 『사랑』이 만들어 낸 이상향이라고는 생각하지 않나요?"

　지옥도라고만 생각되는 살의의 소용돌이 속에서 시리우스는 목소리에 황홀감을 띠었다.

　시각탑을 등지고 지상에 선 괴인은 영웅에게 내몰려 있었다. 주위를 둘러싼 군중은 괴인의 죽음을 목청껏 바라며, 그 뜻을 짊어진 『검성』에게는 힘과 신념이 있다.

스바루가 탑 안에 있는 사이 치른 공방으로 시리우스는 왼팔의 사슬을 완전히 잃은 모양이다. 조건은 서로 맨손이 됐지만 대등한 입장에서는 아무도 라인하르트에게 이길 수 없다.

백척간두의 궁지다. ──그런데도 시리우스는 변함없는 태도로 계속 비웃고 있었다.

"마지막으로 남길 말은?"

"배려 고마워요, 미안해요. 그럼 한 가지만 충고를. 다른 대죄주교는 저처럼 얌전하진 않으니 유언 같은 걸 들으려 했다간 분명히 지독한 꼴을 당할걸요."

"──단단히 새겨두기로 하지."

라인하르트의 자비 앞에서 시리우스는 악의 없이 도발적인 말을 남겼다. 『검성』은 그 말을 의리 있게 받아내고 괴인을 처단하고자 수도를 들었다.

"──죽여라! 죽여라! 죽여라! 죽여라!"

군중의 열기가 더더욱 오르고 시리우스의 명줄은 풍전등화다.

그런데 스바루는 탑 입구에서 가슴에 치솟는 오한을 무시하지 못하고 있었다.

그 원인이 무엇인지, 그것이 무엇을 의미하는지 필사적으로 찾아보지만 말로 표현할 수가 없다. 다만 지금 여기서 입을 열면 불명료한 그것은 의지에 반한 말로 변해 넘쳐 나오고 만다.

"서로 이해하는 것. 서로 양보하는 것. 서로 인정하는 것. 서로 용서하는 것. 그렇게 하나가 되는 것이야말로 『사랑』의 마땅한 진실의 형태."

초조함을 품는 스바루를 아랑곳하지 않고 시리우스가 강요하는 것만 같은 지론을 입에 올렸다.

그 말은 언뜻 옳게 들리지만 시리우스의 본성을 고려하자마자 끔찍한 정신 파탄자의 이론으로 둔갑한다. 그 교정할 수 없는 일그러짐이야말로 놈들의 본질이다.

라인하르트도, 스바루와 비슷하게 판단한 모양이다.

더 이상 아무 말도 하게 두지 않겠다고 라인하르트가 앞으로 나선다. 그 모습을 앞둔 시리우스가 비웃음과 함께 팔을 하늘로 뻗었다. 그 직후, 로브 소매에서 쏜살같이 사슬이 사출── 소매 속 장치가 사슬을 발사하고, 탑 벽에 박힌 사슬이 단숨에 괴인의 몸을 끌어 올렸다.

앞뒤 가리지 않는 도주. 그 행동에 라인하르트가 내디딘 걸음이 바람을 제쳤다.

도로 바닥에 발자국을 남기고 붉은 불꽃이 공중으로 달아나는 괴인에게 쇄도했다. 쳐든 수도는 성검이나 마검에 필적하는 일격필살── 그게 닿는 순간, 시리우스의 생명은 확실하게 끊긴다.

"──죽여라! 죽여라! 죽여라! 죽여라!"

군중의 외침에 어린 뜻이 성취된다.

어마어마한 기세로 돌이킬 수 없는 소름이 스바루의 등에 치달았다.

"라인하르트!"

충동대로, 스바루는 영웅의 이름을 불렀다.

그리고 힘차게 외쳤다.

"——죽여!"

——수도가 날아갔다.

궤적은 하얀 궤도를 그리며 시리우스의 육체를 왼쪽 어깨에서 오른쪽 옆구리까지 싹둑 양단했다.

수도가 너무나 예리한 나머지 베인 육체마저 몇 초는 깨닫지 못했다. 이윽고 뒤늦게 이해가 따라잡은 상처에서 피가 솟구치고, 비스듬히 분단된 시리우스의 하반신이 무너졌다.

"……아아, 자상한 세상아."

잠꼬대처럼 속삭이는 시리우스. 그 몸이 상하로 나뉘고 내장이 쏟아졌다.

사슬에 끌려 올라가는 상반신은 피와 창자를 뿌리면서 하늘로 오르고, 내팽개쳐진 하반신이 분수처럼 선혈을 흘리며 광장에 나뒹굴었다.

누구나 눈을 돌리고 싶어지는 참상이 탄생했다. 하지만 아무도 눈을 돌리지는 않았다.

돌릴, 상황이 아니다.

"……이럴 수가."

뒤돌았다가 뻣뻣하게 굳은 라인하르트가 멍하니 중얼거렸다.

파란 눈이 혼란과 후회로 일렁이고 그 단정한 얼굴에 절망이 깊이 퍼지는 모습을 스바루는 보았다.

——스바루에게 보인 것은 그게 끝이었다.

"_____."

스바루도, 군중도, 지금은 피 웅덩이로 변한 광장에 둘로 나뉘어 흩어져 있다.

왼쪽 어깨부터 오른쪽 옆구리까지를, 깨끗하게 싹둑 절단된 상처를 드러내며.

피와 내장을 쏟아내고 무슨 일이 일어났는지 모르는 채로 스바루의 의식은 사라진다.

다만 그 직전에 느낀 것 같다.

잡은 상태였던 소년의 오른손이, 스바루와 비슷하게 두 동강 난 소년의 오른손이, 구원을 바라듯이 스바루의 왼손을 힘없이 잡던 것을.

느낀 것만 같았다.

7

"노래 다음은 환담, 나츠키 님은 그 시간을 향해서 간식이라도 준비하시지 그래요? 아마 단 과자 준비하면 마음도 들떠서 서로 거리가 가까워질 것 같지 않아요?"

"큭──."

"아야얏! 아야야얏! 아파! 아프다고, 스바루!"

눈을 깜빡인 직후 들린 소리에 스바루는 어깨를 퍼뜩 들썩이고 심하게 동요했다.

동시에 의식이 전환되기 직전── 세게 손을 마주 잡아 주려던 행동이 인계되는 바람에 삼과를 쥐어 터트릴 수 있을 만큼 쓸데없이 센 악력이 자그마한 베아트리스의 손을 꽉 조였다.

　난데없는 스바루의 흉행에 베아트리스가 울상 지으며 스바루의 정강이를 걷어찼다. 그 자그마한 아픔에 제정신을 차린 스바루는 베아트리스의 손을 놓고 뒷걸음질 쳤다.

　"왜, 왜, 왜 그러시는 거예요? 갑자기 여아님의 손을 파괴하려 들고…… 이렇게 귀여운 손이 불쌍하게. 제가 핥아드려도 될지, 하아하아."

　"괜한 오지랖인 것이야! 왠지 갑자기 소름 끼치는 분위기니까 접근하지 마!"

　아픈 손에 볼을 문질러댈 낌새에 베아트리스가 릴리아나의 손을 뿌리치고 스바루 뒤에 숨었다. 직전에 겪은 흉행도 스바루와 베아트리스의 신뢰 관계는 꺾지 못한다.

　하지만 지금 그 사실에 안심할 여유는 없었다.

　"스바루, 괜찮아? 방금, 갑자기 얼굴이 새파래졌어."

　"에, 에밀리아, 땅……."

　에밀리아가 바로 옆에 다가와 걱정스러운 표정으로 스바루의 뺨에 손을 얹었다. 긴 속눈썹이 장식한 남보랏빛 눈. 거기 비치는 자기 모습에 스바루는 숨을 내쉬었다.

　또다시 되돌아온 모양이다.

　"＿＿＿＿＿."

　자신의 어깨와 옆구리, 싹둑 양단된 부위를 더듬더듬 만지다가 무사하다고 확신한다.

　배가 갈라지고 머리가 깨지는 등, 지독하게 죽는 꼴만 겪어왔다는 자부심은 있지만, 본격적인 참살은 처음 경험해 본다. 『죽는』 순간, 고통보다 경악과 상실감 쪽이 앞섰다.

단지 크나큰 상실감의 원인은 그뿐만이 아니고——.

"완전히 한 식구 감각인 녀석에게 당하는 건 처음…… 아니, 두 번째인가."

이어받은 기억을 이해하자, 뒤따라서 『죽음』이 스바루에게 인지를 요구했다.

그리고 스바루는 직전에 발생한 사건을 뒤돌아보고서야 비로소 도대체 무엇이 자신을 죽음으로 몰아넣었는지 정확하게 파악할 수 있었다.

"그런데 그건 반칙이잖아……."

——이번 스바루의 참살은 그 직전에 시리우스가 죽은 방식을 고스란히 빼다 박았다.

즉, 스바루는 시리우스와 같은 방식으로 죽은 것이다. 그 불가사의한 사실 덕분에 첫 번째 죽음, 루스벨이 추락한 직후의 죽음도 설명이 됐다.

추락사한 루스벨을 보고 스바루를 비롯한 군중들은 일제히 『추락사』한 것이다. 요컨대 시리우스의 권능은 감정만이 아니라 육체의 변조마저도 공명, 공진시킬 수 있다.

이를 가리킬 말은 세뇌로는 어림없다. 영혼을 오염시키고 길동무로 끌고 가는 『세혼(洗魂)』이다.

"어떡해야, 되는 거야……?"

라인하르트의 참전으로 시리우스를 격파한다는 목적은 확실히 이루어졌다. 하지만 그 대가가 광장에 있는 수많은 생명이 되어서야 스바루의 행동에 의미가 없다.

라인하르트에게 떠넘기는 선택은 결국 얼핏 옳게 보이기만 할 뿐인 그릇된 답이었다.

"스바루……."

"──아."

심각한 표정으로 스바루가 침묵하자 에밀리아를 비롯한 다른 사람들이 불안한 표정을 지었다. 그녀들에게 불안을 주는 것도, 마녀교의 존재를 들키는 것도 지금은 피하고 싶다.

그런 생각에 스바루는 허겁지겁 표정을 꾸미고 말했다.

"아, 응, 그게, 저, 아무것도 아냐. 조금, 조금 그게…… 맞아! 아침에 먹은 다이스키야키가 갑자기 얹히는 바람에 속이 쓰려서 그래."

"아─ 알죠. 저도 곧잘 트림이랑 착각해서 웩하거나, 방귀랑 착각해서……."

"뒷말은 그만. 너, 일단 여자애니까 더 말하지 마."

스바루는 명랑하게 화장실 개그로 빠지려던 릴리아나의 말을 막고 에밀리아에게 웃어 주었다. 그 미소에 에밀리아는 순간 입술을 떨었지만, 곧 대답했다.

"알았어. 스바루가 그렇게 말하면 믿어 줄게 ……특별 대우거든?"

"응, 고마워. ……그러면 난 릴리아나 제안대로 잠깐 심부름하고 올게. 에밀리아땅은 노래를 즐기고 있어 줘."

에밀리아의 배려에 응석 부린 스바루가 익살스러운 몸짓으로 인사했다. 그리고 스바루는 등에 숨어 있던 베아트리스의 손을 자연스럽게 잡고 말했다.

"베아코, 너도 나랑 같이 심부름반이다. 사이좋게 알콩달콩 놀면서 가자고."

"가, 갑자기 웬 말을 꺼내고—— 아냐, 알았어."

순간적으로 얼굴을 붉히며 튕기려던 베아트리스가 스바루의 표정을 보더니 고분고분해졌다. ——매달리는 눈초리를 알아채고 무슨 일이 있다고 짐작해 준 것이다.

"에밀리아땅. ——바로, 돌아올게."

"——응."

베아트리스를 데리고 스바루는 끝까지 에밀리아를 신경 쓰면서 공원을 떠났다.

에밀리아를 홀로 남기고 가는 불안은 가시질 않는다. 하지만 옴짝달싹 못할 곤경을 벗어나려면 이젠 베아트리스의 힘을 빌리는 것 말고 다른 수단이 떠오르질 않았다.

그런 돌파구가 보이지 않는 암흑 속으로 스바루는 파트너와 함께 달리기 시작했다.

"——흠."

——그런 둘의 뒷모습을 붉은 여자가 의미심장한 눈으로 바라보는 모습은 깨닫지 못한 채.

# 제2장 『빙염의 결말』

## 1

"그래서? 이제 그만 무슨 일이 있었는지 설명해 줄 수 있는 것이야?"

손을 잡은 채로 공원을 떠나 에밀리아 쪽의 모습이 눈에 사라지기를 가늠하던 베아트리스가 발걸음을 늦추면서 말했다.

발길을 멈추고 대화하고 싶어 하는 베아트리스. 하지만 스바루는 "미안." 하고 베아트리스의 팔을 앞으로 당겼다.

"스바루?"

"나도 가능하면 사람이 없는 곳에서 천천히 대화하고 싶은데, 시간이 없어서 그럴 수도 없다. ──앞으로 15분도 안 남았어."

"……알았어. 걸으면서 해도 되니까 설명하는 것이야."

스바루의 옆얼굴에 깃든 초조함을 보자 베아트리스가 반론하지 않고 따라 주었다.

이해심 있는 파트너의 도량에 구원받은 스바루는 급하게 광장으로 걸어가면서 정리되지 않은 머릿속의 설명을 시도했다.

"지금부터 가는 광장에 마녀교가 나타나. 그 녀석을 족쳐야 해."

"──마녀교."

스바루는 숨을 집어삼킨 베아트리스에게 할 말을 신중하게 골랐다.

까다로운 점은 『사망귀환』에 딸린 정보 전달의 원칙과 페널티였다. 라친스에게 밝힌 내용과 같은 수준이라면 베아트리스에게 설명해도 문제는 없다──고 단언할 수 없는 게 스바루를 옭아매는 마녀의 저주가 가진 밉살스러운 점이다.

『사망귀환』의 정보 공유를 방해하는 칠흑의 마수는, 스바루가 설명하는 내용만이 아니라 대화 상대까지 가려서 페널티의 무게를 결정하는 낌새가 있다.

다시 말해, 전달할 수 있는 정보의 심도는 『마녀』의 마음인 것이다.

아니라면 왜 비밀을 밝힌 에밀리아의 심장을 쥐어 터트리는 사태가 일어난단 말인가. 그런 경험은 결코 사양하고 싶다.

스바루가 고통받으면 그나마 낫다. 무섭지만 참지 못하는 건 아니다. ──그 손이, 다른 누군가를 노리는 것보다 훨씬 낫다.

『마녀』는 스바루를 봐주어도 다른 누군가에게 자비를 보인 적은 없으므로.

"──그렇게, 걱정스러운 표정 지을 필요 없어."

"베아트리스……."

"어디서 알았는지 정보의 출처는 밝힐 수 없다……. 하지만 근거 같은 건 필요 없는 것이야. 스바루가 얘기해 줬다는 사실이 곧 베티가 믿을 근거가 돼."

잡은 손을 다정하게 마주 잡고 당당하게 미소 지은 베아트리스의 말에 스바루는 눈이 동그래졌다.

"……아아, 나 원. 진짜. 네게는 도움만 받는다."

그리고 혼자가 아니라며 미덥지 못한 자신을 지탱해 주는 최고의 파트너에게 감사했다.

"흐흥, 당연하지. 자, 얘기할 수 있는 부분부터 얘기해 봐."

"그……래. 우선 나타나는 건 대죄주교 중 『분노』로…… 변태야."

"——그게 첫마디로 전해야만 하는 정보라고 생각한다면 베티는 바로 방금 한 말을 후회하고 싶어지는 것이야."

"어디까지 세이프인지 시험하고 있다고. 일단 직함하고 변태 대접에 페널티는 없다라. 나머지는 그 녀석의 능력인데…… 감정이나 감각의 공유……란 느낌이야."

"감정과 감각의, 공유?"

스바루의 설명에 갸웃하며 베아트리스가 동그란 눈에 몰이해를 드리웠다.

그럴 법도 하다. 실제 체험한 스바루도 그 기이한 능력에는 아직도 감이 안 잡힐 지경이다.

"……감정이 공유되는 게, 어떻게 위협이 되는지 이해 못하겠어."

"쉽게 말해, 위험을 위험이라고 여기지 못하게 되는 게 가장 큰 문제야. 감정의 톱니가 뒤틀리면 인간은 올바른 상황 판단과 행동을 할 수 없어져. ……그걸, 뼈저리게 맛보았지."

울며불며 죽기 싫다고 애원하는 소년을 두 손 들어 대환영하는 군중.

그 지옥의 광경을 높은 곳에서 내려다보면 진정 끔찍한 기분을 느꼈으리라. 하지만 무서운 점은 그 지옥 속에 있는 인간이 그것을 천국이라고 오인한다는 것이다.

"……감정의 공유는, 이해한 것이야. 그럼 감각의 공유는?"

"말 그대로, 상대가 아파하면 이쪽도 아파. 대죄주교의 목을 치면 그걸 보고 있는 무리의 목도 날아가. ……완전 답이 없지?"

스스로 새삼 말해 보고 그 까다로움에 진저리를 치고 만다.

목을 치면 이쪽 목이 날아간다. ──단적으로 말해 이토록 살해를 망설이게 만드는 능력은 좀처럼 없을 것이다. 『사망귀환』이 있으니 사전에 대책을 상담할 수 있지만 고생해서 쓰러뜨린 결과 길동무가 되어 전멸당해서야 배길 재간이 없다.

"한심스럽지만 나로선 방도가 안 떠올라. 그래서 네 지혜와 힘을 빌리고 싶어."

"……뭐, 당연한 거지. 오히려 베티를 의지하는 건 지당한 것이야."

"그렇지. ……일단, 라인하르트를 부른다는 으뜸패도 기야 있는데."

절박한 상황을 이해하면서 스바루의 불안을 걷어차 주려고 하는 베아트리스. 그런 그녀에게 유일한 광명이 될 가능성이 있는 라인하르트의 존재를 밝혔다.

"라인하르트라면 적이 누구든 질 염려는 없지. 근데 라인하르트가 대죄주교를 죽이면 같은 방식으로 주위에 있는 녀석들도 싹 날아간단 문제가 있어."

그것이 바로 지난번 스바루의 죽음이었다.

그렇다면 생포 작전은 어떨까 생각도 했다. 그러나 라인하르트에게 작전의 세부 사항을 전할 방도가 없고, 시리우스의 『기절』이 공유될 위험을 털어낼 수 없다. 잘못 건드렸다간 왕국이 『세혼』이라는 끔찍한 권능에 멸망하고 만다.

스바루가 라인하르트를 어떻게 운용할지 고민할 때, 베아트리스가 슬쩍 손을 들었다.

"스바루, 실은 얘기해 둬야 할 나쁜 소식이 있어."

"……진짜냐. 이보다 더 나쁜 소식 같은 건 하나도 듣고 싶지 않은데."

"알아. 하지만 얘기해 둬야 해. ……만약, 라인하르트랑 같은 전장에 서게 되면 베티는 그냥 귀여운 여자애가 되고 마는 것이야."

"뭐?"

뜬금없는 베아트리스의 선언에 스바루는 어안이 벙벙해 눈을 동그랗게 떴다.

"그냥 귀여운 여자애라니, 그 녀석이 멋있어서 맥을 못 춘다는 의미는 아니지?"

"진지한 얘기야. ……그치의 체질이 원인인 것이야. 라인하르트는 이 세계에 있는 이질성의 정점이야. 단지 그 자리에 존재하기만 해도 주위 마나는 맹목적으로 그치를 따르려고 해. 그 중심점 앞에선 마법사든 정령이든, 평소 상태를 유지할 수 없어져."

"그, 그게 뭐야? 그런 일이……."

있느냐고 말하려다가 스바루는 어제 『물의 날개옷 여관』에서 일어난 일을 떠올렸다.

라인하르트와 오랜만에 재회한 직후, 베아트리스는 유난히 그를 경계했었다. 그것이 라인하르트의 특이 체질 때문이라면 이해가 된다.

"라인하르트 혼자서 정리할 문제라면 베티는 감수하고 그냥 귀여운 숙녀가 될 거야. 그런데 만약 라인하르트 혼자서 해결할 수 없다 치면……."

"베아코가 움직일 수 없어지는 선택은, 애초에 선택할 수 없단 뜻이 되나."

이게 웬 장애물, 이게 웬 이매진 브레이커란 말인가.

라인하르트답다면 라인하르트다운 파격성이지만, 지금은 그 단점이 너무나 부담스럽다.

"어쩐다……. 해결은커녕 답이 없단 느낌만 더 늘고 있잖아."

누가 잘못했다는 게 아니라 스바루가 든 카드가 도통 부합되질 않는 것이다.

에밀리아, 베아트리스, 그리고 라인하르트. ──한 장 한 장은 강력한 카드여도 서로 입장과 특성, 적의 권능이 그 힘이 발휘되는 것을 방해하고 있다.

하나하나의 힘으로는 지지 않는다. 이를 완벽하게 살리지 못하는 건 스바루가 부덕한 소치다.

이대로는 또다시 하나도 방도를 떠올리지 못한 채 재차 그 괴인과 마주 서게 될 텐데——.

"——스바루, 어쩌면 작전이 있을지도 모르는 것이야."

따라서 광장 도착을 눈앞에 두고 베아트리스가 꺼낸 말은 하늘의 축복으로까지 느껴졌다.

"혹시 있을지도 모른다니, 타개책 말이야?!"

"어디까지나 가능성이야. 다만 대죄주교의 능력이 스바루의 설명과 같다면 그것과 비슷한 효과의 마법이 그 밖에도 있거든. 고등 마법의 『넥트』지."

"넥트! 확실히, 듣고 보니 『분노』의 권능과 효과가 비슷하군!"

놀라서 스바루가 목을 꿀꺽이자 베아트리스는 세운 손가락을 흔들면서 끄덕였다.

"본래 넥트의 본분은 언어가 개입되지 않은 아군과의 의사소통에 있는 것이야. 그걸 이런 식으로 쓰다니…… 마법을 모독하는 짓이야. 용서 못해."

마법에 긍지를 품은 베아트리스가 그 뒤틀린 행태에 불쾌하게 중얼거렸다.

실제로 전에 스바루가 『넥트』에 기댄 건 본의가 아니게도 율리우스와 협력하기 위해서였다. 페텔기우스의 『보이지 않는 손』에 대항할 수단이, 놈의 투명한 마수가 보이는 스바루의 시야를 율리우스가 공유한다는 형식밖에 없었기 때문이다.

그것이야말로 올바른 넥트의 효력——. 단연코 저주처럼 다른 이를 속박하는 힘이 아니다.

"그리고 넥트는 누구에게나 통하는 마법이 아니야. 동조하려면 최저한, 서로에 대한 신뢰를 빠트릴 수 없어. 대죄주교의 권능은 명백하게 그 범위를 무시하고 있는 것이야."

"그걸 무턱대고 연결한다는 게 바로 권능이겠지. 그보다……."

"대처법 말이구나. ——딱 잘라 말하자면 『샤마크』가 나설 차례지."

"샤마크 씨 오셨다! 변함없이 완전 만능이잖아!"

베아트리스의 설명에 스바루는 무심코 박수를 보내고 주먹을 움켜쥐었다.

샤마크라는 마법은 그 정도로 스바루에게 크나큰 존재다. 괴로울 때, 힘들 때, 위험할 때, 난처할 때, 샤마크는 항상 스바루와 함께 있었다.

베아트리스와 계약하기 전, 무력한 스바루의 힘이 되어 주던 것은 렘과 파트라슈와 샤마크 씨라고 해도 과언이 아니다.

스바루 본인의 게이트는 파손되어 마법을 쓸 수 없어진 현재, 샤마크와의 관계는 끊긴 것으로만 여겼는데—— 이렇게 다시 샤마크는 스바루를 구해 준단 말인가.

"그렇구나, 샤마크구나……. 샤마크라면 틀림없이 어떻게든 다 해 줄 거야……!"

"써먹을 데가 그렇게 적은 초보 마법인데, 그 심상찮은 신용이 너무 의문스러운 것이야……."

"잠깐! 아무리 베아코라도 샤마크 험담은 용서 못해……!"

"진짜로 스바루는 뭐 때문에 그렇게까지 말하는 거야……."

한숨지은 베아트리스는 콧김을 씩씩대는 스바루의 코끝에 손가락을 들이대고는 말을 이었다.

"샤마크의 효과는 술법의 대상이 가진 의식을 세계와 강제로 분리하는 거야. 효과의 강약은 술자의 역량에 의존하지만 베티한테 걸리면 누구든 슥슥 쓱싹이지."

"그 말인즉슨?"

"적의 영향 범위에 있는 인간을 몽땅 샤마크에 집어넣는 것이야. 상대가 이해와 공감을 강제한다면, 우리는 몰이해를 강요하면 그만이지."

"그 대목만 듣자니 표현은 최악인데…… 확실히!"

이치상 해법이 성립되자 스바루는 무릎을 치며 수긍했다. 스바루의 염려와 소망을 남김없이 고려한 만점짜리 해답. 그 제안자인 베아트리스도 자랑하듯 평평한 가슴을 폈다.

"좋아, 멋지다! 그 능력을 무력화할 수만 있으면 다 이긴 거지. 남은 건…… 남은 건?"

"라인하르트 없이 그 대죄주교를 해치우기만 하면 돼."

"_____."

베아트리스가 차근차근 풀어 준 그 결론에 스바루는 침묵했다.

"말해 두겠는데, 베티는 샤마크에만 매달려야 하고, 쓰러뜨리는 순간에 맞춰서 싸우는 녀석에게도 샤마크를 걸 필요가 있어. 스스로는 못 싸우는 것이야."

"그렇겠지. ……야단났다. 결국 원점으로 돌아오고 마네."

여기에 와서 전력 부족이라는 첫 장벽으로 원상복귀다.

베아트리스의 백업이 없는 스바루로선 『세혼』을 막더라도 시리우스에게 이기기란 요원하다. 연습한 채찍이 통하지 않았다는 사실에도 은근히 상처를 받고 있다.

"그때, 광장에 있던 무리한테 말 붙여서…… 아니, 얘기해서 통할 내용이기나 할지. 라친스야 우연히 면식이 있었으니 듣는 시늉은 해 줬지만."

시각탑 광장에 있던 이들 중에는 몇 명가량 싸울 만한 사람도 있었다. 하지만 정작 협력을 요청할 단계에 들어서기가 어렵다.

"애당초 실력도 모르는 판국인데 어떻게 설득하라고. 좀 더 생각을 잘해서……."

"――그럼 실력도 알고 말도 통하는 내가 나설 차례 아닐까?"

"웃――?!"

그건 말 그대로, 스바루의 사고를 한순간에 깨부수는 은방울 같은 목소리였다.

들은 기억이 너무나 많은 그 목소리에 스바루와 베아트리스는 놀란 표정으로 뒤돌아보았다. 그런 둘의 등 뒤에 아름다운 은발 소녀가 허리에 손을 짚고 서 있었다.

있어선 안 될 소녀. 그 존재에 스바루는 숨을 집어삼키고 입술을 떨었다.

"에, 에밀리아땅? 왜 여기에……."

"눈치가 이상하다 싶었더니 역시 힘든 일 떠안고 있잖아. 그렇게 날 따로 떼어 두려는 거, 스바루의 나쁜 버릇이라고 봐."

마치 나쁜 짓을 한 어린애를 꾸짖는 어조로 말하며 에밀리아가 스바루를 째려보고 있었다. 그 등장에 스바루는 놀라서 말이 나오질 않았다.

"공원에서 기다리라고 말했을 텐데. 몹쓸 아이인 것이야."

말을 잇지 못하는 스바루를 대신해 베아트리스가 에밀리아를 올려다보며 말했다. 그 말에 에밀리아는 "미안해." 하고 운을 떼면서 대답했다.

"사실은 나도 기다릴 생각이었어. 그런데, 프리실라가 뭐라 그래서."

"그 빨간 계집이?"

"지금 스바루를 안 쫓아가면 후회할지도 모른다며. 아무 일도 없었으면 나도 돌아갈 생각이었는데…… 둘 다 계속 심각하게 대화하고 있는데 물러설 수야 없지."

에밀리아의 등을 떠민 원흉, 프리실라의 쓸데없는 행동을 스바루는 저주하고 싶은 심정이었다.

정말이지 상황을 헤집어 준다. 완전 각 잡은 타이밍이 사납다. 덕분에 완벽하게 스바루가 제일 피하고 싶던 상황이 만들어지고 말았다.

"에밀리아, 마음은 고마워. 고마운데 말이야. 저기, 우리는 지금부터……."

"마녀교가 나타난다며? 똑똑히 들었어. ……스바루가 돌아가라 그래도 안 돌아가. 마녀교는 내게도 남 일이 아닌걸."

"에밀리아!"

말귀를 들어먹지 않는 에밀리아. 그 생각을 어떻게든 바꾸려고 스바루는 언성을 높였다.

스바루도 아무 근거 없이 에밀리아를 멀리하려는 것은 아니다. 상대가 마녀교만 아니라면 에밀리아에게도 기꺼이 협력을 청하겠다.

하지만 상대가 마녀교라면, 안 된다. 논리도 이유도 필요 없다. 절대로 안 되는 것이다.

그러나 그런 스바루의 호소를 에밀리아는 진지한 눈으로 마주 바라보았다.

"화난 척해도 안 돼. 화난 걸 내가 어려워할 때는 내가 나쁜 짓을 했을 때뿐. 지금 말귀가 안 통하는 건 내가 아니라 스바루란 말이야."

"으……."

곧게 바라보는 남보랏빛 눈에 스바루의 기세가 꺾였다.

에밀리아는 말문이 막힌 스바루에게로 진지하게, 진심을 담아 호소했다.

"그렇게 스바루가 나를 지키려 주는 건 알아. 하지만 그러다가 또 스바루가 다칠 텐데도 못 본 척하기는 싫어. 스바루가 싸울 때 나도 싸울래. 스바루가 누군가를 지키려 한다면 나도 도울래. 스바루가 날 지켜주듯이……."

"————."

"나도 스바루를 지켜주고 싶어. 스바루, 당장에라도 울어 버릴 표정인걸."

꺾여서는 안 될 마음이, 에밀리아의 호소에 꺾여 버리려 하고 있다.

에밀리아를 위험에서 멀리 떨어뜨려 놓기 위해서, 스바루는 자신의 용기를 북돋워야만 한다. 강철 같은 마음으로 온갖 난관에 맞서야만 한다.

그런데도 스바루는 지금 겁내고 있다. 공포를 느끼고 있다. 두려워하고 있다.

——스바루는 한 시간 동안 세 번 목숨을 잃었다.

이토록 짧은 간격으로 죽음이 연이은 적은 나츠키 스바루가 쌓은 죽음의 경험치로도 겪어본 적이 없다. 애당초 『죽음』에 익숙해지는 것부터가 영원히 없을 일이다.

『죽음』은 언제나 무섭다. 감히 익숙해질 수 없고, 익숙해져서도 안 된다.

목숨을 빼앗긴다는 것은 미래가 끊긴다는 뜻이다. 삶을 부정당하고 존재를 짓밟히고 영혼을 모욕당한다. 그게 목숨을 빼앗는다는 일이다.

스바루는 그것을 계속 맛보았다. 죽고 싶지 않다고 마냥 생각하고 있다.

나츠키 스바루는 아무리 지나도 그 약한 마음을 극복하지 못하고 있는 것이다.

"……스바루, 그만 포기하는 편이 나아."

반론하지 못하던 스바루 옆에서 베아트리스가 깊은 한숨을 내쉬고 말했다.

"베아트리스……."

"에밀리아는 고집불통인 것이야. 알아 버린 이상 필시 방법이 없지. 그리고 베티도 에밀리아의 마음이 이해되는 것이야. 그러니 베티는 설득하고 싶지 않아."

할 수 없는 게 아니라 하고 싶지 않다. 그것이 작전의 요체인 베아트리스의 결론이었다.

에밀리아가 진지하게, 베아트리스가 애정을 담아, 저마다 스바루를 응시했다.

그 둘의 눈초리에 끝내 스바루의 마음이 꺾였다.

"……마녀교는 분명히 널 노릴 거야. 일단 무엇보다 자신을 최우선해서 행동해 줘."

"응, 알았어. 잡혀도 스바루가 구해줄 거라고 믿고 있을게."

"재수없는 소리 하지 마……. 그래서 이야기는 얼마나 들었어?"

저항을 포기한 스바루의 말에 에밀리아가 안도의 미소를 띠었다. 하지만 바로 어려운 적이 기다린다는 사실을 떠올리고 표정을 싹 다잡았다.

"대체로 다 들었을 거야. 마녀교의 나쁜 사람이 와서, 넥트 같은 마법을 쓴다. 그걸 베아트리스가 샤마크로 어떻게든 할 테니 그 틈에 나쁜 사람을 해치우는 거지?"

"일요일 아침 애니메이션 같은 이해법이지만 그거면 OK. 믿어도 돼?"

"물론, 맡겨 줘. 나도 요 1년 동안에 부쩍 성장했으니까."

두 손을 가슴 앞에 두고 에밀리아가 귀엽게 파이팅 포즈. 정말 긴장감이 모자라지만 작전은 머릿속에 잘 들어 있다.

물론 에밀리아를 작전에 넣는 불안이 사라지진 않았지만——.

"에밀리아땅과 베아코가 있는데 실패할 수는 없지."

그 불안과 우려 요인을 반대로 힘으로 바꾸어야 남자라고 할 수
있으리라.

"그리고 이제 목적지에 다 왔고, 시간도 됐어."

베아트리스의 작전 입안과 예상 밖이던 에밀리아의 합류가 있
어 시각탑 광장에 도착한 것은 괴인 등장을 목전에 둔 시간이었
다. 남은 건 작전 개시를 어디서 결단하는가.

탑 안의 루스벨 구출을 위해 가능한 한 시리우스를 탑에서 떼어
놓을 수 있다면 이상적이다.

"에밀리아땅, 이제 곧 탑 위에 보기만 해도 수상한 녀석이 나올
거야. 그러면 선제공격으로 한 방 큼직한 걸 먹여 줘. 그걸로 탑
에서 떨어뜨리면 베스트야. 그다음은 베아코가 잘해 줘서 신호
한 뒤 전투 개시로. 나도 지원할게."

"응, 맡겨 줘. 최대한 잘해 볼게."

스바루의 지시에 에밀리아가 끄덕이고 베아트리스를 포함한
셋이서 작전을 짰다.

그렇게 방침이 굳어진 직후였다.

"──왔다!"

시각탑 창문에서 몸을 내미는 검은 그림자, 그 모습에 스바루
는 무심코 몸이 굳었다.

검은 로브를 두른, 마른 사람의 그림자가 훌쩍 탑 테두리에 섰
다. 눈 아래, 광장에 있는 사람들은 한 명도 지상을 내려다보는
그 존재를 깨닫지 못했다.

살얼음판 위에 성립된 평온. 높은 시점에서 바라보는 그것은 얼마나 미덥지 못하단 말인가. 큰 무대에서 지상을 내려다보는 괴인의 동작 하나만으로도 철저하게 박살 난다.

"————."

천천히 괴인이, 시리우스가 두 팔을 벌렸다. 먼 거리에서, 붕대 너머로도 그 얼굴에 황홀한 기색이 서려 있는 것을 여실히 알 수 있었다. 그리고 괴인은 힘차게 그 팔을 마주쳐서——.

"——울 휴마!!"

——순간, 탑 바로 위에 출현한 거대한 고드름이 탑 테두리에 선 시리우스에게 직격했다.

스바루를 다섯 명 묶은 것보다도 더 굵은 얼음의 일격이 어마어마한 기세로 탑을 터트렸다. 결코 여리지는 않을 벽이 붕괴하고 탑의 상부에 고드름이 전위적으로 꽂혔다.

그 광경에 스바루는 턱이 툭 빠질 것만 같았다.

"에, 에밀리아땅?"

"스바루가 선제공격하라니까, 선제공격해 봤는데…… 잘못했어?"

"아니, 굿잡. 굿잡인데, 생각 이상의 선제공격인 바람에 놀라서."

세세한 타이밍을 지시하지 않은 스바루에게도 잘못은 있지만 가장 큰 문제는 에밀리아가 첫 공격을 망설이지 않을 만큼 대놓고 수상하기 그지없는 행색인 괴인 쪽이었다.

상황을 살피는 것 따윈 하나도 생각 안 하는 한 방은 설마 하던 대수훈도 있을 법한 위력이었다.

"베아코, 끝냈을 것 같아?"

"일단, 주위 패거리는 끝장났다고 여기는 중이야."

스바루의 물음에 베아트리스 또한 희미하게 놀란 기색을 남긴 채로 대꾸했다. 그 말에 시선을 내린 스바루는 베아트리스의 발언에 수긍했다.

정면의 광장 사람들이 일제히 스바루 일행을—— 엄밀히는 갑작스러운 파괴 행위에 이른 에밀리아를 보고 있었다. 그들이 보기에 테러 행위의 실행범은 스바루 일행 쪽일 것이다.

진짜 테러 행위를 미연에 막았다고 주장해도 믿어 줄 수 있을까.

"어, 음, 악의가 있어서 이런 짓을 한 건 아니야. 우리는 말이지……."

"——스바루, 안 돼. 뒤로 물러나 있어."

성심성의껏, 최선을 다해 설득을 시도하려는 스바루. 그 어깨를 에밀리아가 잡아당겼다. 그리고 그녀는 한 걸음 앞으로 나서고는 오른손을 위에서 아래로 세게 내리쳤다.

순간, 킹 하고 공기가 떨어 울리고 에밀리아의 손아귀에 파란 얼음의 검이 생겨나 있었다. 칼날이 가느다란, 아름다운 검의 얼음 공예. 그 끝부분을 에밀리아는 광장의 군중에게 겨누었다.

"아니, 아니, 아니, 그건 아무래도 좀 그렇지! 똑바로 얘기하면 알아줄……."

"그게 아냐. 잘 봐, 스바루. ——사람들 눈, 정상이 아니야."

"뭐?"

에밀리아의 굳은 목소리에 스바루는 퍼뜩 정신 차리고 광장 사람들의 얼굴을 둘러보았다. 그 모습을 곰곰이 관찰하던 스바루 또한 깨달았다. 확실히 괴이한 광경이었다.

스바루 일행을 응시하는 군중 전원의 얼굴에 반점과 핏줄이 도드라졌으며 핏발 선 안구는 흰자위를 잃고 붉게 빛나고 있다. 그리고 전원이 하나같은 표정을 짓고 있었다.

얼굴을 일그러뜨리고 이를 드러내며 으르렁댄다. ──참기 어려운 분노의 감정이다.

"베아코! 샤마크 준비는?!"

광기에 가득 찬 사람들의 얼굴에 스바루는 옆의 베아트리스에게 말을 걸었다. 그러나 작전의 핵심인 소녀는 군중의 모습에 씁쓸하게 입술을 깨물었다.

"······실수했어."

"실수했다?"

"이건 『넥트』와 근본부터 다른 사법(邪法)이야! 마법보다 저주나 저술에 가까운, 영혼에 대한 간섭인 것이야! 단순한 샤마크로는 대적할 수 없어!"

동요와 분노로 목소리를 떠는 베아트리스. 그녀의 말에 스바루는 세게 이를 갈았다.

자세한 원리는 모르겠지만 베아트리스가 샤마크 작전은 수정이 불가피하다고 판단했다. 그 역경을 이해했고, 문제는 아직 남아 있다.

이렇게 광장 사람들이 통째로 심상찮은 격정에 휘말렸다는 말은──.

"——냄새나."

한마디. 억눌린 목소리가, 저주가 새어 나왔다.

그것은 몹시 끈적끈적한, 이 세상 전부를 저주하는 원한 서린 통곡이었다.

"냄새나. 냄새나. 냄새나. 냄새나. 냄새나. 냄새나. 냄새나. 냄새나냄새나냄새나냄새나냄새나냄새나냄새나냄새나냄새나냄새나냄새나냄새나냄새나냄새나냄새나냄새나냄새나! 냄새나냄새나! 냄새나냄새나냄새나냄새나, 냄새나——!"

그 직후, 윗부분이 찌부러진 시각탑의 벽에 박힌 고드름에 균열이 번졌다. 균열은 한 호흡 사이에 얼음덩이 전체로 퍼지고, 다음 순간 반짝이는 얼음 조각이 되어 산산이 부서졌다.

햇빛에 아름답게 반짝이는 다이아몬드 더스트 속에 한 괴인이 서 있다.

멀쩡하진 않다. 하얀 붕대의 절반은 피로 물들고, 축 늘어진 왼팔에서 뚝뚝 떨어지는 피가 탑의 하얀 벽을 더럽히고 있다. 붕괴한 파편을 뛰어넘는 발걸음, 그것도 왠지 위태롭다.

하지만 그 눈에 서린 광기는, 격정은 스바루가 여태까지 봤던 괴인과 비교할 바가 아니었다.

"냄새나, 냄새나……. 계집 냄새. 추레하고 지긋지긋한, 내게서 그 사람을 빼앗는 반마(半魔)의 악취. 그 사람이 아닌데 그 사람과 비슷한 추잡스러운 냄새. 아아, 아아아, 혐오스러워!"

가까스로 남은 탑의 발판에서 시리우스가 피로 물든 붕대를 쥐어뜯었다. 침을 튀기고 피를 내뱉으며 증오를 외치는 그 모습은 스바루가 아는 괴인의 인상과 크게 괴리되어 있었다.

광기가 서린 것은 같아도 그 방향성이 너무나 달랐다.

"나의! 그 사람을 향한 사랑을 시험하느냐, 정령아! 내게서 그 사람을 앗아간 것만으로는 아직 모자란 거냐, 추한 반마야!"

분노가 가는 대로 두 팔을 펼치고 절규하던 시리우스가 도약했다.

탑에서 지상으로 떨어지는 시리우스. 그 괴인이 머리 위에 쳐든 두 팔에 불꽃이 일었다. 홍련의 불꽃을 팔의 사슬에 두르고 작열을 나부끼는 시리우스가 광장에 착지했다.

사지로 땅을 딛고, 불타는 두 팔을 유지하며 괴인은 고개를 들었다.

괴인의 눈이 얼음 검을 잡고 있는 에밀리아와 우두커니 선 스바루——아니, 그 스바루를 지키려고 서 있는 베아트리스를 보았다.

다음 순간, 시리우스는 세상을 불사르는 분노에 젖은 목소리로 외쳤다.

"나는! 마녀교 대죄주교! 『분노』 담당!"

솟구치는 불꽃의 열파를 받으며 광장의 군중이 두 팔을 하늘로 쳐들고 괴성을 질렀다.

스바루의 기억과는 전혀 다른 광란과 불길이 퍼지고, 그 도가니 속에서 괴인은 이름을 밝혔다.

"——시리우스 로마네콩티! 망할 반마에 망할 정령, 너희를 모조리 불태우고, 타고 남은 재를 남편의 무덤 앞에 뿌려 주마!"

## 2

두 팔에 홍련의 불꽃을 띠고 노성을 터트리는 시리우스의 얼굴은 악귀도 이럴까 싶을 만큼 흉험했다.

『분노』의 괴인은 자신을 둘러싼 눈부신 불꽃의 작열 못지않은 열정을 눈에 띠고 스바루 일행을 노려보았다. ──아니, 그 표현은 정확하지 않다. 왜냐하면.

"냄새나. 냄새나냄새나냄새나냄새나냄새나냄새난다, 망할 반마아……!"

저주를 뿌려대는 시리우스의 안중에 스바루의 존재는 털끝만큼도 들어 있지 않았다.

시리우스가 한결같이 시선으로 태워 죽이고자 하는 것은 스바루 옆에 서 있는 두 소녀, 바로 에밀리아와 베아트리스였다.

"뭐야, 저 녀석. 여태까지랑 전혀 인상이 다르잖아……."

그 증오의 방향과 격노하는 시리우스의 표변에 스바루는 동요를 숨기지 못했다.

단기간에 세 번, 스바루는 정상적인── 그렇게 말해도 될지는 의문이지만, 그런 시리우스와 대치했다. 그 만남에서 시리우스는 결코 상식인이라고 할 순 없어도 이렇게 이성을 잃은 흉악한 존재는 아니었다.

어디까지나 이성적으로, 일반인에겐 이해할 수 없는 지론을 강요하는 정신 파탄자였을 뿐이다.

그 인상이 눈앞의 시리우스와 모순된다. ──이래서는 『분노』

그 자체다.

"구더기 파리처럼 태워도 태워도 우글거리긴……. 무슨 원한을 졌어, 어엉?! 나한텐 슬픔에 잠겨 애도할 자유도 없단 거냐?! 얼마나, 얼마나 더어……!"

"……당신이 무슨 말을 하는지, 나는 모르겠어."

에밀리아는 침을 튀기며 생트집에 불과한 소리를 떠드는 시리우스의 기세에도 겁내지 않고 말로 대꾸했다. 한 발짝도 물러서지 않으며, 열화 같은 욕설에 기죽지도 않고.

손에 든 얼음 검으로 시리우스의 뒤에 늘어선 군중을 가리키며 말을 이었다.

"당신이 내게 화가 났다면, 이야기해 줘. 대뜸 공격한 건 우리니까 당신이 화내는 건 당연한걸. 하지만 주위 사람들은 관계없어. 풀어 줘."

"뭐라도 되는 것처럼 보채지 마시지! 양보해 주길 바란다면 태도로 표시해! 화내는 게 당연? 그럼 사과해! 기어서 용서를 구걸해! 그런 다음에 엉덩이부터 내장을 태워 주마!"

"우. 당신, 말이 안 통하는 사람이구나. ——그럼 나도 생각이 있거, 든!"

격분하던 시리우스가 살짝 어조가 바뀐 에밀리아의 목소리에 눈이 휘둥그레졌다.

그 직후 땅을 박찬 에밀리아가 자세를 낮춰 시리우스에게 뛰어들었다. 호리호리한 몸을 바람에 실은 에밀리아. 그 하얀 팔로 얼음 검을 휘두르자 아름다운 궤적이 괴인의 어깻죽지로 뻗쳤다.

"에밀리아?!" "──치잇!"

경악한 스바루의 목소리와 시리우스의 혀 차는 소리가 겹쳤다.

왼쪽 어깨로 날아드는 얼음 검 앞에서 시리우스는 잽싸게 왼팔을 들어 타오르는 불꽃으로 에밀리아의 일격에 대항하려 들었다. 그러나──

"썩을 반마아!"

"그런 못된 말, 자꾸 하지 마. 사람들이 더럽게 볼걸."

푸르스름한 칼끝은 불꽃에 지지 않으며 시리우스가 쳐든 왼팔에 직격했다. 단, 거기에는 불꽃을 두른 쇠사슬이 감겨 있어 비명 같은 쇳소리와 함께 얼음 검과 불꽃 팔이 격돌했다.

하지만 빙염이 팽팽하게 맞서던 것은 한순간. 1초 뒤, 에밀리아의 얼음 검이 소리와 함께 깨졌다.

"꼴, 좋다──!"

칼자루를 남기고 얼음 검은 마나로 환원. 승리를 뽐내듯 외친 시리우스가 에밀리아에게 오른쪽 불꽃의 팔을 후려쳤다. 그 위력은 석벽을 깨고 맞은 상대의 상처를 태우며 도려내는 흉악한 일격이다.

하마터면 세상에서 제일 아름다운 에밀리아의 얼굴에 흠이 나려는, 그 직전이었다.

"응차!"

상황에 안 어울리는 기합성이 들리고 이번엔 시리우스의 팔이 밑에서 날아온 타격에 튕겨 났다. 그렇게 만든 건 에밀리아의 얼음 검이었던 물건이다.

"아아, 아아아! 아아아아아! 성가셔!"

시리우스가 절규하고 불타는 두 팔을 머리 위에 교차했다. 교차한 팔의 중심을 후려친 것은 에밀리아가 내리친 얼음 해머였다.

녹은 얼음 검의 칼날 대신에 칼자루에 돋아난 것은 타격면이 넓은 얼음 뭉치였다. 그 한 방의 무게에 이를 갈며 뒤로 뛰는 시리우스를 에밀리아가 쫓았다.

"에잇! 챳! 얍! 핫! 야압! 얍얍!"

"망할! 반마가! 구더기! 버러지! 갈보! 짜증 나, 열 받아!"

무기의 원심력과 절묘한 몸놀림으로 에밀리아는 기대 이상의 근접 전투력을 발휘했다.

휘두르는 얼음 망치의 타격은 무거워서 공격으로 이행하지 못하는 시리우스는 오로지 방어전뿐이었다. 완전히 에밀리아가 밀어붙이는 분위기. 이대로 가면 이길 수 있다고 스바루도 주먹을 불끈 쥐었다.

"이길 수 있어……! 아, 지금은 그래선 안 되지! 에밀리아! 아직 광장 사람들이…….."

"스바루, 지금은 주의를 끌면 안 되는 것이야!"

에밀리아가 시리우스를 격파하면 그 시점에서 주위에 괴인의 『죽음』이 공유된다.

그 위기감에 스바루는 소리를 질렀지만, 낯빛을 바꾼 베아트리스가 그 행동을 질책했다. 스바루는 왜 그러는지 뒤돌아봤다가 곧장 자신에게 쏠린 무수한 눈초리를 깨달았다.

"""""──버러지가.""""""

"일 났다."

소리친 스바루를 보고 분노의 욕설을 뇌까린 것은 핏발 선 눈초리의 군중이었다. 스바루와 베아트리스를 겨눈 그들의 광기는 시리우스의 것과 완전히 동질.

그들은 완전히 시리우스의 권능에 『세혼』당한 것이라고 생각해도 무방하다. 그리고 군중은 억누르지 못하는 분노대로 스바루 일행에 대한 적의를 행동으로 옮기려 하고 있었다.

"그냥 공유하는 것만이 아니라 세뇌해서 자기 말로도 삼을 수 있는 거냐?!"

"그런 소리나 할 때가 아냐. 타개책이 없는 지금, 시간을 버는 것이야!"

성가신 능력에 머리를 감싸 안는 스바루. 그 등에 베아트리스가 뛰어들었다. 가벼운 몸에 손을 받쳐 지탱하자 둘을 노린 군중이 단숨에 밀어닥친다.

"에밀리아, 오래 붙잡아 줘!"

"별로 무리는, 못하거든!"

에밀리아의 힘찬 대꾸가 터지고 스바루는 군중에게서 도망치려 뒤로 뛰었다. 다행히 제정신을 잃은 사람들의 움직임은 재주 없는 꼭두각시처럼 치졸하고 느리다.

"으어! 와! 여기를, 지난다! 위험해! 하지만 세이프!"

스바루가 뻗어대는 팔을 회피하고, 옆으로 뛰어 군중을 제치면서 우롱했다. 공허한 표정으로 몰려드는 군중의 모습은 흡사 좀

비 영화의 한 장면이다. 그 공포가 뼈에 사무친다.

"도망만 쳐선 해결이 안 돼! 이대로 소동을 알아채 줄 원군을 기다릴까?!"

"원군이 와 봤자 상대의 힘을 공략 못하면 희생자만 늘 뿐이야. 깜빡 라인하르트라도 달려오면 그 시점에서 베티는 귀여운 숙녀로 변하는 것이야."

"명실상부 단순한 『여아 사역자』란 말이지. ……일단 바로 불려 올 걱정은 없어."

여하튼 라인하르트에게 신호를 보낼 수 있는 라친스는 벌게진 얼굴로 신나게 스바루를 쫓고 있었다. 다른 군중을 밀어젖히며 1, 2위를 다투는 의욕을 내보이는 중이다.

그 라친스에게 떠밀린 군중은 화려하게 발이 미끄러져 넘어졌다. 그걸 다른 군중은 개의치 않고 밟아대며 넘어온다. 그 모습이 무섭다.

"아드레날린 팍팍 나와서 안 아프단 느낌인데, 저거 확실히 위험하지?"

"저 분위기라면 쓰러져서 밟혀 죽은 사람이 있어도 이상하지 않아."

"그럼 곤란하지!"

희생자는 내고 싶지 않다. 그것이 스바루가 이렇게 분전하는 가장 큰 목적이다.

물론 스바루라 한들 손이 닿지 않는 범위가 있는 건 이해한다. 오히려 스바루의 손 가지곤 안 닿는 것이 훨씬 더 많다.

지키고 싶은 게 많이 있다. 하지만 지킬 수 있는 것에는 한도가 있다.

"──그래도 그『한도』를 스스로 결정할 작정은 없다고!"

"그래야지 베티의 스바루인 것이야!"

등짝으로 최고의 성원을 받으며 스바루는 허리 뒤에서 애용하는 채찍을 뽑았다.

생명은 가능한 한 구한다. 그러니 다소의 대미지는 각오하라는 스바루의 심정. 돌진해 오는 군중 중에서 선두를 끊으며 달리는 라친스를 조준했다.

면식이 있는 상대다. 좋은 관계라고는 못하지만 아무리 스바루라도 마음이 아프다.

"아프긴 한데, 얼굴 모르는 사람보다는 낫군! 미안하다, 친!"

"누가 친이냐! 나는…… 하푼?!"

조건반사적으로 외친 라친스의 다리에 스바루가 던진 채찍이 감겼다. 그대로 혼신의 힘으로 채찍을 끌어올리자 자세가 무너진 라친스가 주위 사람들을 끌어들이며 홀랑 뒤집혔다.

"머리, 좀 식히고 와라!"

그 순간 스바루가 거침없이 달려가서 라친스의 엉덩이를 걷어차 수로로 떨어뜨렸다. 라친스가 비명을 지르고, 쓰러진 다른 이들도 잇달아 걷어차서 속속 전선에서 이탈시켰다.

"이 상태로…… 루스벨!"

그렇게 추적자를 줄이면서 스바루는 시각탑까지 거리를 좁혔다. 목적은 최상층, 시리우스의 연설에 이용되어야 했을 루스벨을 확보하는 것이다.

"베아코, 꽉 잡고 있어!"

등의 베아트리스를 부른 순간, 정면에서 군중이 스바루를 막아섰다. 그들의 팔이, 몸이 가차 없이 진로를 막지만 스바루는 거기에 망설임 없이 돌진했다.

"스승님께 전수받은, 벼락치기 파쿠르를 보여 주마!"

부르짖은 스바루가 무수한 팔다리를, 몸을 비유가 아니라 말그대로 헤쳐 나가며 돌파했다.

매일같이 숲에 있는 『비밀 특훈 시설』에서 실시한 훈련이 결실을 보았다. 클린드가 전수한 이 기술은 스바루의 지식으로는 『파쿠르』라고 불리는 이동술에 가깝다. 온몸을 구사해 경쾌함과 유연성을 유지한 채로 군중의 틈새를 누비며 빠져나간다.

스바루는 베아트리스를 업은 채 경탄할 만한 기세로 시각탑에 굴러 들어갔다.

"혀 깨문 것이야!"

"미안하다! 하지만 위에 있는 인질이 우선이니까!"

항의하는 말에 스바루가 대꾸하고 나선계단을 거침없이 달려 올라갔다. 뒤에서 군중이 몰려들지만 서로 깔고 밀치느라 마음처럼 계단을 올라오지 못하고 있다.

그 틈을 타 스바루 일행은 한발 앞서 최상층에 도달. 둘러보니 그 공간은 에밀리아의 처음 일격에 반파된 바람에 스바루의 기억보다는 훨씬 바람이 잘 통하고 있다.

한순간, 루스벨까지 산산조각 났을 가능성에 간이 철렁했지만

─.

"읍─! 으읍─!"

가까스로 원형을 유지한 공간에서 사슬로 칭칭 감긴 소년이 버둥대고 있었다. 그 무사……하다고 해도 될지는 별개로 치고, 생존이 확인된 소년에게로 스바루가 달려갔다.

이미 구속이 완료된 루스벨. 스바루는 보기 딱한 사슬의 재갈을 풀고 안심시켜 주려 말을 고르는데.

"─뒤에!"

"위험?!" "한 것이야?!"

눈물 어린 루스벨의 경고에 스바루가 베아트리스째로 머리를 숙였다. 그 순간, 친한 이웃인 것처럼 『죽음』이 뒷덜미를 스치고 지나갔다.

뒤돌아보니 호쾌한 검격을 펼친 것은 최상층으로 뛰어오른 여우인간 남자였다. 처음에 광장에 있었던, 싸울 수 있을 만한 무리 중 한 명. 그는 하얀 꼬리를 살랑거리며 추가타를─.

"베아코!" "샤마크인 것이야!!"

그 기량에 정면 승부를 포기하고 즉각 베아트리스의 마법을 발동─ 발생한 검은 아지랑이가 여우인간을 집어삼키고 몰이해의 세계에서 수인(獸人)은 전투력을 상실한다. 샤마크가 먹힌 증거다.

"역시 샤마크 씨! 이걸로, 시리우스와의 링크는 안 끊겼어?!"

"반응이 없어! 무력화되어도 아직 연결은 살아 있어! 아마 그 변태가 죽으면 길동무로 죽어 나갈 것이야!"

"젠장, 어쩌지?!"

"열심히 생각하는 중이야!"

수수께끼의 해명은 베아트리스에게 맡기고, 스바루는 그녀를 믿고서 시간을 벌 수밖에 없다.

문제는 본격적인 적을 상대하고 있는 에밀리아의 형세.

"에밀리아 쪽은……."

스바루는 루스벨을 안아 들고 망가진 창틀을 넘어 탑 밖으로 뛰쳐나갔다. 눈 아래, 광장에는 불꽃과 얼음이 맞겨루며 에밀리아와 시리우스의 전투가 속행 중이었다.

요 1년, 스바루는 정무와 공부 틈틈이 에밀리아가 자기 자신을 단련한 것을 알고 있다. 그녀가 스바루보다 훨씬 더 강한 것도 잘 아는 바다.

그래도 스바루는 에밀리아가 걱정됐다. 어느 쪽이 강하느냐는 문제가 아니다. 스바루에게 에밀리아는 좋아하는 여자애, 그게 전부다.

사람에 따라서는 시답잖다고 단언할, 그런 걱정. 그것을——.

"이얍! 얍! 차차!"

변함없이 왠지 맥 빠질 기합성을 지르면서 얼음의 맹공으로 시리우스를 몰아붙이는 에밀리아는 한 귀로 듣고 흘리는 기색이었다.

"에잇— 얍!"

몸을 돌리며 에밀리아가 손에 든 얼음의 쌍검을 춤추듯 후려쳤다. 시리우스는 불타는 쇠사슬을 휘둘러 욕설과 함께 그 공격을 격추. 쇳소리와 함께 쌍검이 깨지지만 몸을 숙인 에밀리아가 허리를 틀어 새로 생겨난 얼음 창으로 시리우스의 몸통을 세차게 옆으로 갈겼다.

비명. 그 위력과 충격에 시리우스가 포석에 튕기면서 땅바닥을 굴렀다.

──자신의 방대한 마나 저장량을 활용한, 부서지는 게 전제인 얼음의 무기 고속 연성.

『아이스브랜드 아츠』라고 스바루가 이름 지은 전투법은 그 깨져나간 얼음의 무상함도 한몫하여 마치 요정이 춤을 추듯 환상적인 아름다움을 띠고 있다.

전투 속에서 부서진 얼음의 잔재가 흩날리며 마나가 반짝이는 무대에서 에밀리아와 시리우스 두 사람은 불꽃과 얼음, 서로 상반되는 무기를 이용해 사투를 연출하고 있었다.

"으얍!"

구르는 시리우스를 쫓아가 얼음 창을 빙글 돌린 에밀리아가 물미로 번쩍 찔렀다. 그 공격을 땅바닥의 시리우스가 교묘하게 발을 놀려 피하고, 그 물미를 움켜쥐었다.

"솟구치는 열정이야말로 마음의 감명! 아아! 아아아! 아아아아!『분노』!"

"꺅?!"

소리친 시리우스의 손아귀에 잡힌 얼음의 창이 한순간에 불꽃의 창으로 변모했다. 그 뜨거움에 에밀리아가 저도 모르게 손을 떼자 이번엔 시리우스가 불꽃의 창으로 역습에 나섰다.

붕대 괴인이 불꽃의 창을 휘두르며 뒤로 뛴 은발 소녀를 태워 죽이고자 짓쳐들었다.

"남자를 꾀는 눈! 남자를 꾀는 방울 같은 목소리! 남자를 꾀는 반짝이는 은발! 남자를 꾀는 하얀 살결! 남자를 꾀는 음탕한 얼굴! 아아, 추접스러워! 그렇게 해서 남자를 쥐락펴락하고 싶으냐! 그렇게 해서 내게서 그 사람을 빼앗는 거냐, 도둑고양이년!"

"아우! 잠깐, 이상한 말 하지 마!"

불꽃의 창에 몸통이 스치고, 에밀리아가 다시 손아귀에 얼음 검을 만들어 내어 맞받아쳤다. 세 갈래로 갈라진 불꽃의 창이 폭이 넓은 얼음의 대검에 정면에서 막혔다.

거세게 불꽃과 얼음이 삐걱거리고 에밀리아와 시리우스가 서로 힘을 겨루며 상대를 노려보았다.

"이 눈도, 목소리도, 은빛 머리도! 전부 내가 정말 좋아하는 사람이 칭찬해 줬는걸! 세상에서 제일 멋있는 여성이랑 똑같단 말이야! 그걸 이상하게 말하다니, 화났어!"

"화나?! 화난다고?! 말 같은 소릴 해! 그건 내 것이다! 내가 그 사람에게서 받은 소중한 것이다! 이 역할도, 이름도, 전부 그 사람에게서 받은 선물이야! 그것을, 내게서 빼앗겠다니…… 그만 뒤! 그만둬그만둬그만둬그만둬그만둬그만두라고!!"

말은 서서히 뒤집히다가 말미에선 비통한 울음소리로 변했다.

괴인은 팔 안의 불꽃의 창을 부러뜨려 짧아진 그것을 두 팔로 교대로 후려쳤다. 불꽃 검의 연격에 에밀리아도 대검을 둘로 쪼개어 얼음의 쌍검으로 바꾸어 대항했다.

하지만 그 연격을 받는 흐름에서 이번엔 에밀리아가 방어전에 내몰렸다. 급격하게 시리우스가 강해져서⋯⋯는 아니다. 반대다. ──에밀리아에게 망설임이 생긴 것이다.

분노에 비장한 빛깔이 섞이고, 주위의 군중이 피눈물과 함께 몸부림치며 괴로워한다. 그 광경을 시야 구석에서 포착한 에밀리아의 의식이 아주 약간 비껴났다. 그 순간──.

"──으, 꺄아?!"

"에밀리아?!"

비명을 지르고 얼음의 쌍검을 떨어뜨린 에밀리아의 모습에 스바루가 눈을 부릅떴다. 불타는 두 팔을 쳐든 시리우스가 포석에 무릎을 꿇은 에밀리아를 내려다보고 크게 웃었다.

"봐라! 이것이 사랑! 이것이 사랑이다! 사람은 서로 사랑하며 다수가 하나가 되는 것이 진리! 마음과 유대가 맺어져 기쁨도 슬픔도 나누며 사는 것! 그러니 이 결말은 필연! 『사랑』의 유대 속에 들어가지 못하는 가엾은 반마야, 여기서 불타 스러져라!"

"⋯⋯뭔가, 이상해."

"뭐?"

역전극에 갈채를 보내는 시리우스의 웃음이 에밀리아의 말에 중단됐다.

우두커니 눈을 부릅뜬 괴인 앞에서 에밀리아는 상대의 얼굴을 응시하며 두려움 없이 말을 이었다.

"당신의 말은, 옳게 들리는데, 잘못된 것처럼 여겨져⋯⋯. 어째서?"

물음은 몹시 절실한 감정을 띤 것이었다. 하지만 애절함이 가득한 말도 시리우스의 분노의 불꽃에 기름만 부었을 뿐이다.

　"진리가 무엇인지 모르기 때문이다! 너는 추레한 반마고, 『사랑』이 무엇인지를 모른 채 살다가 죽고 없어진다! 반마는 존재 자체가 죄악! 네가 태어난 것도, 네 아비와 어미가 만난 것도 잘못이다! 똥과 벌레가 합쳐서 똥벌레가 생겼을 뿐의 똥투성이 이야기, 그것도 이로써 끝이야!"

　"으──."

　들어줄 수 없는 욕지거리 끝에 에밀리아의 눈에 깃든 감정이 변화했다.

　그건 마음 착한 에밀리아여도 그냥 넘길 수 없는 욕이었다. 자신의 존재만이 아니라 부모의 만남과 결과마저도 헐뜯는 최악의 폭언.

　"오."

　빛이 번쩍였다. 시리우스가 자그맣게 소리를 내고 뒤로 물러섰다.

　그 눈앞에, 밑에서 위로 지나간 것은 에밀리아가 지른 얼음 검의 참격이었다. 푸르스름한 검광은 시리우스를 얕게 베고 괴인의 검은 로브의 고정구를 튕겨냈다.

　한 발짝 더, 깊이 파고들면 닿는다. 그 확신에 에밀리아는 얼음 검을 다시 치켜들고──.

　"──어."

　"으읍~~~!"

——시리우스의 품속에, 사슬로 칭칭 묶인 소녀를 보고 시간이 멈추었다.

　"——티나."

　안고 있던 루스벨이 아연하게 중얼거리는 소리를 듣고 스바루는 시리우스가 들어 둔 최악의 보험을 저주했다.

　에밀리아가 공격하는 순간에 맞추어 시리우스가 갑자기 아무것도 없는 공간에서 사슬을 끄집어냈다. 그것은 허공을 건너 한 소녀를 괴인의 품속으로 배출했고, 악마의 시도가 성공했다.

　금빛 곱슬머리의 소녀는 탑 안에서 본 루스벨과 비슷하게 사슬에 휘감겨서 그 눈에서 눈물을 철철 흘리고 있다. ——그것이, 루스벨이 지켜야 했을, 소꿉친구 티나.

　소녀의 정체를 깨달은 스바루와 소녀의 눈물을 본 에밀리아를 동시에 분노가 지배했다.

　"——그『분노』, 네가 가지는 건 아까워."

　그 순간, 시리우스는 더할 수 없을 만큼 흉악하게 미소 지으며 한층 기세를 더한 불꽃의 팔을 땅에 내리쳐 생겨난 폭풍으로 에밀리아를 멀찍이 날려 버렸다.

　폭음과 폭풍, 검은 연기가 광장 중앙에 피어오르고, 에밀리아가 낙법도 못 취한 채 포석 위를 나뒹굴었다. 그대로 그녀는 위를 보며 지면에 뻗었다.

　"아, 흐……."

　꿈지럭거리는 에밀리아가 다 죽어 가는 상태로 답답한 숨을 뱉었다.

그 모습을 내려다보던 시리우스가 티나를 발치에 내팽개치고 두 팔을 하늘에 뻗었다. 그 팔이 두른 불꽃의 기세는 현재 하늘을 불사를 듯이 이글이글 타오르고 있었다.

그렇게 불꽃을 두른 채로 시리우스는 불타는 박수를 에밀리아에게 보냈다.

"감미로운 격정을 벌레가 품지 마라. 구역질 난다. ——그럼, 고마워요. 미안해요."

두 손을 머리 위에 깍지 끼고, 시리우스가 품은 불꽃의 소용돌이가 더욱 강성해진다.

"에밀리아——!"

그 순간, 스바루는 에밀리아를 구하고자 탑 위에서 주저 없이 뛰어내렸다. 낙하 충격의 제어를 베아트리스에게 맡기고 1초라도 빨리, 에밀리아 곁으로.

베아트리스의 마법으로 몸무게가 사라지며 착지. 그대로 앞으로 발을 디딘다. 디디려고, 하다가.

"움직이라고, 다리야!"

스바루의 다리가 후들후들 떨며 마치 공포에 움츠러든 것처럼 움직이질 않았다. 그것은 등에 있는 베아트리스도, 안고 있는 루스벨도 마찬가지다. 겁이, 떨림이 그치질 않는다.

시리우스의 발치에 쓰러진 티나, 그 감정이 전염된 것이다. 더없는 공포에 겁내는 티나와 마음이 하나가 되어 스바루와 베아트리스는 공포를 뿌리치지 못했다.

"에, 밀리아……!"

목이 푸들거리고 오열과 구역질 때문에 사랑하는 소녀의 이름을 부를 수도 없다.

아마 그런 스바루의 목소리는 에밀리아에게 닿지도 않았을 것이다.

힘없이 쓰러진 에밀리아는 자신의 눈앞에 다가드는 겁화를 앞두고 무슨 생각을 했을까.

──그것도 모든 것이 불타는 초열에 하얗게 지워져 영원히 알 수 없어진다.

"──────."

어마어마한 열량이 광장을 태우고 열파가 피부를, 호흡할 기관을 태웠다.

그것은 아예 신비하다고도 할 수 있을 불꽃의 광경이었다.

"스바, 루……."

등에 업힌 베아트리스가 그 불꽃의 광경에 무릎을 꿇은 스바루를 불렀다.

돌아볼 수 없다. 고개 숙인 채, 스바루는 온몸을 지배하는 공포에 굴복한 채로 눈앞의 현실을 부정하고자 애쓰고 있었다.

이 절망과 비교하면 공포마저 구원으로 여겨졌다. 일어나 버린 최악의 세계를, 이 눈에 새기지 않고 넘어간다면, 차라리 이대로 공포에──.

"스바, 스바루! 스바루!"

그래도 여전히 필사적으로 베아트리스는 스바루의 이름을 부르고 있었다.

몇 번이나 머리를 얻어맞지만 그래도 스바루는 고개를 가로저었다. 설 수 없다. 설, 이유가 없다.

설사 지금, 눈앞에 괴인이 서 있으며 스바루의 생명을 앗아가려 하더라도.

"──늦지 않았군."

하지만 그 목소리가 들린 순간, 스바루의 마음은 아무것도 모른다는 것이 주는 공포에 졌다.

고개를 들어 무슨 일이 있었는지 에밀리아에게 불꽃이 떨어진 지점을 바라보았다.

──그곳에, 한 남자가 서 있었다.

남자는 검은 연기가 나부끼는 포석에 유유히 아무 일도 없었던 것처럼 서 있다. 그리고 그 남자의 팔에 안겨 있는 것은 사라져 버렸다고 포기하려던 소녀였다.

"에밀, 리아……."

불꽃 속에 삼켜진 바람에 구하지 못했다고 절망한 소녀의 존재가 있었다.

눈을 감고 축 처진 소녀에겐 의식이 없다. 그러나 그 가슴은 희미하게 오르락내리락하고 있어 숨은 확실하게 붙어 있었다. 죽지 않았다. 살아 있다.

"너는……."

갑작스레 나타나 에밀리아를 궁지에서 구해낸 인물.

에밀리아가 무사함을 기뻐하면서 공포를 느끼는 모순에 시달리면서 스바루는 떨리는 목소리로 그 남자의 등에 말을 걸었다.

그 부름에 남자는 천천히 뒤돌아서 입술에 미소를 띠었다.

"나는 이 아이를 맞이하러 왔어. 늦지 않아서 정말 다행이야. 정말로."

"맞이, 한다니…… 대체."

"──아내로 맞이할 여성의 손을 잡는 건 남자로서, 인간으로서 당연한 일 아니겠어?"

느닷없이, 지극히 당연한 것처럼 선고한 말에 스바루의 사고가 한순간 정지했다.

그렇게 굳어버린 스바루에게 남자는── 백발 청년은 희미한 웃음을 띠고 이름을 밝혔다.

"나는 마녀교 대죄주교, 『탐욕』 담당. ──레굴루스 코르니아스."

"약속대로── 이 아이를, 내 일흔아홉 번째 아내로 삼겠다."


3


그 하얀 남자는 빙염이 불어 닥친 전장에 갑작스레 난입했다.

길지도 짧지도 않은 백발에, 단정하기야 하지만 보통 인상의 이목구비. 체구든 신장이든 중간치를 그림으로 그린 것만 같은 체격으로, 겉모습뿐이라면 즉시 군중에 삼켜질 법한 희박한 인상이다.

하지만 그렇게 이렇다 할 특징이 없는 풍모를 한 청년은 확실하게 자칭했다.

"『탐욕』의, 대죄주교……?!"

경악하는 스바루 눈앞, 불꽃의 여운이 남은 광장에서 남자──레굴루스는 유유히 서 있다.

시리우스의 겁화를 그 몸에 받고 의식이 없는 에밀리아를 안은 채로, 태연히.

"그나저나 늦지 않아서 다행이야. 하마터면 내 신부가 재가 될 뻔했어. 타인에게 많은 것을 바라지 않는다고 자부하는 나라도 역시 잿더미를 신부로 삼을 만큼 인내심 많진 않으니까. 뭐, 당연하지만 말이지. 그렇게 도착적인 성적 취향은 정신병자나 가지 겠지."

레굴루스가 안도한 표정으로 품속의 에밀리아를 내려다보며 유창하게 떠들었다. 발언에는 알맹이가 있는 것 같기도 하고 없는 것 같기도 한데, 애초에 사태의 절박성을 무시한 소리인 건 틀림없다.

공교롭게도 의식이 없는 에밀리아에게는 닿지 않았지만 본인은 신경 쓰는 기색이 전무했다.

그런, 제 갈 길만 가는 레굴루스에게 스바루는 한 번 침을 삼키고 물었다.

"너, 너는, 대체……."

"──저기 말이야."

질문을 꺼내려던 스바루를 레굴루스가 별안간 가로막고 쳐다보았다.

레굴루스는 공허한 짜증을 눈에 드리우고 기막히단 감정과 피곤한 감정이 반반씩 섞인 한숨을 내쉬더니, 말을 쏟아냈다.

  "너, 예의란 걸 모르는 거 아니야? 나 말이지. 처음에 이름 댔지? 왜 이름을 댔느냐면, 그게 인간관계를 원활하게 진행하기 위해 당연한 배려이기 때문이야. 이름을 아는 건 상대에게 다가가는 첫걸음이지? 나는 배려심이 있는 편이니까 일부러 먼저 이름 밝혀 줬단 말씀. 물론 배려니까 평소에는 이런 설명은 안 한다? 근데 말이지. 알잖아, 보통. 눈치채잖아, 보통은. 그걸 안 한다, 못한다는 건 일부러 그런 건가? 아니면 오늘까지 무신경하게 살아왔던 거야? 그거 실례지. 예를 잃었다는 건 말이야. 상대에게 예의를 다할 가치를 못 본다는 뜻이야. 그건 즉, 상대의 인격을 부정하는 거야. 타인이 가진 권리의 침해야. 무욕하고 이성적인 내 권리의, 침해라고."

  "──미……안하다. 내, 이름은 나츠키 스바루……다."

  쏘아붙이는 레굴루스. 그 눈이 서서히 광기를 띠는 것을 본 스바루는 마음의 경종에 따라서 가까스로 이름을 말했다.

  그 순간, 레굴루스는 입술의 움직임을 멈추고 천천히 눈을 살갑게 떴다.

  "……그래, 그러면 돼. 상대를 존중함으로써 자신 또한 존중받는다. 당연한 배려가, 서로가 살기 편한 세상을 만드는 거야. 많은 걸 바라지 않고 자신의 그릇에 걸맞은 행복을 누린다. 자기 욕심을 버리고서 분수에 맞게 산다. 그런 것이 현명한, 존중받을 자세지."

농담일까 싶을 만큼 평온한 정론을 늘어놓는 레굴루스. 하지만 그 말이 농담도 뭣도 아니고 진심에서 우러나온 속내임을 두 눈의 광채가 증명하고 있다.

그저 문장만을 떼어놓으면 정상적인 미사여구로도 여겨지는 건 시리우스의 논리와 동일하다. 정론을 가장한, 얄팍하고 추악한 언설도 그야말로 같은 수준──.

"고견 고마워요. ──당장 새까맣게 타서 없어져 버려!!"

그렇게 생각한 순간, 멀거니 선 레굴루스에게로 불꽃이 폭포수처럼 떨어졌다.

겁화가 광장을 휩싸고 맹렬한 열파에 스바루는 얼굴을 가렸다. 행동을 훼방당한 시리우스가 명색이 같은 대죄주교라고 밝힌 상대를 가차 없이 불사른 것이다.

그 흉행을 막을 겨를도 없이 또다시 레굴루스와 함께 에밀리아가 불꽃에 삼켜진다.

"스바루……."

등 뒤에서 스바루의 어깨를 아프도록 잡고 있는 베아트리스의 목소리가 떨렸다. 그 목소리가 에밀리아의 신변을 걱정해서 나왔다는 건 알고도 남는다. 그 마음은 스바루도 사무치게 이해한다.

그러나 스바루와 베아트리스의 우려는 『탐욕』의 파격 앞에선 아무 의미도 없다.

"──저기 말이야. 말보다 먼저 불이라니 무슨 교육을 받은 거야? 하고 싶은 말이 있으면 말부터 걸어. 아니면 내가 사람 말도 못 알아먹는 머저리라고 우습게 본단 거야?"

레굴루스는 거추장스럽다는 두 팔을 떨쳐 휘몰아치던 작열의 불꽃을 단숨에 지웠다.

열파는 마치 환상처럼 사라지고 그 중심에 선 레굴루스에게는 아무 영향도 없었다. 당연히 그 품에 안긴 에밀리아도 마찬가지다.

그만한 불꽃에 휘감겼는데도 레굴루스는 화상은커녕 땀 한 방울 흘리지 않았다.

"나와 너, 같은 대죄주교지? 네 머리가 이상한 건 알고, 다소라면 너그럽게 봐줄 관용이 있어. 그런데, 말이지."

레굴루스가 뒤돌아서서 목소리를 낮추고 시리우스를 노려보았다. 그 눈초리를 받는 시리우스도 두 팔의 쇠사슬을 서로 문지르며 원한과 함께 이를 갈고 있다.

"방금 그거, 이 아이도 태워 죽일 작정이었지? 그걸 용서하긴 좀 어렵겠는걸. 예로부터 어떤 이야기에서든 사랑하는 사람이 다치면 분노에 불타는 게 필연이야. 그건 누구나 가진 당연한 권리고, 그러니 나도 당연히 복수할 권리를 갖지."

"분노! 핫, 웃겨 주는군! 너처럼 얄팍한 소인배가 함부로 분노를 입에 담지 마라! 그건 내 것이다! 내가 그 사람에게서 받은, 보물이야!"

"뭐야, 너. 아직 그 주제넘게 굴다 죽은 바보에 얽매여 있어? 못 살겠네. 구역질 난다. 죽은 놈한테 언제까지나 매달리지 마라, 결함 인간. 사랑한 상대가 죽었으면 생산성 있게 다음 거라도 찾아. 그게 세상의 섭리, 당연한 규범인데, 그걸 어지럽히다니 넌 터무니없는 쓰레기구나."

"그 사람의 죽음을 비웃은 네가, 잘난 척 떠들지 마아!!"

감정이 담기지 않은 매도를 받은 시리우스가 침을 튀기며 격분했다.

괴인이 분노에 몸을 맡겨 포석을 밟아 깨고 불꽃을 두른 쇠사슬을 레굴루스에게 후려쳤다. 일격이 남자의 따귀를 호쾌하게 갈겼다. 사슬이 살점을 때리는 둔탁한 소리가 연이으며 오른쪽으로 왼쪽으로, 금빛 분노가 레굴루스의 온몸을 미친 듯이 두드리다가── 불꽃의 궤적이 만들어낸 감옥에 우두커니 선 청년을 가둬 넣었다.

"사라져사라져사라져사라져사라져사라져! 지긋지긋한 반마째로, 숯덩이가 돼라아!!"

그 직후, 불꽃의 감옥이 중심으로 모여들어 레굴루스를 감싸고 맹렬한 불기둥이 솟구쳤다.

무너진 시각탑의 높이를 넘어설 정도의 불기둥. 포석이 고열로 용해되고 레굴루스가 서 있던 지점은 작열로 크레이터가 생길 만큼 녹아내렸다.

틀림없이 인체의 내구력을 초월한 염열. 그러나 그만한 겁화로도──.

"──저기 있잖아. 슬슬 깨달으라고. 너로는, 상대가 못 된다는 걸 말이야."

불꽃이 모두 타오른 크레이터에서 레굴루스는 음울한 웃음을 띠고 있었다.

아니나 다를까, 그에게 불꽃과 사슬의 영향은 없다. 품속의 에밀리아도 건재. 그녀의 무사함은 기뻐할 일이지만 동시에 그것은 피하기 어려운 결말 또한 예지하고 있었다.

——이대로 전투가 벌어지면 시리우스는 레굴루스에게 살해당한다.

그뿐이라면 아무 문제도 없다. 오히려 내부 분열로 대죄주교가 자멸해 준다면 만만세다. ——시리우스의 죽음이 주위 사람들을 길동무로 삼지만 않는다면.

"＿＿＿＿."

지금도 스바루의 온몸에는 흐려지지 않는 공포가 뻗치고 있다. 무릎은 떨리고 호흡은 불안정하며 폐에 느껴지는 고통이 누그러지질 않는다.

하지만 그런 상황이어도——.

"스바루."

귓가에, 소중한 파트너가 부르는 소리가 떨며 움츠러든 나츠키 스바루를 질타했다.

"＿＿＿＿."

등 너머로 전해지는 열기가 굽힌 무릎에 힘을 준다. 공포를 씹고 『분노』의 괴인과 『탐욕』의 흉인, 두 재앙과 맞설 용기를 준다.

스바루 혼자뿐이라면 필시 공포에 패배해 일어서지 못했을 것이다.

지금 스바루가 일어설 수 있는 건 혼자가 아니기 때문이다. 광기에 삼켜진 사람들과 달리 스바루만이 누군가와 밀착해 있으며, 혼자가 아니다.

그렇기에──

"……루스벨, 혼자 일어나서 도망칠 수 있겠어?"

품속에 안고 있던 소년을 지면에 내려놓고 그 몸을 구속하는 사슬을 풀어주었다. 루스벨은 스바루를 바라보다가 시리우스의 발밑, 티나를 불안하게 돌아보았다.

"불안한 건 알아. 하지만 저 아이는 우리한테 맡겨."

"알, 았어요. 부탁, 해요. 제발, 티나를……."

눈물이 그렁그렁한 눈으로 루스벨이 애타는 소원을 스바루에게 맡겼다. 그 소원을 받아 스바루는 엄숙히 끄덕였다. ──루스벨의 의지는 고결하다. 그것을 짓밟게 둘쏘냐.

"──베아트리스."

"알았어."

말 하나에 의사소통이 성립되고, 스바루와 베아트리스는 파란의 전장에 들어섰다.

공포, 찍어 누른다. 적의 위협, 얼마든지 와라. 무엇보다 스바루에게는 싸울 이유가 있다.

"응?"

시리우스와 눈싸움을 벌이던 레굴루스가 느닷없는 위화감에 눈썹을 세웠다.

원인은 그 가느다란 목에 감긴 채찍의 끝부분이다. 호를 그린 채찍이 레굴루스의 목을 포착해 그 기도를 조르며 자유를 빼앗았다.

그 광경을 신호로 루스벨이 파란의 광장을 달리기 시작했다. 그 등을 지켜보는 스바루.

"그 이상, 내 에밀리아를 함부로 만지지 마시지……!"

그리고 끝없는 연심을 기폭제로 자기 마음을 북돋우며 부르짖었다.

레굴루스가 시리우스의 불꽃을 막은 수단은 완전히 미지수다. 아마도 페텔기우스의 『보이지 않는 손』이나 시리우스의 『세혼』과 가까운, 권능의 효과라고 추측된다.

대미지는 줄 수 없다. 그래도 채찍으로 구속해서 행동을 방해하는 거라면 어떠냐.

"──샤마크!"

거기에 다시 최강의 마법인 샤마크의 검은 아지랑이가 레굴루스를 휩쌌다.

등에 있는 베아트리스의 영창이 완벽한 타이밍에 흉인의 사고를 무(無)로 던져 넣었다. 이대로 채찍을 당겨 어둠 속에서 엎어뜨리고 에밀리아를 탈취하면──.

"그렇게 죽고 싶은가 봐? 그럼 순서를 지켜. 내 손을 번거롭게 하지 말고."

땅을 구른 발짓 한 번에 레굴루스 주위의 검은 아지랑이가 단번에 날아갔다. 오감을 막는 마법의 영향도 받지 않은 듯, 레굴루스의 눈길이 달려드는 스바루와 베아트리스에게로 돌아갔다.

한순간, 온몸의 솜털이 곤두서는 『죽음』의 기적을 알아챈 스바루가 외쳤다.

"베아코, 지금이야!!"

"준비된 것이야!"

스바루의 목소리에 맞추어 베아트리스가 복잡한 술식을 전개했다.

결실을 본다. ──스바루와 베아트리스가, 요 1년 동안 꾸준히 노력한 결과, 그중 하나가.

"──E · M · M!!"

고함지르는 듯한 영창이 스바루의 망가진 게이트에서 베아트리스에게로 마나를 직접 내보낸다. 그 힘을 기동키로 이 세상에 둘도 없는 오리지널 술식이 발동했다.

스바루와 베아트리스의 콤비가 구성한 세 가지 마법 중 하나, 『E · M · M』이다.

그 발동을 지켜보던 레굴루스가 가소롭다는 표정으로 스바루에게 왼팔을 뻗었다. 아무렇게나 벌린 다섯 손가락이 절대적인 위력을 간직한 『죽음』 자체라고 직감이 이해했다.

접촉하면 죽음은 면할 수 없다. 그러나──

"어엉?!"

죽였다고, 그렇게 생각한 순간, 레굴루스의 손끝이 스바루의 몸 표면을 어루만졌다.

그저 그뿐이다. 피보라를 뿌리지도 않고 스바루가 참혹한 시체로 변하지도 않았다.

그것이 『E · M · M』── 보이지 않는 마법 필드로 몸을 덮어 세계에서 존재를 반 발짝 비껴남으로써 스바루에 대한 간섭 일체를 무효화하는, 완전 방어 술식이다.

"으랏차!"

경악에 눈이 휘둥그레진 레굴루스의 안면에 스바루의 혼신을 다한 주먹이 꽂혔다.

확실한 손맛, 공격은 맞았다. 하지만 오뚝이처럼 되돌아오는 레굴루스의 얼굴에는 빨간 자국조차 없다. 완전한 대미지 무효. 즉, 상시 『E·M·M』 상태다.

이쪽의 『E·M·M』이 한 번만으로 끊기는 것을 감안하자면 얼마나 능력에 격차가 있단 말인가.

"더 충전해야 해!"

레굴루스의 반격이 오기 전에 베아트리스가 다음 마법 발동 조건이 충족되지 않았다는 사실을 보고했다. 그 사이에 스바루는 무방비 상태. 피하거나 방어하긴 어렵다. ──그렇다면 영혼을 갈아내겠다.

"까불지 마……."

"와라! ──인비지블 프로비던스!!"

부르짖는다. 그 직후, 눈매에 짜증이 서려 있는 레굴루스의 턱을 보이지 않는 손이 바로 밑에서부터 올려쳤다.

충격에 말이 중단되고 레굴루스의 몸이 뒷걸음질 쳤다. 그 팔에서 에밀리아를 빼앗으려 파고들었다가── 내장이 옥죄고 목에 뜨거운 충동이 치미는 감각에 발이 멈추었다.

"우, 풉."

입가를 막으며 스바루가 기침했다. 손가락 틈새로 피가 뚝뚝 떨어졌다. ──대가다.

분수에 맞지 않는 금기의 술법, 『보이지 않는 신의 의지』를 행사한 대가가, 나츠키 스바루의 영혼을 갉아먹으며 그 내장을 휘젓고 간 것이다.

"스바루! 괜찮은 것이야?!"

"콜록…… 미안, 실수했어. 지금 걸로 에밀리아를 되찾고 싶었는데……."

스바루는 목에 엉긴 핏덩이를 뱉어내고 한 발짝 못 미친 사실에 이를 꽉 깨물었다.

열화 『보이지 않는 손』인 인비지블 프로비던스는, 첫 발동에서 1년이 지난 지금도 완전히 활용하지 못하고 있다. 자신의 가슴으로부터 보이지 않는 검은 마수에 의한 일격을 지르는 불완전한 권능. 그 대가로 요구받는 것이 온몸의 고통과 영혼의 마모다.

그만큼 소비하고 효과는 기껏해야 펀치 한 방 수준──. 고마워서 눈물이 날 지경이다.

"근데 수확은 있었어. ……저놈, 맞으면 위험할 것 같지만 움직임은 둔해 빠졌어. 지금껏 내가 봐 왔던 것 중에선 톤친칸이랑 맞먹어."

레굴루스의 전투 방식은 치졸해서 초짜보다는 나은 수준인 스바루 이하다. 대미지를 무효화하는 권능은 까다롭지만 무슨 필살기든 맞지만 않으면 별 볼 일 없다.

그 평가에 언짢은 표정을 지은 레굴루스. 그는 품속의 에밀리아를 고쳐 안으면서 말했다.

"찔끔찔끔 잔수작을……. 그딴 짓 하다가 신부가 다치면 어떻게 해 줄 거야? 여자애를 자상하게 대하란 건 누구한테 안 배워도 당연한 일이잖아? 그것도 못해?"

"따박따박 신경 긁는 자식이군. 내가 이 세상에서 가장 자상하게 대하고 싶은 상대가 그 애다. 신부신부 나불나불, 영문 모를 소리나 떠들긴. 너야말로 뭔 생각이야?!"

"말했잖아? 같은 말을 두 번 하게 하지 마. ——이 아이는, 내 아내로 맞을 거야."

당당한 레굴루스의 답변은 아예 끔찍할 만큼 결혼을 값싸게 취급하고 있었다.

구애의 말에는 생색내는 자아만이 앞서고 있다. 치명적인 일그러짐에 소름이 끼친다.

"전에 같은 맹세를 지키지 못한 적이 있었거든. 그래서 이번엔 양보 안 해. 나는 이 아이를 지킬 거야. 아내로서 맞이하고, 사랑하고 사랑받으며 마땅한 평온을 향수할 거야. 나는 많은 것을 바라지 않지만 그 소박한 행복을 지키기 위해서라면 주어진 힘을 휘두르는 것을 서슴지 않아."

숨김없이 맑고 순수한 마음을 말하는 투인 레굴루스의 태도에 스바루는 비로소 공포심을 품었다.

그런 스바루의 반응에 레굴루스는 "아하." 하고 뭔가 이해한 분위기로 끄덕였다.

"그렇구나. ……저기 말이야. 이런 말 하긴 잔혹한데, 운명의 연인들 사이엔 끼어들 수 없어. 불쌍해서 가슴 아프지만 말이야.

짝사랑은 으레 꼴사납기 마련이라고."

"닥쳐! 에밀리아땅은 내 색시……다. 너 따위에게 줄까 보냐!"

"호오. 이 아이, 에밀리아라고 하나. 좋은 이름인데. 작은 새를 보듬는 기분으로 속삭이고 싶어지는 이름인걸. 아름다운 이 아이에게 딱 맞잖아."

"이름도 모르고서…… 그 애의 뭘 보고 신부라는 헛소리를."

"얼굴이지."

할 말을 잃었다. 단적인 대답에, 스바루의 목이 턱 막혔다.

그 침묵을 뭐라고 착각했는지 레굴루스는 갸우뚱했다.

"얼굴이 예뻐. 사랑은 그게 다잖아?"

"너 죽어."

"죽는 편이 나은 것이야."

심플한 적개심에 스바루와 베아트리스의 호통이 겹쳤다.

그와 동시에 업혀 있는 베아트리스가 스바루의 어깨를 두드려 충전 완료를 전했다. 대미지를 무효화하는 레굴루스의 권능, 그 내막은 불명하지만 수단은 있다.

그것이 바로 스바베아 콤비의 오리지널 술식, 제3탄──

"──우앗?!"

앞으로 첫걸음을 내디딘 순간, 스바루와 레굴루스 사이의 지면이 느닷없이 불타올랐다.

열파에 휩쓸려 스바루가 몸을 뒤로 젖혔다. 그대로 뒷걸음질 치느라 반격의 첫걸음을 헛디딘 스바루는 그 화재의 실행범을 노려보았다.

──그것은 여태까지 스바루와 레굴루스의 전투를 방관하던 시리우스다.

"너……! 아니, 그 아이…… 티나는 어디 됐어?"

　괴인의 발밑, 그곳에 있어야 할 인질 소녀의 모습이 없다. 하지만 괴인은 스바루의 물음에 대답하지 않고 손바닥을 내민 자세 그대로, 침묵을 지켰다.

　전투를 방관하던 괴인의 의도는 알 수 없지만 녀석이 개입하면 매우 위험하다.

　권능의 공략법을 포함해 시리우스의 대처는 극히 까다롭다. 상황이 안 좋아질 낌새에 스바루의 뺨에 식은땀이 흘렀다. ──그러나 사태는 그 상상을 초월하며 악화됐다.

"──찾았다."

"──아?"

　이윽고 우두커니 선 시리우스가 스바루와 베아트리스를── 아니, 스바루만을 응시하며 중얼거렸다.

　직전까지 품던 살의를 잊은 눈치로 괴인은 레굴루스의 존재를 무시하며 일심불란하게 스바루에게로 시선을 쏟고 있었다. 광기로 빛나는 눈을 본 스바루의 목이 급속히 말라붙었다.

　그리고 괴인은 내뻗고 있던 두 팔을 거두어 자기 뺨을 살며시 감싸고 입을 열었다.

"찾았다. 찾았다. 찾았다. 찾았다. 아아, 아아, 아아아아! 그래, 역시 그래! 미안해. 눈치 못 채서 미안해요! 하지만, 아아, 역시, 그랬어요!"

"뭐, 뭐야……?"

"당신 거기에 있었구나?! 어디를 찾아도 안 나와서, 당신의 예비를 전부 잡아 찢었는데도 찾을 수가 없어서! 계속, 계속계속 계속계속계속 찾았는데…… 하지만 돌아와 줬어! 당신은, 내 곁에!"

카랑카랑하게 뒤집힌 목소리가 음란한 열기를 띠고 있다.

시리우스가 뺨에 손을 얹은 채로 몸부림치며 가는 허리를 흔들고 들뜬 목소리로 외치고 있다. 그 목소리가, 태도가 끈적끈적 들끓는 남녀의 열정을 표현하는 것임을 깨닫고 전율했다.

"내 마음이 닿았기에! 내『사랑』이 겨우 당신에게 닿았어! 그렇기에!"

스바루의 경악을 철저히 무시하고 시리우스가 두 손을 뻗었다.

그리고 괴인은 가진 전부, 온 마음을 다한 사랑을 소리 높여 외쳤다.

"계에속, 당신만을 기다렸어요……. 더없이 사랑스러운, 나의 페텔기우스!"

4

남보랏빛 시선이 소름 끼칠 정도의 열량을 띠고 스바루에게 꽂혔다.

황홀한 눈빛을 보내는 시리우스의 모습에 스바루는 오로지 숨만 집어삼켰다.

"……저 녀석, 빤히 스바루를 바라보고 있어."

"……알고 있으니까, 우울해질 말 하지 말아 줘."

등에 업힌 베아트리스의 속삭임에 스바루는 섬뜩한 기분을 참으면서 대꾸했다.

처음으로 최악의 상상을 떠올린 것은 이 루프가 시작된 맨 처음 회차였던가.

"……로마네콩티 일족이란 건 농담이었지만."

대대로 대죄주교를 배출하는 마녀교의 명문 같은 어이없는 상상을 하긴 했지만, 사실은 그런 스바루의 상상을 가뿐히 웃돌았다.

"부부 함께 대죄주교라니, 마누라는 가리라고. ……가려서 이거라면 답이 없지만."

"무시하지 말아 줘요, 페텔기우스. 정말로 당신은 심술궂은 사람이야. 그렇게 평소부터 내게 매몰찬 태도를 취하고…… 아유, 아유, 아유, 감질나!"

페텔기우스의 고약한 취미에 1년 만의 원한을 중얼대는 스바루.

그 중얼거림에 시리우스가 몸을 뒤틀고 아양 떠는 목소리로 호소했다. 붕대를 둘둘 만 괴인의 몸짓만으로도 악몽이지만 주위의 『세흔』당한 군중까지 같은 몸짓을 하는 건 희극의 한 장면이다.

괴인의 망상에 휘말려 영혼을 농락당하고 있으니 비극 쪽이 적절하겠지만.

"애초에 뭘 근거로 나랑 페텔기우스 자식을 착각하는 거야. 안 닮았잖아."

"……나 원 참. 못 어울려 주겠군. 대충 아까 저 남자의 재주를 보고 그런 역겨운 망상을 한 거겠지만 정말로 부끄러운 줄 모른단 말이지. 자기 믿음이 강한 여자는 이래서 감당이 안 돼. 가엾은 걸 넘어서 아예 꼴 보기가 싫어."

시리우스의 의식 밖에 놓인 레굴루스가 경멸을 숨기지 않는 표정으로 어깨를 으쓱였다.

그러나 음험하게 중얼거리는 말을 듣고 이해했다. ──인비지블 프로비던스다. 시리우스는 그 불완전한 권능의 힘을 『보이지 않는 손』이라고 오해한 것이다.

더욱 성가신 사실로, 사정령 페텔기우스에게는 타인의 몸에 빙의해서 가로채는 힘이 있었다. 괴인은 그 힘으로 놈이 스바루에게 깃들었다고 여겼을 것이다.

그 추측을 신경도 쓰지 않으며 시리우스는 직전의 열정이 거짓말인 듯 싸늘한 눈으로 레굴루스를 노려보았다.

"그래그래, 고마워요. 아주 미안해요. 지금, 전 바쁜 상황이에요. 알겠죠? 이해는 중요, 상호 양보도 중요. 당신 용무는 끝났잖아요? 빨리 가지 그래요?"

"나한테 명령하겠다? 웃기지 말고. 웃긴다고 하니, 너, 시리우스 로마네콩티라고 이름 대던가? 그것도 좀 그렇지? 일편단심이라고 변명하고 멋대로 남의 성을 대다니 소름 끼친다는 걸 깨달으라고. 그거 어떻게 보면 페텔기우스의 권리를 침해한 거지. 뭐, 죽은 녀석의 권리야 아무래도 상관없다마는."

"나와 저이는 서로 사랑하고 있었어!!"

비웃음을 그치지 않는 레굴루스의 말에 시리우스가 다시 폭발했다.

"그도 그럴 게, 하루에 몇 번씩 몇 번씩 눈이 마주쳤어! 조심조심, 저이 것을 가지고 나가도 야단맞지 않았어! 남은 식사를 먹어도 용서해 줬고, 뱉은 숨을 마셔도 아무 말도 안 했어! 같은 침구를 써도 싫은 내색 안 했고, 반마를 잘 구웠더니 칭찬해 줬어! 내게 이름을 줬어! 웃어 줬어! 내게, 내게, 내게마아아아안!!"

씩씩대는 시리우스가 눈물로 붕대를 적시면서 온 마음을 쏟아냈다. 그 처절한 모습과 내용에 스바루는 처음으로 페텔기우스에게 동정하는 마음을 품었다.

더불어 시리우스의 격분에 공진하며 주위 군중이 다시 격정에 휘말렸다. 얼굴이 검붉어지며 눈과 코의 출혈이 격화되어서 생명이 축나는 상태인 건 얼핏 봐도 명확했다.

"그, 그만둬! 날 위한다고 생각하면 주위를 끌어들이지 마! 얌전히 있어 줘!"

"날 위한다면, 얌전히 있어 줘?"

주변의 피해를 감안해 스바루는 시리우스의 연정을 이용할 수 없을지, 한 가닥 희망에 매달렸다.

그 위험한 도박에 나선 스바루를 시리우스는 한동안 멍하니 바라보다가.

"……아핫, 아하핫, 아하하하하핫!"

자신의 마른 몸을 부둥켜안고 스바루의 말에 폭소했다. 그 반응에 스바루는 몸을 굳히고, 그 모습을 본 시리우스가 입을 초승

달 모양으로 찢으며 대답했다.

"당신 소원이라도 거절할래요. 왜냐면 겨우 재회했는걸! 겨우 또 이렇게 만났어. 그런데 당신은 아직도 참아라, 인내해라. 그런 말씀이에요?! 그런, 본 적도 없는 정령 계집애를 거느리고 무슨 입으로?! 태워 버린다, 너!!"

말 도중에 감정이 미쳐 날뛰어 노호를 지른 시리우스가 스바루를──아니, 스바루 등에 업힌 베아트리스에게 삿대질했다. 그대로 괴인은 다른 한쪽 손을 레굴루스에게 겨누었다.

"어차피 진짜 목적은 저 남자가 안고 있는 반마지?! 추레한 은발의 반마! 왜 그렇게 역성을 들어? 이제 그만 알 때도 됐잖아요?! 비천하고 야비한 썩을 마녀년……! 그렇게나 저게 사랑스러우면 당신 눈앞에서 태워 주겠어……!"

"이젠, 대체 뭐가 뭔지 모르겠다. 너……."

피를 토하는 절규로 에밀리아와『질투의 마녀』에 대한 증오를 내뱉는 시리우스.

마녀교의 목적은『질투의 마녀』의 부활이 아니었던가. 그 신앙의 대상이어야 할 상대를 이 세상에서 가장 미워하는 태도가 스바루는 전혀 이해되지 않았다.

아니, 그보다 시리우스는 페텔기우스의 비원에 하나도 공감 못하고 있지 않은가.

──결과적으로 사태는 타개되지 않은 채 전장은 삼파전의 양상에 돌입했다.

그렇다고는 해도 전황이 가장 혹독한 것은 틀림없이 스바루 측

이다. 생존 시간이 가장 긴 루프임에도 불구하고 위험하다 외의
정보를 아무것도 얻지 못한 것이 절망적이기까지 하다.

하지만 여기서 멈춰 서잔 판단은 내릴 수 없다. ──에밀리아
를, 도시를 구해야만 한다.

"어느 쪽이든, 가능할 것이야."

등 너머로 전해지는, 스바루의 결단을 지지해 주는 신뢰 어린
음성. 그 목소리에 기대어 스바루는 두 대죄주교에게 과감하게
도전하려고──.

"──저기 말이야. 신내는 판국에 미안한데, 슬슬 시간 다 됐
거든."

"뭐?"

그런 스바루 측의 각오에 레굴루스가 찬물을 끼얹었다. 그는 에
밀리아를 한 손으로 안은 채로 빈 쪽의 손으로 하늘을 가리켰다.

──그 직후, 수문도시의 하늘에 종소리가 울려 퍼졌다. 점심
때를 알리는 종소리다.

레굴루스는 울려 퍼지는 종소리에 끄덕이고는 음침한 웃음과
함께 말했다.

"이걸로 내가 너희에게 상관할 여유는 없어졌군. 열심히 복음
서에 감사…… 아니지. 종잇조각에 감사를 표해 봐야 의미가 없
지. 너는 복음서에 따른 이 몸에게 감사하도록."

그리 말을 남기고 레굴루스는 무신경하게 스바루 일행에게 등
을 내보였다. 그 너무나 당당한 태도에 어안이 벙벙하던 스바루
가 이내 폭발했다.

"서지 못해! 시간이 됐다고? 시간이 어쨌는데. 뭔 개소리야!"

"들은 그대로야. 자유시간은 끝. 내게는 이 도시에서 해야 할 일이 있다고. 아아, 나만이 아니라 거기 머리 이상한 여자한테도. 안 그래? 시리우스."

스바루의 의문에 대답한 레굴루스가 우두커니 선 시리우스 쪽에 턱짓했다.

그쪽을 쳐다보니, 놀랍게도 그토록 격분하던 시리우스 역시 사슬을 소매에 거두고 수긍 못한 기색이긴 하지만 레굴루스와 똑같이 행패를 중단할 눈치였다.

이만한 짓을 해 놓고서 이 얼마나 제멋대로에다 뻔뻔스러운 자기 완결이란 말인가.

"아아, 슬퍼하지 마요, 페텔기우스! 알아요! 저도 이만저만 미련이 남는 게 아녜요! 당신을 앞에 두고 이런 처사라니…… 서러워서 가슴이 터질 것 같아! 당신도 그렇죠?!"

느긋한 레굴루스와 대조적으로 시리우스는 서럽게 얼굴을 쥐어뜯고 있다. 괴인의 감정에 삼켜져 군중은 오열과 통곡으로 광장을 가득 메울 따름이다.

그 애처롭고도 끔찍스러운 광경 속에서 스바루는 거침없이 달려 나갔다. 정면의 레굴루스가 이미 이야기는 끝났다는 듯이 에밀리아를 데리고 광장을 떠나려는 중이었다.

"거기 서, 이 자식! 맘대로 얘기를 진행하지 마! 그 애를 두고 가! 안 그럼……."

"생각을 해 봤는데."

발길을 멈춘 레굴루스가 고개만을 스바루 쪽으로 돌리고 미소 지었다.

　그 웃음에 스바루의 몸이 굳었다. ──치명적이게도.

　"식에 신부 측 참석자가 없는 것도 섭섭한 데다 짝사랑까지 하던 널 초대 안 한다는 것도 좀 가엾고 야박한 얘기더군. ──그러니 안 죽이고 놔둘게."

　말하면서 가볍게 레굴루스가 발끝으로 포석을 두드렸다.

　신발 상태를 조정하는 것 같은 동작으로 레굴루스의 발끝이 그 포석을 도려낸다. 그대로 도려나간 포석의 잔해가 스바루의 다리로 날아서── 그 순간, 오른쪽 다리가 터졌다.

　"──어?"

　스바루의 오른쪽 다리가 짐승 발톱에 찍혀나간 것만 같은 추한 단면을 드러냈다. 하얀 뼈와 분홍빛 근육, 노란 지방과 거칠게 절단된 회색 혈관 등을 버젓하게 노출했다.

　몰이해, 이해, 그 직후의 고통이 뇌를 태웠다.

　"헉──?! 아, 악! 아가아악?!"

　시야가 새하얘지고 정수리에 날카로운 바늘을 여럿 박은 듯한 격통이 번졌다.

　절규와 함께 스바루의 몸이 대비도 못한 채 쓰러졌다. 그대로 다리의 상처를 손으로 막으려고 한다. 무리다. 상처가 너무 크다. 스바루의 손으로는 상처를 다 막을 수 없다.

　"스바루?! 스바루! 스바루, 기다려! 지금 바로!"

　함께 지면에 엎어진 베아트리스가 스바루가 입은 상처의 위중함을 알아채고 허겁지겁 치유 마법을 발동했다. 그런 스바루의 참상에 레굴루스는 만족스럽게 끄덕였다.

"아까까지 네가 보이던 무례한 태도 말인데, 이걸로 청산하기로 하자. 이 고통이 네게 반성을 촉구하기를 절실하게 빌어. 아아, 감사하는 말은 넣어둬. 그 왜, 딱히 감사받고 싶어서 한 일이 아니거든. 사람으로서 당연히 일깨워 줬을 뿐이니까."

"아아악! 껵, 끄, 으어어아악!"

목소리는 들리지도 않는다. 고통, 고통이다. 고통만이 나츠키 스바루를 지배하고 있었다.

눈이 흐려진다. 어금니가 깨지도록 악문다. 시야가 새빨갛다. 상하좌우도 모르겠다. 모르겠다, 모르겠다 모르겠다. 모르겠지만, 아는 것도 있다.

"에, 밀리아……! 기다, 욱, 우, 웩."

고통 속에서 유일한 소원이 스바루에게 소녀의 이름을 부르게 했다. 하지만 닿지 않는다. 고통에 신음하며 날뛰는 몸을 작은 베아트리스가 필사적으로 억누르며 열심히 치료하고 있다.

그러나 그런 베아트리스의 분투를 비웃듯이 상황은 악화됐다.

"……말도, 안 돼."

"미안해요. 하지만 말이 된답니다. 이것도 당연한 일이잖아요."

밉살스럽다는 듯 중얼거린 베아트리스 등 뒤에서 시리우스가 음울한 정념을 담은 목소리로 대꾸했다.

시리우스의 주위에선 사람들이 고통에 몸부림치며 뒹굴고 있었다. 스바루와 같이, 짐승에 찍혀나간 듯한 '다리에 난 상처'의 고통에 절규하는 사람들이.

"내 사랑하는 페텔기우스라면 이렇게 말할 거예요. 고통은 삶의 실감이며, 삶이란 『사랑』을 증명하고자 있는 것이라고. 저도 그렇게 생각해요. 그렇기에 이 소원이 있어! 왜냐면 『사랑』은 하나가 되고 싶다고 비는 것이니까! 같은 것을 보고, 같은 것을 느끼며, 같이 지내고, 같이 끝나서, 같아지는 것이야말로 『사랑』이니까!"

두 팔을 벌리고 크게 가슴 앞에서 마주치는 폭음 같은 박수.

사람들의 고통을 황홀하게 받아들이며 마지막으로 시리우스는 증오 서린 눈으로 베아트리스를 바라보았다.

"누구나 그 사람과 같은 삶의 충족을 맛봐야 마땅해요. 하지만 나는 너와 그 추레한 반마에게만은 그것도 주지 않아. 누가, 너희를 그 사람과 똑같이 할까 봐."

"……질투에 미친 여자만큼 볼썽사나운 건 없어. 네가 어쩌니 마니 안 해도 베티는 진즉에 스바루와 하나야. 베티는, 스바루 것인 것이야."

"큭──."

악랄한 말투에 베아트리스가 질세라 받아쳤다.

정령과 괴인. 매섭게 교차하는 둘의 시선. 하지만 금세 괴인은 눈싸움에서 눈을 피하고 말했다.

"지금은 그이를 맡기죠. 복음서의 지시를 우선해야만 하니까요. 네, 어쩔 수 없이. 미안해요. 미안해요. 하지만 당신과는 또 금방 만날 수 있어요. 네, 금방."

시리우스는 고통에 허옇게 눈이 뒤집힌 스바루에게 한사코 광적인 애정을 보냈다. 괴인은 미련이 남은 듯 스바루를 쳐다보다가 훌쩍 뛰어서 피로 물든 광장에서 물러갔다.

　베아트리스는 그 멀어지는 등을 지켜나 볼 수밖에 없었다. 정신이 들고 보니 에밀리아를 대동한 레굴루스도 이미 광장에서 자취를 감춰 버렸다.

　"――스바루."

　의식을 잃은 채 위액이 섞인 거품을 물고 있는 스바루.

　그 다리를 만지며 출혈이 그치지 않는 상처를 계속 치료한다. 상처가 크고도 깊어서 정신을 놓으면 실혈사를 면치 못한다. 스바루의 생명이 베아트리스의 최우선이다.

　스바루 외에도 광장에는 쉰에 육박하는 부상자가 있다. 전원, 『분노』의 권능 때문에 스바루와 같은 상처를 입고 있지만 치료의 효과는 공유되질 않았다. 울화가 치미는 권능이다.

　"――스바루, 미안한 것이야."

　스바루의 상처를 열심히 처치하며 꿋꿋함을 유지하려던 베아트리스가 힘없이 중얼거렸다.

　그 커다란 눈에서 한 줄기 눈물이 하얀 뺨을 타고 흘렀다.

　"미안해. 미안한 것이야……."

　베아트리스는 거듭해서 사과한다.

　그 목소리가 고통에 기절한 스바루에게는 닿지 않음을 알아도.

　그것이 아무 해결도 되지 않음을 알아도.

　"미안해, 에밀리아……."

사람의 마음을 가지고 놀며 무수한 피해자를 낳은 『분노』의 시리우스.

그리고 압도적인 힘만을 과시하고 에밀리아를 데려간 『탐욕』의 레굴루스.

──두 대죄주교가 수문도시 프리스텔라에 풀려나고 말았다.

## 제3장 『마녀교 재해 대책본부』

1

　──지잉, 지잉, 지잉.

　가깝고도 먼 곳에서, 묵직한 징소리 같은 소리가 나지막이 울리고 있다.

　혈류가 둔하고 혈관에 구정물을 흘려보내는 것 같은 불쾌감. 내장 활동이 극단적으로 약해져 창자를 점토 공작품하고 갈아치운 것 같이 뒤죽박죽인 감각이 온몸을 지배하고 있었다.

　뇌에 산소가 돌지 않고 사고는 깜빡거리며 미덥지 못하다.

　마치 자기가, 자신이 아니게 되는 상실감이──.

　"──아."

　문득 꺼져 가던 자신을 더듬더듬 찾아낸 덕에 갈라진 숨이 허파에서 새어 나왔다.

　그 즉시 애매하던 의식이 기적적으로 맞물리며 나츠키 스바루는 천천히 눈꺼풀을 들었다.

　암흑에 익숙해진 시야는 날아드는 하얀빛을 좀처럼 받아들이지 못했다. 오른쪽으로 왼쪽으로, 뿌연 시야를 오가는 그림자가 사람이라고 깨닫는 데 30초는 걸렸다.

황급하게 움직이는 인기척, 지저분한 천장과 녹슨 냄새나는 공기——. 자신이 딱딱한 바닥에 누워서 그것들을 멍하게 바라보고 있음을 간신히 이해가 따라잡았다.

"——오, 정신이 들었나 보군, 형제."

그, 현실에 귀환한 직후의 스바루를 느닷없이 누군가 들여다보았다.

칠흑의 쇠투구로 머리를 가린 인물이었다. 그 장비뿐이라면 중장비한 도시의 경비병이라고 생각할 수도 있다. 하지만 목 아래의 러프한 복장과 왼팔이 없는 특징적인 모습에서 그것이 낯익은 상대임을 금세 알 수 있었다.

"알……?"

"오냐. 한 번 보면 못 까먹는 알 아저씨야. 또또 미치도록 귀찮은 상황이구만, 형제."

쇠투구—— 알이 스바루의 중얼거림에 실실 웃으며 어깨를 으쓱였다.

그 모습을 정면에 두고 스바루의 잠에 취한 머리는 크게 혼란에 빠졌다. 프리실라 진영에 고용된 용병인 그가 왜 이곳에 있는가. ——아니, 애초에 이곳은 어디인가.

스바루가 그런 의문을 품을 때였다.

"아—! 스바루큥 일어났잖니! 깼으면 불러 달라구 그랬는데!"

앙칼진 목소리가 들리고 누가 쿵쿵 빠른 걸음으로 다가왔다. 그 인물은 자고 있는 스바루가 아니라 그 옆에 있는 알의 쇠투구에 삿대질하며 말했다.

"들은 지시에는 따라 주라! 진짜, 자리만 지키지 쓸모가 없어요!"

"말이 야박하다? 나도 형제 나르거나 여아 나르거나 애썼는데."

호된 말에 알이 어깨를 축 늘어뜨리지만, 상대는 쳐다보지도 않았다. 그대로 그 인물── 아름다운 소녀……처럼 생긴 청년이 스바루 쪽으로 돌아섰다.

"페리스……까지……."

"그래그래. 다들 참 좋아하는 페리스랍니다─. 그리구 넌 나츠키 스바루쿵. 이곳은 야전 치료원이구, 스바루쿵은 크게 다쳐서 후송됐어. 알겠니?"

그렇게 말하고 페리스가 깜찍하게 윙크했다. 하지만 그 몸짓과는 정반대로 그의 하얀 뺨과 옷에는 피가 튄 흔적이 있어 심상치 않은 상황을 심플하게 전해 주고 있었다.

페리스가 언급한 『야전 치료원』, 그 단어를 머리에 담아두면서 주위를 둘러보니, 주위에는 녹슨 냄새의 정체인 피 냄새와 희미하게 신음하는 부상자의 모습이 넘쳐났다. 중상자조차 깔개 위에 눕혀놓았을 뿐인 상태로, 자신도 같은 상황이었음을 뒤늦게 깨달았다.

"이거, 무슨…… 대체, 무슨 일이……."

"아직 혼란에서 못 벗어났나 보구나. 천천히 자신이 기절하기 전에 무슨 일이 있었는지 떠올려 보렴. 떠오르면 그게 답이니까."

혼란스러워하는 스바루의 의문에 페리스의 딱딱한 목소리는 자상하지 못했다. 그러나 그건 야멸차서 그런 것이 아니고 페리스에게 여유가 없다는 사실을 시사하고 있었다.

치유술사로서 초일류의 실력을 가진 페리스다. 이만큼 많은 부상자가 나온 이상, 그의 힘이 얼마나 필요할지 상상하기 어렵지 않다.

애초에 이만큼 많은 환자가 나올 만한 대참사라면——.

"윽——! 맞아, 마녀교……!"

"그—래. ……진짜, 그놈들은 최악이란 말이지. 알고야 있었지만, 아는 것만으로는 부족했을 정도야. 설마 이렇게까지 할 줄은, 응."

페리스가 분한 듯 입술을 깨물고 스바루의 깨달음을 긍정했다.

마녀교에 대한 분노는 스바루도 이해한다. 하지만 직전의 기억이 서서히 되살아나고 있는 스바루에게는 그 이상으로 확인해야 할 사항이 있었다.

"에, 에밀리아는?! 에밀리아랑, 베아트리스는 어떻게 됐어?"

"_____."

"둘 다, 같은 광장에 있었는데, 그래서……."

몸을 일으키고 페리스의 가는 어깨를 움켜쥔 스바루의 어세가 약해졌다. 눈을 내리깐 페리스의 태도에서 자신의 불안이 적중했다고 깨달았기 때문이다.

페리스는 그런 스바루에게 "침착하게 들어 줘." 하고 서두를 깐 다음 설명했다.

"스바루큥의 상처도 절대 안정해야 하니까. ……아무튼 에밀리아 님 말인데, 연락이 안 닿아. 지금 얘기를 들으니 도시의 혼란 때문에 헤어졌다……는 건 아닌가 보구나.”

　아니나 다를까, 기가 한풀 꺾인 스바루에게 페리스가 낭보라고 는 못할 내용을 말했다.

　에밀리아의 안부는 불명. 기절하기 전의 기억을 더듬자면 그녀는 『탐욕』의 레굴루스에게 끌려갔다고 예상된다. 스바루는 그 사태를 막지 못했다.

　그리고 같은 현장에 있었을 베아트리스는——.

　“형제 파트너인 여아라면 여기 얌전히 재우고 있어.”

　“큭——!”

　책상다리로 앉은 알이 스바루의 오른쪽을 손으로 가리키며 말했다. 재빨리 그쪽을 돌아보니 바로 옆에 장막을 두른 공간이 있다. 뜯어낼 기세로 달려들었다.

　그 장막 너머, 깔개 위에 누운 드레스 차림의 소녀를 발견했다.

　베아트리스다. 위를 보고 누워 눈꺼풀을 감은 소녀에게 외상은 눈에 띄지 않는다. 낯익은, 귀엽게 잠든 모습을 확인해 스바루는 안도의 숨을 내쉬었다.

　“베아코……! 아아, 무사해서 다행이다. 정말로…… 어, 끄아 아아!”

　“안-정-하라구, 페리가 말했지? 무조건 안정, 무슨 뜻인지 몰라?”

　곧장 분노로 목소리를 떠는 페리스가 스바루의 오른쪽 다리를 찌르고 으름장을 놓았다. 그 순간, 스바루는 정수리에 벼락이 떨어진 것 같은 고통을 느끼고 절규했다.

눈 안이 깜빡거리고 입안에 피 맛이 날 정도의 격통이었다. 영
문을 몰라 찔린 다리를 내려다보니 그곳에는 두툼하게 붕대가
감긴 오른쪽 다리가 있었다.

"내가 형제를 찾아냈을 때, 너무 고어해서 대차게 식겁했지 뭐
야. 살가죽 한 장에 다리가 덜렁거렸는걸. 쪼끔만 더 나갔으면 나
랑 같이 결손 속성 붙었을 뻔했다고?"

알이 자신의 존재하지 않는 왼팔을 시사하며 경박한 어조로 사
정을 가르쳐 주었다. 알의 설명과 다리의 두꺼운 붕대 덕에 흐려
진 기억이 본격적으로 되살아났다.

——레굴루스다.

에밀리아를 데려간 백발의 흉인, 그 남자가 떠나던 순간의 공
격이 스바루의 다리를 장렬하게 도려내며 파괴했다. 의식을 잃
은 것도 그 고통이 원인이었다.

"찢겨나가려던 다리를 베아트리스가 붙잡고, 그걸 페리가 거
듭해 치료해서 붙였다 이 말이야. 원래대로 나았을 테지만 한동
안 무리는 삐빅—이거든."

두 팔을 교차해 ×표를 만든 페리스가 스바루에게 무리하기 금
지를 엄명했다. 그 지시에 끄덕이면서 스바루의 의식은 잠들어
있는 베아트리스에게 못 박혔다.

"베아트리스……?"

요 1년, 거의 같은 침대에서 자고 있던 만큼 베아트리스가 금방
잠드는 건 잘 안다. 하지만 아무리 그녀라도 이건 너무 깊이 잠든
게 아닌가.

스바루가 바로 옆에서 비명을 질렀음에도 불구하고 뒤척임 하나 없다니.

"이거, 자고 있을 뿐⋯⋯이야? 꿈쩍도, 안 하는데."

"⋯⋯자고 있다는 표현은 어폐가 있을지두. 휴면 중이라거나, 가사 상태에 가까운 것 같으니까."

"가사 상태?!"

더 위태로운 단어를 들어, 스바루가 황급히 베아트리스의 잠자는 얼굴을 만졌다. 그 손가락에 전해지는 열기는 차갑고 속눈썹과 입술을 더듬어도 귀여운 반응은 하나도 없었다.

가사 상태. 그 말의 신빙성이 높아져 스바루의 머리에서 핏기가 싹 가신다.

"한계까지 마나를 사용한 반동이란 거야. 말했잖니. 스바루큥의 다리는 베아트리스가 필사적으로 치유 마법 가지고 붙잡아 놨다고."

"그건⋯⋯ 하지만 아무리 만년 연료 부족 상태라고 해서 가사 상태가 된다는 건."

"그거야 부상자가 스바루큥 혼자뿐일 때 얘기, 아냐?"

눈을 가늘어진 페리스의 말에 스바루가 해쓱한 낯으로 숨을 죽였다. 둘의 대화를 바라보던 알이 쇠투구의 이음매 부분을 손가락으로 만지작거리면서 말을 거들었다.

"내가 광장에 도착했을 때는 형제랑 똑같이 다친 녀석들이 발에 채이더군. 그 녀석들 전원, 거기 여아가 치유 마법으로 어떻게 손쓰고 있더라고. 대단하던데."

주위에 스바루와 마찬가지로 깔개 위에 누운 이들, 그 얼굴들은 본 기억이 있다.

여우인간 남자에 안대를 찬 여자, 그리고 홀딱 젖은 라친스다. 모두 스바루와 마찬가지로 오른쪽 다리에 상처가 났으며―― 아니, 같은 것은 상처 위치만이 아니다. 상처 그 자체다.

――시리우스의 『세혼』, 그 공진이 광장에 있던 전원에게 스바루와 같은 상처를 새겼다.

따라서 베아트리스는 스바루만이 아니라 전원의 상처를 고치느라 힘을 쥐어짜 낸 것이다.

"베아트리스는 괜찮은 거야? 이대로 쉬고 있으면 나아질 거라고 봐?"

"……솔직히, 그건 가망이 희박해. 페리는 왕국에서 으뜸가는 치유술사지만, 정령 전문가는 아니니까. 재워만 둬선 현상 유지가 최선일 거야."

"으――."

페리스의 설명에 스바루의 뺨이 굳었다. 현상 유지―― 요컨대 잠들어 있는 상태가 이어진다는 말에, 저절로 저택에 남겨 두고 온 소녀 생각이 났다.

보기 딱한 반응에 페리스도 실언을 깨달은 듯이 "미안해." 하고 사과하고 말을 이었다.

"방금은 내가 말실수했어. 다만 이대로 재워 두는 것만으로는 회복하지 않는 거랑, 부상하고 달리 페리는 못 고친다는 말을 하고 싶었어. 자고 있는 이유는 마나 부족이니 그걸 보충하면 깨어

날 테지만……."

"마나를 채우라니, 그럴 수 있으면 고생하겠냐……."

마나의 공급 부족은 베아트리스와 계약한 이래로 줄기차게 따라붙는 문제였다.

특수한 정령인 베아트리스는 계약자인 스바루 말고는 마나의 공급을 받을 수 없다. 그 중요한 공급원인 스바루는 충분한 마나를 보유할 수 없는 반편이다.

스바루의 무력함이 베아트리스에게 끝없이 부담을 끼치고 있다. 가뜩이나 평생 걸려 갚아야 할 부채뿐인데, 자신은 또다시 빚을 졌단 말인가.

"베아트리스만이 아냐. 에밀리아도…… 그런데, 나는 이런 곳에서……!"

베아트리스가 붙잡아 준 것은 끊어질 뻔한 다리만이 아니다. 베아트리스는 스바루가 포기하려던 가능성에 뛰어다닐 희망을 잡아 준 것이다.

에밀리아의 궁지. 도시의 궁지. 그것을 어떻게든 해 보라고 하기 위해서——.

"바보냐, 나는. 아니 바보지, 나는. 우는 소리나 지껄일 여유가 있으면…… 뀨웁."

"자, 이제 그만—."

다리의 고통을 무시하고 일어서려던 스바루, 그 얼굴이 페리스의 두 손 사이에 끼었다. 그대로 힘으로 고개 방향이 홱 꺾이고 스바루와 페리스의 시선이 지근거리에서 교차했다.

"왜 스바루큥은 백 아니면 영밖에 없어? 꾸물꾸물 낙담이나 하는 것두 곤란하지만 파닥파닥 뛰어다녀두 다들 곤란해. 모르겠어?"

"꾸물꾸물, 파닥파닥이라니⋯⋯."

"사실이잖아. 베아트리스두 없는데 혼자서 달려가 봤자 뭐가 어떻게 되는데. 생명을 허투루 쓰는 짓은 절대 하지 마."

말투야 가벼웠지만 담겨 있는 감정은 강하고 진지한 것이었다.

"_____."

페리스의 호소에 몸을 일으키려던 스바루가 다리 힘을 뺐다. 그리고 길고 깊은 숨을 내뱉고서 조급해지는 자신의 감정에 제지를 가했다.

"미안하다. 내가 너무 안달복달 못했어. ⋯⋯그리고 보니 다리에 대해 감사도 안 했군."

"딱히 감사를 원해서 하는 게 아니거든. 듣는 편이 기분이야 좋지만?"

"도움이 됐어. 고맙다. 은혜 입었어."

"천만에 말씀—."

감사의 말을 거듭하자 페리스는 덤덤하게 대답하고 스바루의 얼굴에서 두 손을 떼었다.

"알도 고맙다. 나랑 베아코, 네가 여기에 데려와 준 거지?"

"바로 그거지. 참고로 난 빈틈없이 '감사를 원해서 한 거라고. 하긴 형제가 감사해야 할 상대는 따로 또 있다만."

그 의미심장한 말에 스바루가 갸웃하자 알이 즐겁게 쇠투구로

턱짓했다. 그쪽으로 눈길을 돌리니 방의 벽 가까이에 무릎을 안고서 선잠을 자고 있는 소년의 모습이 보였다.

"루스벨……."

"저 꼬마가 울먹이며 부르는 바람에 무시할 수 없어서 말이야. 그래서 따라갔더니 광장이 형제들의 피로 온통 시뻘겋더라? 졸도하지 않은 날 칭찬해 주고 싶다, 진짜로."

알은 참으로 가벼운 투로 말하지만 그에겐 큰 빚을 지고 말았다. 도움을 불러 준 루스벨에게도 마찬가지다. 어른과 동행했다고는 해도 그 공포의 광장으로 돌아갈 결단을 해낸 소년에게 스바루는 진심으로 경의를 느꼈다.

그 두 사람의 조력 덕분에 스바루는 잠들어 있는 베아트리스의 손을 잡을 수 있다.

"베아트리스가 지금 당장 어떻게 되는 건 아니지?"

"그건 보증할게. 일어날 계기를 지금 당장 만들 수 없다는 것뿐이니까."

"알았어. ……상황, 가르쳐 줘. 도시가 어떻게 됐고, 마녀교가 무슨 짓을 했는지."

스바루는 애써 냉정하게 상황 파악을 시도했다. 그 물음에 페리스와 알이 무엇부터 설명해야 하나 하고 얼굴을 마주 보았다. 그때——.

"——그럼, 마침 잘됐군요. 우리도 지금 그 이야기를 하고 싶은 참이에요."

굳건하고 또렷한 여성의 목소리였다. 뒤돌아보니 그 목소리 주인이 방 입구에 모습을 보인 참이었다. 긴 녹발을 나부끼는, 늠름하고 아름다운 분위기의 여성——.

"크루쉬 님! 여기는 환자로 가득해서…… 일부러 발길을 옮기실 것까지야."

"미안해요, 페리스. 당신의 전장을 어지럽힐 생각은 없어요. 하지만 스바루 님이 깨어나셨다 들어서. 일부러 위로 오시라 할 수도 없잖아요?"

말하면서 깔개 위에 앉은 스바루 곁으로 크루쉬가 다가왔다. 그 복장은 아침과 달리 기품을 남기면서도 움직이기 쉬운 점을 중시하고 있었다.

그건 기억을 잃기 전의 크루쉬가 연상되는 모습으로——.

"크루쉬 씨도 전투태세란 느낌인데요."

"사정이 사정인지라. 스바루 님도, 다리 부상은?"

"제 베아코랑, 크루쉬 씨의 페리스 덕분에 간신히. 노력하면 날고 뛰어도 안 울고 넘어갈 것 같아요."

"그건 다행……이랄까요?"

스바루의 넉살을 듣고 순박한 크루쉬가 갸우뚱했다. 그녀 옆에서 페리스가 "무리는 금지!" 하고 입술을 움직이는 모습을 흘긋대며 스바루는 진지한 표정을 지었다.

"그래서, 가르쳐 주겠어요? 지금 프리스텔라가 어떻게 됐는지를."

"물론이죠. 하지만 그 전에 저희 쪽도 질문을. ——스바루 님이 마주친 건, 마녀교의 대죄주교가 확실한가요?"

"──맞아요. 확실해요. 내 다리에 난 상처도, 에밀리아를……
에밀리아를 데려간 것도 다 대죄주교의 소행이에요. 직접 이 눈
으로 봤으니 위장일 리도 없고요."

대죄주교의 이름을 가장하는 목숨 아까운 줄 모르는 치도 없겠
지만, 시리우스와 레굴루스는 그 권능의 일부도 내보였다. 그 추
악한 본성도 포함해서 틀림없이 대죄주교다.

그런 스바루의 답변에 크루쉬는 "에밀리아 님이……." 하고 어
조를 낮추며 말을 이었다.

"……그렇다면, 역시 그 방송은 사실로 봐도 되겠군요."

"방송?"

생각지 못한 단어를 들은 스바루가 묻자 크루쉬가 끄덕거렸다.

"실은, 지금부터 한 시간쯤 전에 방송이 나왔어요. 아침 방송과
마찬가지로 이 도시의 도시청사에 있는 『미티어』를 이용한 것이
었죠. 그게……."

"……설마, 방송한 건 마녀교? 놈들이 도시청사의 『미티어』를
탈취했어요?"

크루쉬가 말끝을 흐리자 스바루는 떠오르는 최악의 상상을 거
론했다. 그 추측에 크루쉬와 페리스, 알 세 사람이 말없이 끄덕이
며 긍정했다.

"갑작스러운 방송이었지만 상대의 내력은 명백했어요. 상대는
정중하게도 자신의 이름을 당당히 밝혔으니까요."

"이름을 밝혔다……. 그렇지. 그놈들은 그러지. 반드시, 무슨
짓을 하기 전에 자랑질을 해대."

강한 의분을 띤 크루쉬의 말에 스바루는 깊이 수긍했다.

스바루가 여태까지 맞닥뜨린 대죄주교는 반드시 자신의 직함과 이름을 밝히고 있었다. 사회적인 규범을 하나도 지키지 않는 정신 파탄자들이, 유일하게 그 규칙만은 따르는 것이다.

삐뚤어진 자기 현시욕을 방송에 실어 보낸 것은 지리멸렬한 망집에 지배당한 시리우스일까, 아니면 자기 기만의 갑옷을 두른 레굴루스일까.

그런 스바루의 혐오가 섞인 예상은 이어진 크루쉬의 말에 뒤집혔다.

"──『색욕』의 대죄주교, 카펠라 에메라다 루그니카."

"……뭐?"

완전히 예상 밖의 말에 스바루는 한 대 얻어맞은 얼굴로 멍하니 크루쉬를 쳐다보았다.

스바루의 눈초리를 받으며 크루쉬는 호박색 눈에 진지한 빛을 드리우고, 거듭 말했다.

"방송의 목소리가 선언하더군요. 수문도시 프리스텔라는 자신들 마녀교 손아귀에 떨어졌다고."

## 2

"나츠키, 깨어난 기가? 다행이다, 안심했데이."

알의 어깨에 부축받아 찾아온 스바루를 보고 아나스타시아가 해사하게 미소 지었다.

기모노 차림에 하얀 여우 목도리. 크루쉬와 다르게 그녀의 복색에 변화는 없다. 그 태연한 태도도 포함해 그녀만은 일상의 연장처럼—— 아니, 아무래도 그럴 리는 없다. 아나스타시아의 표정에도 희미한 피로의 단편이 보였다.

하긴 그럴 것이다. 그녀 또한 이 마녀교가 일으킨 소란의 당사자이므로.

"늦잠 자서 미안해, 아나스타시아 씨. 내 자리는 아직 남았어?"

"걱정 안 캐싸도 단디 준비해 놨다. 한걸음 일찍 그노마들하꼬 만난 나츠키 야기는 귀중하니께네. 여기 앉으라, 앉아."

아나스타시아의 손짓에 스바루는 오른쪽 다리를 감싸면서 방 중앙의 원탁으로. 알의 힘을 빌려서 의자에 앉자 한숨 돌리고 주위를 둘러보았다.

"후우, 살 것 같네……. 어차차, 그래서 여기 모여 있는 건가."

"마녀교 재해 대책본부쯤 되겠군. 뭐, 그렇다 치기엔 궁상맞을지도 모르겠다만."

알이 쇠투구의 이음매를 만지작거리며 스바루의 말을 받고는 한숨지었다. 그 중얼거림을 듣고 허리에 손을 짚은 아나스타시아가 "보소." 하고 한쪽 눈을 감았다.

"그라코롬 말하지 말그레이. 찾는 공주님이 안 계신다 캐서 알 씨가 불안한 기야 내도 안다만도?"

"불안하다기보단, 이 상황에 옆에 없으면 틀림없이 혼날 거라서 그게 무서운데."

몸을 흠칫흠칫 움츠린 알의 발언을 실내에 모인 이들이 뒷받침했다.

장소는 건물의 회의실. 스무 명은 들어갈 넓은 방이다. 실내에는 아나스타시아를 필두로 왕선의 관계자가 이리저리 모여 있지만, 개중에 알의 주인—— 프리실라의 모습은 없다. 당연히 레굴루스에게 끌려간 에밀리아의 모습도 없었다.

"그보다 우리 진영의 집결이 너무 미진한데. 오토와 가필도 없어."

"왕선 관계자가 다 모여 있을 수도 없었으니께네. 우리도 어제부터 미미가 안 돌아왔고, 가필 갸랑 같이 있으믄 좋긋다만도."

"걔네가 동행한다면 전투력으론 걱정할 게 없겠지만…… 그런데 왜 여기야?"

볼에 손을 짚고 사랑하는 아이의 거처를 불안해하는 아나스타시아. 그 옆얼굴을 보며 스바루는 건물 전체를 가리키듯 팔을 움직였다.

"알의 마녀교 재해 대책본부라는 표현도 호들갑이 아니잖아. 그만큼 도시 상황은 심각한데…… 그 대책본부가 왜 뮤즈 상회야?"

스바루는 사전의 의문을 그제야 거론했다.

——현재, 스바루 일행이 거점으로 삼은 곳은 1번가에 자리를 잡은 뮤즈 상회다.

어제도 방문한 마석상의 본점이지만, 지하에는 부상자가 수용되고 옥내도 피난민으로 북적이는 등, 지금은 긴급 시 피난소로서 기능하고 있다. 스바루가 다리 부상으로 후송된 곳도 이곳의

지하이며, 인파 때문에 이 회의실에 올라오는 것도 고생했을 정도다.

"큼직하고 번듯한 건물이고, 여차할 때 피난소 취급되는 건 알겠는데, 그건 그렇다 쳐도 상회는 상회잖아? 대책본부가 될 곳이 아니지 않아?"

"그카 생각하지? 근디 이유가 똑바로 있데이. 여기 도맡는 키리타카 씨가 프리스텔라의 십인회…… 쉽게 말해싸서 도시에서 제일 높은 열 명 중 한 명이란 이유 말이다."

"그 키리타카가, 진짜로?"

어제의, 그다지 양호하다고는 못할 만남이 떠올라 스바루는 뺨이 굳었다. 물론 입장상 키리타카가 그에 걸맞은 능력을 지니고 있음은 틀림없을 거라고 생각한다.

다만 역시 첫인상과 가장 선명하게 남은 인상은 쉽게 털어낼 수 없는 것이라서——.

"——스바루 님, 키리타카 님께선 훌륭하신 분이에요. 그 불안은 기우라고 생각합니다."

마침 회의실에 합류한 크루쉬가 스바루의 그 표정에 항의했다.

지하에서 올라오는 도중, 빌헬름을 맞으러 갔던 그녀는 갈아입은 페리스와 『검귀』를 대동하고 회의실에 찾아왔다.

"수고했데이, 크루쉬 씨. 키리타카 씨는 우짠다 카나?"

"역시, 지금은 피난 지시와 인원 조달 때문에 손을 떼지 못하는 모양이더군요. 대강 상황이 진정된 다음 이쪽 회의에 합류한다고 해요."

크루쉬의 답변을 듣고 아나스타시아가 "그랴그랴." 하고 끄덕였다. 빌헬름은 그 대화를 본체만체하며 의자에 올린 스바루의 다리에 감긴 붕대를 쳐다보고는 말했다.

"스바루 님, 다리 상태는 어떻습니까?"

"보는 바 그대로란 꼴이라, 꼴불견인 게 들 낯이 없어요. 빌헬름 씨는……."

"이 건물과 도시의 전력 분배에 대해서 키리타카 님이 의견을 청하시기에. 그게 일단락되어 크루쉬 님과 함께했을 따름입니다. 그 나이에 범상찮은 인사더군요."

"으으으…… 인제 이 지경까지 이르면 끽소리도 못 내지……."

크루쉬와 빌헬름, 두 사람이 이렇게까지 연달아 말하면 스바루도 키리타카의 능력을 의문시하는 건 생각이 얕았다고 여기지 않을 수 없다. 그리되면 함께 있는 것만으로도 그렇게까지 키리타카의 인간성을 꼬이게 하는 릴리아나의 존재 의의란 대체 무엇인가.

스바루가 그런 시답잖은 사고를 털어 내고 있으려니, 크루쉬가 "스바루 님." 하고 서두를 끊고 말했다.

"이 장소 말이지만, 저희가 그 방송을 듣자마자 아나스타시아 님이 이리로 이동하자고 제안해 주셨어요. 키리타카 님과 아는 사이라는 점에 더해 이곳이 피난소로 지정됐던 덕분에 페리스의 치유술도 도움이 될 수 있었죠."

"스바루 큥의 다리가 붙은 것도 그 판단 덕분이지~."

아나스타시아의 판단 근거를, 크루쉬와 페리스가 각자 입장에서 보충했다. 그 말을 듣건대, 이만큼 지독한 꼴을 당했음에도 스바루는 그나마 재수가 좋았던 모양이다.

"안 그럼 베아코를 길동무로 삼고 같이 골로 갔을 가능성도 있었단 뜻인가……."

"하지만 그렇게는 안 됐지. 피신시킨 꼬마의 노력도 포함해서 형제한테 운이 있단 뜻이야."

"그러면 좋겠는데 말이야."

알의 기세등등한 너스레에 스바루는 쓴웃음 지었다. 정말로 스바루에게 '운이 있다'면, 오늘까지 한 번도 죽지 않고 올 수 있었을 것이다.

하지만 실제로는 그렇지 않다. 그렇기에 스바루는 자신의 운에 별달리 기대하지 않았다.

──나츠키 스바루의 행운은, 이세계 소환된 첫날에 뒷골목에서 다 쓴 것이다.

"저축한 행운은 동났어. 이제는 성실하게 일할 수밖에 없지."

지금도 베아트리스의 헌신이 가능성을 붙들어 주었다. 거기에 보답해야 한다.

"그런데 모인 관계자는 이걸로 다야? 크루쉬 씨네 쪽은 몰라도 아나스타시아 씨 쪽도 한참 수가 모자란데……."

마음을 다잡은 스바루가 실내에 있어야 할 얼굴이 안 보인다는 점을 언급했다. 유달리 신경 쓰이던 점은 뮤즈 상회에 교섭하러 갔을 오토의 부재. 그리고 율리우스와 리카드, 『철 어금니』같은 아나스타시아의 주전력도 보이지 않았다.

덧붙이자면 펠트와 그 관계자의 모습도 이곳에는 전혀 없다.

"율리우스와 견인족 아저씨, 그리고 『철 어금니』 아이들은 페리네를 여기까지 호위해 준 다음, 다른 피난소를 돌며 안전 확인 중이야."

"중상자가 있으면 페리스에게 연락이 오는 거죠. 그렇게 해서 구원받을 생명이 하나라도 많아지길 바라서요."

"오호라. 그건…… 그런데, 연락이라니?"

휴대전화라도 있으면 이야기는 다르지만 쉽게 연락을 취할 수단은 이 세계에 그다지 없다.

그러나 스바루의 염려에 페리스가 "이거야." 하고 손을 내밀었다. 그의 손바닥에 있던 것은 접이식 손거울── 아니, 『미티어』다.

"그거, 대화경이냐!"

"흐흥─ 맞아. 심지어 1년 전 마녀교와의 싸움에서 회수한 거지. 아나스타시아 님이 보관했었어. 그걸 얻어 쓰고 있단 말씀."

윙크하는 페리스가 가진 『대화경(對話鏡)』이란, 쌍을 이루는 거울을 가진 이들끼리 대화할 수 있는, 그야말로 휴대전화와 같은 역할을 하는 『미티어』다.

1년 전, 『나태』의 대죄주교 페텔기우스와의 싸움에서 회수된 전리품 중 하나이며, 그것이 이번 마녀교와의 싸움에 다시 이바지하는 모양이다.

"거울 세 장으로 대화할 수 있는 희귀품 아이가. 이럴 때 못 써 먹으믄 아깝데이."

"그래서, 싸울 수 있는 팀이 그걸 들고 외부 순회 중이란 뜻인가. 옳거니."

마녀교의 소유물이던 『미티어』가, 돌고 돌아서 마녀교와의 싸움에 도움이 되다니 운명적이다. 그걸 들고 온 아나스타시아도 실로 용의주도하다고 할 수 있으리라.

"그쪽은 이해했어. 근데 설마 오토가 거기에 끼어 있진 않지?"

좀처럼 이름이 나오질 않는 데 애가 달아서, 스바루는 오토를 지목하며 물었다.

오토를 무투파 내정관이란 소문을 퍼뜨리는 사람은 다름 아닌 스바루지만, 아무리 오토라도 율리우스와 리카드하고 전사로서 비교하면 압도적으로 처진다.

설마 외부 순회 팀에 끼어 있는 건가 싶은 스바루의 의문에 크루쉬가 눈을 내리깔고 대답했다.

"안타깝지만 오토 님은 이곳에는 안 계세요. 저희가 상회에 도착한 뒤로는 눈에 띄지 않았기에 인근 피난소에 계실지도……."

"그, 그 인간, 전설적으로 타이밍이 안 좋군……."

원래 뮤즈 상회에 용무가 있다고 갔을 텐데 중요한 장면에는 빠져 있다. 타이밍 못 맞추는 오토에게 스바루는 험담을 뱉었다.

어디서 뭘 하고 있든 간에 무사히 있지 않으면 곤란하지만——.

"——하긴 걱정할 필요 없나. 그 녀석이라면 헛짓도 안 할 테고, 일단 뒷전이다."

"그, 그래도 되나요? 더 걱정하실 줄로만……."

"응, 괜찮아, 괜찮아. 그야 전투력이란 의미로는 빌헬름 씨 같

은 사람에겐 크게 못 미치지만…… 생존력이란 의미라면 그 녀
석에게 이길 녀석은 썩 많지 않으니까."

"……신뢰, 하시는 거군요."

"낯 뜨거우니 본인에겐 절대로 말하지 마."

적어도 스바루는 이 신뢰를 무덤 속까지 들고 갈 셈이다.

어쨌든 외부 순회 팀의 동향과 오토의 안부는 믿겠다고 마음먹
었다. 이 자리에 없는 건 가필도 마찬가지지만 이것도 진투력상
으로는 걱정 불필요.

그들을 제외하자 바로 안부가 마음에 걸리는 건──.

"파트라슈와 플르푸는 숙소에 있나. 두 마리 다 영리하니 걱정
할 필요야 없겠지만…… 그러고 보니 숙소가 다른 프리실라는
몰라도 펠트 일행까지 없는 건 왜야?"

"그 두 팀 다 행방을 모르겠데이. 다만 펠트 씨네가 숙소를 나간
용무는 들어서, 그기 불안 요소이긴 하다만도."

"불안 요소라면……."

"아무래도 오늘 아침의 분위기 뒤집어 놓은 빨강머리 아재랑
대화하러 나갔다 카데."

마뜩찮은 표정으로 아나스타시아가 한 말에 스바루도 마찬가
지로 마뜩찮은 표정을 지었다. 하지만 그 이야기에 가장 마뜩찮
은 표정을 지은 사람은 도저히 무관계할 수 없는 빌헬름이었다.

얼굴이 굳은 빌헬름의 침묵에 아나스타시아는 자그맣게 숨을
내쉬고 말을 이었다.

"그라카도 펠트 씨한틴 라인하르트가 있고, 벨로 걱정 안 혀도

되긋지. ……하지만도, 남은 한쪽 공주님은 뭘 저지를지 모르겠으니 무섭다 안카나."

화제를 전환하며 볼에 손을 짚은 아나스타시아가 알 쪽으로 말을 돌렸다. 그 말에 알은 "좀 봐주셔." 하고 탁한 목소리로 대꾸했다.

"공주 생각은 나도 못 읽어. 뭐, 위기에 빠져 있을 것 같진 않지만 양전히 있을 것 같지도 않다는 게 내 의견인데."

"그러고 보니 프리실라라면 1번가의 공원에서 릴리아나랑 같이 있었어. 헤어진 다음, 나는 다리를 이 꼴로 만든 원인과 부딪쳤기에 그 뒷일은 모르겠지만……."

"공주가 1번가에? ……여기하고 그리 멀진 않군."

스바루의 밝힐 기회를 놓쳤던 정보를 듣고 알이 쇠투구의 턱을 만지며 생각에 잠겼다. 당연히 시종으로서는 바로 위치를 알아낸 주군 곁으로 달려가야 마땅하다.

"뭐, 공주에겐 공주 생각이 있겠지. 내가 초조해하며 뛰쳐나갈 필요는 없겠다."

"그, 그래도 되는 거냐, 너."

"형제도 그랬잖아? 신뢰야, 신뢰. 공주에겐 낯 뜨거우니까 말하지 말아 주셔."

오토에 대한 발언을 재탕한 말에 스바루는 입술을 시옷자로 구부렸다. 어쨌든 각자의 입장과 상황은 얼추 이해했다.

"오케이. 뒤처진 나한테 맞춰 줘서 고마워. 이번에야말로 본론으로 돌아가자. 이곳이 마녀교 재해 대책본부라면, 지금 방침은 어떻게 됐어?"

"우선 외부 순회 팀의 보고 기다리는 중이데이. 그래도 마녀교가 도시청사의 『미티어』를 이용해 방송하던 기하꼬……."

"도시의 제어탑 네 곳이 탈취당한 것은 확실해 보여요."

창가에 선 크루쉬가 그리 말하고 바깥 경치를 손으로 가리켰다. 그녀의 지적에 따라 시력을 집중하니, 창문 밖 도시의 외벽에 인접한 석조 탑── 제어탑이 보였다.

제어탑이란 수문도시 프리스텔라를 종횡무진 흐르는 수로의 수량을 조절하기 위한 관리시설이다. 탑은 도시의 동서남북에 각각 존재하고 있으며, 이 회의실에서 보이는 것은 그중 하나에 불과하지만──.

"──탑 꼭대기에, 깃발이?"

멀찍이 제어탑 위에 펄럭이는 깃발이 서 있다. 오늘 아침과 어제, 도시를 거니는 중에는 눈에 띄지 않던 것이다. 깃발에는 붉은 도료로 기묘한 무늬가 그려져 있다.

눈을 표현한 그 표식이 스바루 기억의 꺼림칙한 부분을 자극했다.

"그려져 있는 건 마녀교의 문장이에요. 이런 시위 행위는 드물다고 하는데……."

크루쉬의 말대로 그것은 마녀교도가 기꺼이 두르는 흑의에 그려져 있던 문장이다. 가까이선 시리우스가 두른 로브에도 저것과 같은 문장이 그려져 있었다.

그것이 제어탑 정점에 게양되어 있다. ──그 의도는 명백하다.

"그 깃발이 제어탑 네 곳 전부에 걸려 있단 거야?"

"바로 그래요. 제어탑을 장악당한 이상, 마음만 먹으면 그들은 언제든 도시를 수몰시킬 수 있어요. ……대처가 급선무예요."

크루쉬의 말에 도시가 처한 상황이 얼마나 안 좋은지 뚜렷하게 전해졌다.

마치 핵폭탄 스위치를 갓난아기에게 준 것처럼 위태위태한 상황──. 더 질이 안 좋은 점은, 대죄주교는 스위치의 가치를 알고 있으며 갓난아기보다 더 말이 안 통한다는 점이다.

"도시 사람들의 패닉은? 마녀교에 제어탑을 빼앗겼다고 들으면 위험하잖아."

"원래 홍수 피해에 대비한 위기관리가 두루 미친 덕에 도시의 혼란은 놀랍도록 억제되어 있어요. 다만 도시에서 피난하기도 쉽지는 않습니다."

루그니카 5대 도시 중 하나인 프리스텔라, 그 인구는 대충 짚어 10만 명 규모다. 도저히 혼란을 낳지 않고 대규모 피난이 가능한 인원이 아니다.

하물며 마녀교의 감시를 피해서라면 더더욱 어려울 것이다.

"도시에서 드나드는 대정문과 제어탑은 바로 근처구, 완전히 목에 칼이 들어온 느낌이지 뭐니. 그리고 핵심인 적 중에……."

"──대죄주교가 세 명이란 말이지."

페리스의 눈짓을 받아 스바루가 상황이 최악이라는 사실을 뒷받침했다.

그 보고 자체는 이미 받은 모양인지, 아나스타시아 일행의 표정이 밝지는 않아도 새삼스럽게 놀라지는 않고 있다. 순수하게 위협에 대한 경계만이 있을 뿐이다.

"나하고 광장 사람들에게 똑같은 상처를 입힌 『분노』와 에밀리아를 끌고 간 『탐욕』, 도시청사에서 방송했다는 『색욕』……. 망할 것들의 올스타냐."

"의외로 나츠키는 냉정하구마. 에밀리아 씨, 끌려갔다믄서?"

"그래서 그렇지. 당황해서 허둥덴다고 되찾을 수 있으면 역사에 남을 만큼 이성을 잃어 주겠어. 그런데 안 그렇잖아. ──안 그렇다고."

이미 한 번, 스바루는 냉정함을 잃은 까닭에 실수를 저질렀다. 그 대가로 에밀리아를 빼앗기고, 대신에 덤터기를 써 준 것이 베아트리스다.

인제 더 이상의 실수는 저지를 수 없다. 모든 것을 되찾으려면 강철 같은 마음이 필요하다.

"스바루 님의 심정은 충분히 압니다. 저도 미력하게나마 최대한 보태며 협력하지요."

"감사합니다, 빌헬름 씨. 엄청 든든해요."

남자와 여자의 관계에는 일가견 있는 빌헬름이 그런 스바루에게 협력을 약속해 주었다. 그것만으로도 충분히 든든하다. 총력전이 되는 이상, 『검귀』의 힘은 필수이다.

"──음? 왜 그래? 알."

문득 그런 스바루와 빌헬름의 대화를 말없이 바라보는 알의 낌새를 눈치챘다. 하지만 스바루의 물음에 알은 "딱히?" 하고 어깨를 으쓱였다.

"형제도 손해 보는 성격이라고 생각했을 뿐이야. ──그보다 본론이나 진행하지?"

"어, 어어, 그렇지. 어─ 음, 그래서 방송 말인데……."

미묘하게 석연치 않은 느낌을 남기면서 스바루는 시선을 전체로 되돌렸다. 그리고 피난소에서 이야기를 들은 당초부터 궁금하던 문제를 언급했다.

그것은──.

"──『색욕』의 대죄주교, 카펠라 에메라다 루그니카라는 건, 대체 뭐야?"

3

──카펠라 에메라다 루그니카, 그것이 『색욕』의 대죄주교가 밝힌 이름이다.

스바루는 직접 그 자칭을 듣진 못했지만 그 이름만으로도 충분히 걸리는 부분이 있다. 특히, 그 이름의 『루그니카』 부분은 듣고 넘길 수 없다.

"성에 루그니카가 들어가는 건, 틀림없이 루그니카의 왕족뿐일 거잖아? 그 이름을 가장하는 짓에 무슨 의미가 있다고 봐?"

"약 올리는 거 아냐? 왕족이 다 병사했단 건 유명한 얘기잖아?"

"무슨 의도가 있는 게 아닐지. 그냥 장난질이라고 쳐내는 건 시기상조라고 봐요."

스바루가 품은 의문에 알과 크루쉬가 저마다 견해를 내놓았다.

둘의 의견은 모두 마녀교라면 그럴 수도 있다는 의미로 고려할 만하다. 이쪽을 약 올리려는 의도, 혹은 악랄한 수수께끼——양쪽 다 있을 법했다.

"——한 가지, 짚이는 구석이 있습니다."

그때 둘과 다른 견해가 있는지 빌헬름이 거수하고 끼어들었다.

"짚이는 구석이요?"

"예. 카펠라라는 이름은 알 수 없습니다만…… 옛날, 에메라다 루그니카의 이름을 지닌 왕족이 루그니카 왕가의 혈맥에 이름을 올린 건 확실합니다."

"——!"

생각지 못한 정보에 전원의 눈이 휘둥그레지자, 빌헬름은 턱을 만지며 기억을 더듬듯이 파란 두 눈을 가늘게 떴다.

"에메라다 님께서 존명하신 때는 『아인전쟁』이전…… 50년 넘게 옛날입니다. 저도 직접적인 면식은 없고, 그저 매우 아름답고 총명한 여성으로 기록된 듯합니다."

"그, 실존한 사람을 가장해서 어쩌고 싶은 거지? 혹시 엄청 훌륭한 이름을 남긴 사람이라서, 그 명예를 짓밟아 주겠다거나?"

참으로 음습하지만 악랄한 대죄주교라면 그럴 수도 있는 추악한 장난이다.

하지만 스바루의 발상에 빌헬름은 "아니요." 하고 고개를 가로저었다.

"상대의 저의까지는 모르겠으나…… 에메라다 님께서 훌륭한 공적으로 이름을 남긴 건 아닙니다. 오히려 그 반대일까요."

"반대라고 하면……."

"에메라다 님께선 젊은 나이에 병으로 쓰러지셨습니다. 하지만 왕국은 그분의 죽음을 슬퍼하기는커녕 국장을 거행하는 것마저 단념했지요. 당시의 정세가 혹독해서 장례식을 넘겼다는 게 표면적인 이유입니다. 하지만 실상은 국민감정이 그걸 바라지 않았기 때문이라지요."

덧붙인 빌헬름의 발언에 스바루는 섬뜩함을 느껴 아무 말도 못했다. 그 모습에 빌헬름은 작게 숨을 내쉬고는 말을 이었다.

"에메라다 님께선 아름답고 매우 현명하신 분이었지만…… 그 성격은 잔인하기 그지없으며, 뭇사람은 헤아릴 수 없는 어둠을 품고 있었다고 합니다. 따라서 그분은 루그니카 왕가 중에서도 이단의 자손으로 여겨져 그 사망 사실마저도 한동안은 숨겼다더군요."

한때 검을 바친 왕국의 품위에 관해 확증이 없는 이야기를 하는 게 심란한 것이리라. 빌헬름의 이야기도 후반부는 확실치 않다.

그 대신에 에메라다라고 자칭한 『색욕』의 더러운 성질이 부각됐다.

"……아무래도 본인이진 않을 테니 『색욕』이 에메라다를 가장하는 건."

"병으로 쓰러진 왕가를 빗댐과 동시에, 에메라다 님의 이름을 아는 이에 대한 완곡한 빈정거림. 많은 이들에게는 왕가의 이름을 가장함으로써 의심을 부추기려는 게 아닐는지요."

빌헬름의 그 결론에 전원이 갑갑한 표정으로 한숨을 쉬었다.

특히 스바루와 알 같이 왕국에 대한 충성이 썩 높지 않은 이들과 달리 크루쉬와 빌헬름의 속내는 씁쓸한 감정으로 메워졌을 터다.

그러나 그 결론에 가장 격한 반응을 보인 건, 그 두 사람 다 아니었다.

"──웃기지 마."

"페리스?"

페리스가 나지막이, 그의 성대로 최선을 다해 나지막이 중얼거리고 주먹을 부르르 떨었다.

항상 표표하며 크루쉬 일 말고는 좀처럼 본색을 내비치지 않는 페리스가 민낯으로 분노를 드러내고 있었다. 그 모습에 스바루는 놀랐다.

『색욕』의 악의는 루그니카 왕가에 침을 뱉는 행위다. 그건 틀림없이 근위기사인 페리스로서도 용서하기 어려운 만행이었을 것이다.

하지만 페리스의 그 분노에는 왕국에 대한 충성심과는 다른 원인이 있는 것 같았다.

"──아."

깊고 고요한 분노를 품는 페리스의 손을 옆에 다가붙은 크루쉬가 부드럽게 잡았다. 그 즉시 페리스는 번쩍 고개를 들었다가 부드럽게 미소 짓는 크루쉬의 시선을 깨달았다.

"죄, 죄송해요. 크루쉬 님. 평정을 잃고 말아서……."

"괜찮아요, 페리스. 저야말로 미안해요. 아마 당신의 그 분노는 본래라면 제가 느껴야 했던 것일 테니까요."

"_____."

페리스가 고개 숙인 건 크루쉬의 말이 정곡을 찔렀기 때문일까. 페리스가 품은 분노의 원천이 잃어버린 크루쉬의 기억에 있다면, 그것은 사실일 것이다.

그 감정을 공유할 수 없다는 답답함이, 강한 유대로 맺어졌을 주종 사이를 좀먹고 있다.

"자자, 다들 진정하라니까. 상대 수법에 일일이 당황하믄, 그기야말로 상대방 술수에 빠지는 기 아이가."

거기서 크게 손뼉을 쳐서 아나스타시아가 모두의 주목을 자신에게 모았다. 역시나 많은 사람의 대화를 재정리하는 데 도가 튼 모습으로 그녀는 전원을 빙 둘러보았다.

"『색욕』이 멀 꾸미고 있어도 우리네 적이란 건 변함없데이. 제어탑을 장악당해서 우리 목에 칼이 들어왔어도 변하지 않제."

"태세 전환이 빠른데. ……역시, 공주가 제일 신경 쓰고 있는 값은 하셔."

"건 고맙데이. 참 오싹한 정보이다만도."

자리의 분위기를 일신한 아나스타시아를 알이 참으로 독특한 표현으로 칭찬했다. 그 말에 아나스타시아가 쓴웃음 짓자 알은 "실제로 말이야." 하고 고개를 모로 꼬았다.

"머리가 이상한 대죄주교의 꿍꿍이 따위 성실하게 생각할수록 시간 낭비 맞을걸. 그런 것보다 그치 요구에 대해선 어쩔 건데."

"요구? 잠깐잠깐, 그거 못 들은 말인데. 요구라니 뭔데?"

"아— 나츠키한티는 지금부터 야기하려 했다. 『색욕』의 협박 방송 내용을."

못 들은 척할 수 없는 알의 발언에 놀란 스바루가 물고 늘어지자 아나스타시아가 끄덕였다. 아나스타시아가 꺼낸 '협박 방송'이란 말은, 참으로 위험스러운 단어였다.

"제어탑과 도시청사를 장악한 마녀교 말인디, 딱히 도시를 없애긋다거나, 관련된 인간을 몰살하긋다는 식의 목적과는 다른가 보데야. 들자 카니 『색욕』은 이 도시에서 멀 찾으시나 봐서, 도시를 인질로 잡은 기는 그 수단이라카데."

"그건…… 요컨대 도시를 인질로 잡은 테러란 뜻이지?"

아나스타시아의 설명을 듣고 스바루는 마녀교의 심플한 테러 활동에 아연실색했다.

왠지 여태까지 당최 그 발상이 떠오르지 않았지만, 인질을 잡은 다음의 교섭은 테러리스트로서 지극히 정석적인 상투수단이다. 단지 스바루 마음속에서 그러한 합리적인 악행과 마녀교의 불합리성이 도통 일치하지 않았을 뿐이지.

"나츠키, 괜찮나? 너무 놀란 기 아이고?"

"아니, 아니, 그 발상이 안 떠올라도 너무 안 떠올라서. ……미안. 그래서, 그 찾는 물건이란?"

필시 변변한 물건일 리가 없다. 혹은 이미 확보당한 에밀리아의 신병일 가능성도 없지는 않지만, 주위 눈치를 보건대 그렇지는 않을 것이다.

스바루가 그렇게 추측하고 있을 때, 아나스타시아는 목덜미의 하얀 여우 목도리를 살며시 어루만졌다.

그리고——.

"——『마녀의 유골』."

"……아?"

그것이 너무나 예상 밖의 말이라서 스바루의 뇌가 단어를 처리하는 데 실패했다.

그 결과, 얼떨떨해진 스바루에게 아나스타시아는 다시 입술을 혀로 축이고 말했다.

"『마녀의 유골』이데이. 그노마들, 그게 목적으로 이 도시에 왔다카드라."

"————."

다시금 몰이해가 적시되는 바람에 스바루는 말문을 잃었다. 내용이 당최 이해가 가지 않았다.

——『마녀의 유골』, 그것은 스바루의 상상을 초월한 요구였다.

애당초 『마녀』가 유골을 남겼다느니 하는 것부터 미심쩍다. 왜냐하면——.

"옛날 세상의 절반을 집어삼켰다는 『질투의 마녀』, 그녀는 지금도 사멸하지 않고 동쪽 끝 땅에서 세상을 바라는 채로 잠들어 있다. ——그렇게 전해지고 있습니다."

페리스의 손을 잡은 채로 크루쉬가 스바루의 내심을 꼭 집어냈다. 스바루는 그녀의 의견에 침을 삼키면서 "그래, 그렇다고." 하고 끄덕였다.

"나도 베아코로부터 그렇게 들었어. 『질투의 마녀』는 죽지 않았고 봉인됐을 뿐이라고. 그렇다면 유골이란 것도 이상한 얘기지."

이치에 맞지 않는다고 스바루는 『마녀의 유골』이란 물건의 존재를 부정하려고 했다.

——그 뇌리에 스친 것은 『성역』에서 『질투의 마녀』와 만난 순간이었다.

아주 한때나마 말을 주고받은 것에 불과한, 검은 그림자의 여자—— 그 죽음을, 스바루의 마음은 왠지 고집스럽게 부정한다. 부정, 해야만 한다.

그녀는 죽지 않았다고, 강하고 강하게, 영혼이 스바루에게 호소하는 것이다.

『그리고 언젠가—— 꼭, 절 죽이러 와 줘요.』

약속이라고도 못할 그 약속이, 그것을 부정해야만 한다고 요구하며 호소한다.

"그래. 그런 게, 있을 리 없어. 있을 리가……."

"——진정해, 형제. 마녀의 뼈래도 거시기, 딱히 유명한 『질투의 마녀』의 뼈에만 한정한 얘기는 아니잖아."

"——아?"

초조함에 쫓겨 호흡이 거칠어지는 스바루. 그 어깨를 잡고 달래듯이 알이 말했다. 그대로 알은 표정이 보이지 않는 쇠투구의 시선을 주위에 내돌렸다.

"그 부분은 어때? 지금, 형제랑 공작 누님이 말한 것처럼 제일 유명한 마녀란 양반은 봉인됐는데, 그 밖에 마녀란 건 없어?"

"편의상 마녀라고 불린 존재는 『질투의 마녀』 외에도 있습니다. 『아인전쟁』 당시, 아인의 연합에 협력하던 마법사도 마녀라고 불리며 두려움을 사고 있었죠."

"전례는 있단 말이군. 그럼……."

"그카도 이 도시에선 야기가 다르데이. 예서 마녀의 화제가 나온다믄 그기는 가짜에게 붙인 별명과 다르게, 진짜배기 『마녀』를 거론할 끼다."

알과 빌헬름의 응수. 그러나 아나스타시아가 제동을 걸었다. 그녀는 유독 확신 어린 투로 스바루에게는 도저히 받아들이기 어려운 결론을 말했다.

"말투를 보니깐…… 아나스타시아 님한텐 짚이는 게 있단 소리예요?"

"안 그라믄 내도 이런 말 함부로 몬한다. 그 짚이는 곳이 있었응께, 그 『색욕』의 방송 뒤에 멀리 나가서라도 키리타카 씨하꼬 합류했을 정도고."

아나스타시아가 전하지 않았던 다른 의도를 밝히고 연두색 눈을 가늘게 떴다. 그대로 아나스타시아는 일동의 얼굴을 빙글 둘러보고 말을 이었다.

"이 수문도시의 성립 과정, 조금 조사하믄 알 낀데, 다들 아나?"

"──먼 옛날에, 뭔가를 붙잡기 위한 커다란 함정이었단 얘기는 들었어."

프리스텔라에 도착한 당초, 아름다운 거리 경관을 둘러보는 중에 스바루 옆에서 베아트리스가 해 주던 강의가 떠오른다. 구체적으로 무엇을 잡았느냐는 이야기는 없었지만.

스바루의 대답에 아나스타시아는 "그래." 하고 끄덕였다.

"그, 도시를 이용한 함정에 걸린 치가 『마녀』라 카드라. 도시를 수몰시켜서 『마녀』를 멸했어. 그 유골이 지금도 도시 어데 있다는 기다."

"근데 『질투의 마녀』는 봉인되이……."

생각지 못한 모양새로 도시 옛 과거의 전모가 밝혀진다. 하지만 그건 역시 조리에 맞지 않는다.

그렇게 반론하려던 스바루를──.

"──튀폰은 큰물에 잠기었다. ……여기가, 거기란 뜻이군."

쇠투구 속에서 불쑥 튀어나온, 희미한 목소리가 가로막았다.

"_____."

느닷없는 이름에 놀라서 돌아보자 알은 심드렁하게 쇠투구의 이음매를 만지작거리며 골똘히 생각에 잠겨 있다. 하지만 방금 분명히 그는 튀폰의 이름을 입에 담았다.

『질투의 마녀』와 같은 시대를 산 여섯 명의 마녀, 그중 한 명인 『오만의 마녀』의 이름을.

"나츠키가 품은 의문의 답은 간단하데이. 마녀는 『질투의 마녀』 외에도 있었어. 기록에는 거의 안 남았지만도, 그런 구전도 없지는 않데이. 그리고 이 도시에는……."

"──그, 옛 마녀의 뼈가 남아 있다는 거군요."

알의 중얼거림을 듣지 못한 아나스타시아와 크루쉬가 유골의 화제를 담담히 진행했다. 그 결과, 스바루는 알이 방금 중얼거린 말을 추궁할 타이밍을 놓쳤다.

물론 화제의 우선순위를 매기자면 방금 이야기는 여기서 해야 할 것도 아니다.

다만 만약 알의 중얼거림이 사실이라면, 『성역』에서 만난 『오만의 마녀』── 앳되고 천진함의 화신 같던 『마녀』는 이 도시에서 목숨을 잃었단 말인가.

그런 감회가 스바루의 가슴속에서 따끔따끔 통증을 주었다.

"그 『마녀의 유골』하고, 키리타카 님과의 합류를 서두르신 행동의 관계는 무엇이죠?"

화제가 돌아와 아나스타시아의 진의에 다시금 크루쉬가 파고들었다. 그 물음에 아나스타시아는 한쪽 눈을 찡긋하며 대답했다.

"『마녀의 유골』은 수문도시의 중요 기밀…… 일화와 위치, 각각 잘 아는 기는 십인회 사람뿐. 고로코롬 들어서 그렇다."

"도시의 높으신 분들밖에 그 뼈의 위치를 모른다……. 즉, 아나스타시아 씨는 그거야? 『색욕』의 요구에 따르는 편이 낫다고?"

"그라케는 말 안 하제. 이런 상대의 요구에 따르믄 질질 끌려갈 끼 뻔한 노릇이고. 그건 그렇다 쳐도 문제의 상품 소재는 확인해두고 싶은 데다가…… 깜빡 실수로 십인회 중 누가 『색욕』한티 가르쳐 줄지 뉘 알긋나?"

"그건 그렇긴, 하군."

스바루의 얕은꾀와 달리 아나스타시아의 판단은 신속하고 적절하다.

테러리스트와의 교섭에 응하면 사태는 악화 일변도를 걷는다. 이번 예로 말하자면 『마녀의 유골』을 회수한 순간, 대죄주교는 도시를 수몰시킬 수도 있다.

그만큼 놈들의 인간성을 신용할 수 없다는 사실을 스바루는 신용하고 있다.

"대충 요게 나츠키가 자던 중의 자세한 사정이데이. 키리타카 씨가 올라오믄 지금의 유골 야기를 자세히 물을 끼야. 그라믄 본격적으로 대응을 정해야 하니께네."

"대응……이라면……."

"──당연히 쓰러뜨릴까 도망칠까제."

아나스타시아의 낮은 목소리에는 고요한 결의와 푸른 불꽃 같은 분노가 붙어 있었다.

"요번에 후보자를 프리스텔라에 부른 사람은 내다. 그기 이런 꼴이 나부러서, 내 또한 책임 느끼고 있데이. ……이맨치 까불어 댄 아들더러 책임지게 해야제."

서글서글하고 자기 자신의 전투력이 없는 대상회의 주인이 담담히 뇌까렸다. 그 말에 스바루는 짐승의 어금니가 목에 닿은 것과 동등한 공포를 느꼈다.

아나스타시아 호신, 그녀 또한 적으로 돌려서는 안 될 한 사람이라고 새삼 느꼈다.

"──아, 잠깐. 대화경이 반응하고 있어! 율리우스 쪽에서."

화제가 일단 중단된 순간에, 페리스가 놀란 표정으로 손을 들었다. 들어 올린 손에는 대화경이 있고 그 거울면이 응답을 바라며 하얗게 빛나고 있었다.

　그것을 페리스가 모두에게 보이게끔 원탁 위에 놓고, 살짝 거울면에 손을 드리웠다.

　『──페리스와 전원이 모여 있는 모양이군. 내 모습은 보이나?』

　그런 말과 함께 거울에 보라색 머리의 미장부의 모습이 떠올랐다. 도시 바깥을 돌며 인명 구조에 분주한 율리우스 유클리우스의 연락이었다.

　율리우스의 연락에 아나스타시아가 거울면 앞에 잰걸음으로 다가왔다.

　"율리우스, 연락이 없어서 걱정했다카이. 바깥 상황은 어떻나?"

　『걱정을 끼쳐 죄송합니다. 도시 상황은 혼돈에 빠져 있으며, 마녀교에 대한 분노는 심화될 따름이지만⋯⋯ 그보다 지금은 급히 전해드릴 말씀이 있습니다.』

　율리우스가 아나스타시아와 재회를 반기는 말도 데면데면 넘기고 거울면에서 슥 자취를 감추었다. 그 미장부를 대신해 거울에 비친 것은 단안경을 쓴 자묘인(子猫人)── 티비다.

　『철 어금니』의 삼남매 부단장, 개중 막내인 티비는 율리우스와 동행했던 모양이다. 그런데 거울에 비친 티비의 표정은 여느 때 같지 않게 절박했다.

　"티비? 와 그러고? 그리 표정이 초조해서⋯⋯."

　『아, 아가씨, 큰일 났다요. 그쪽에 누나는 안 돌아왔어요?』

　아나스타시아의 말을 가로막고 티비가 질문을 던졌다. 그 모습에 곤혹스러워하면서도 아나스타시아는 "아니." 하고 미미의 부재에 고개를 가로저었다.

"안 돌아왔는디. 우리도 걱정하고 있어서…… 티비?"

심상찮은 분위기에 거울 너머로 긴박감이 회의실에도 전해졌다. 그러나 변화는 그것만으로 그치지 않았다. 그 직후, 대화경의 거울면에 파문 같은 것이 일었다.

『아가씨! 아가씨 있나! 큰일 났데이! 헤타로가, 미미가 위험하다 칸다!』

다음 순간, 세 장 세트인 대화경 중 마지막 한 장이 이 대화에 참가했다. 거울면에 큰 입을 벌린 견인(犬人) 리카드의 모습이 비쳤다. 하지만 그 리카드의 얼굴을 밀어내고 바로 눈물 어린 자묘인이 거울면에 뛰어들었다.

『아가씨! 아가씨! 누나가, 누나가아…….』

울먹이는 소리로 호소한 것은 티비와 똑 닮은 형제인 헤타로다. 평소부터 마음 약한 인상의 소년이지만 지금은 그 표정을 유난히 더 비통하게 일그러뜨리고 있다.

"헤타로, 진정하그레이. 먼 일이고? 천천히 야기를."

『가, 가호의 영향이, 우리 가호의 영향이 누나로부터 들어오는데! 그, 그게 엄청난 상처…… 이러면, 누나…….』

"가호…… 『삼분의 가호』 말이제? 즉, 미미가 어데서 다치고 그 영향이 헤타로와 티비 둘한티도 나왔다? 이 말 맞나?"

아나스타시아의 이해에 거울면에 떠오른 헤타로와 티비가 동시에 끄덕였다.

그 이야기를 등 뒤에서 듣던 스바루는 이전 미미로부터 들은

『삼분의 가호』의 효력——가호로 연결된 삼남매가 상처와 피로를 나눌 수 있다고 이야기해 준 기억을 떠올렸다.

예전에 렘이 저택에서 궁지에 빠진 람의 이변을 공감각으로 알아차렸듯이 미미네 삼남매도 비슷한 일이 가능할 것이다. ——그것이, 미미의 궁지를 알렸다.

그 의미를 손거울 너머로 전해진 두 군데를 포함한 전원이 이해하고 긴박감이 퍼졌다. 명확한 관계자가 겪는 생명의 위기, 그 충격을 간신히 곱씹고——.

『야호——야호호, 야호홋——!』

——그 목소리는, 분위기를 아랑곳하지 않고 너무나도 뻔뻔스럽게 온 도시에 울려 퍼졌다.

"뭐, 어?"

난데없는 상황에 사태를 미처 못 받아들인 스바루는 고개를 천장으로 쳐들었다. 목소리는 하늘에서 뚝 떨어졌다. 하지만 사실 천장이 아니라 말 그대로 하늘에서 나온 소리다.

『미티어』를 이용한, 도시 전역에 울려 퍼지는 방송——도시청사의 설비를 이용한 그 방송은 다시 말해 몇 번이나 화제에 오른 대죄주교, 『색욕』의.

『도시 내의 썩은 고기 여러분——건강히 뻗대고 계세요오? 하루에 몇 번 들어도 아리따운, 내 미성에 취해서 완전 흥분하고 계세요——? 꺄하하하핫!』

찢어지는, 귀에 거슬리는 웃음소리였다. 몹시 오만한 감정을 띠고 있는 여자의 목소리. 그것은 듣는 이의 속사정 따위 싹 무시하고 고막을 유린하는 악랄한 공격이었다.

찰나만으로도 이해했다. ──목소리 주인의, 잔학하고 추악한 인간성을.

"이것이 『색욕』……. 이 타이밍에?!"

『자자, 그럼, 미소녀의 목소리에 발정이 안 그치는 썩은 고기들에게, 자상하고 자비로운 이 몸께서 중대한 발표가 있으시겠습니다─! 경청! 주목! 귓구멍 잘 파놨어요─?!』

동요를 숨기지 못하는 스바루와 대조적으로 이런 방송이 두 번째인 주위의 반응은 각양각색이었다. 경계, 분노, 혐오──. 어느 것이든 동요는 없이 다음 말에 귀를 기울이고 있다.

마음을 쥐어뜯고 뇌를 삐걱거리게 하는 이 목소리의 주인이 대관절 무엇을 선고할지를.

『실·은! 그토록 내가 정중하게 부탁해 줬는데, 괘씸한 놈들이 도시청사에 덤벼들어서…… 나 진짜 뼛속까지 상심했지 뭐야! 진짜 말귀 못 알아먹는 니들 썩은 고기한테 마음속 깊이 기가 막혀서 말도 안 나온단 이 말씀이죠─!』

"……이딴 데 몬 어울려 주긋다. 리카드, 율리우스, 잘 들으레이. 티비랑 헤타로는 도시청사로 돌아가고, 둘은 미미의 행방을……."

방송이 이어지는 가운데, 직전에 나온 화제의 해결에 머리를 굴리는 아나스타시아. 그녀는 대화경 너머로 자신의 기사와 번

견을 부르고 미미의 신변을 위해 움직이려고 했다.

그러나 상황 변화는 애써 냉정해지려던 아나스타시아마저도 희롱한다.

──그것도 누구에게나 가장 최악의 형태로.

"──웬 놈이냐?!"

느닷없이 날카롭게 외친 빌헬름이 회의실 입구로 돌아섰다. 뽑아 낸 검을 거머쥔 『검귀』, 그 기백에 다른 이들도 허둥지둥 뒤돌아 같은 방향을 보았다.

다음 순간, 문이 탕 열리고 회의실에 인영이 뛰어들었다.

한순간 그 난입자의 존재에 일동의 어깨가 들썩거렸지만, 그 놀란 감정을 털어내고 맨 처음 소리를 지른 사람은 다름 아닌 스바루였다.

그 자리에 뛰어든 것이 낯익은 금발 소년이었기 때문이다.

"가필?!"

다량의 땀을 흘리며 숨을 헐떡이는 가필이 그 소리에 고개를 들었다.

가필은 스바루의 존재를 알아채자 비틀비틀 불안한 발걸음으로 달려왔다. 안 어울리는 태도와 이상한 분위기. 스바루는 뒤늦게 그 원인을 깨달았다.

가필이 휘청거리는 원인이 그의 품속에 안겨 있다는 것을.

누구나 말을 못하는 가운데, 가필이 스바루 앞에 당도했다. 그대로 가필은 그 자리에 거꾸러지더니 스바루에게 매달리듯 고개를 떨어뜨렸다.

그리고 피범벅인 두 팔을 내밀고 목울대를 그렁거렸다.

"미안해……. 미안해, 대장! 이 어르신은, 나는! 쓸모없는! 무능한 놈이야……!"

비통한, 비통한 외침을 지르는 가필.

피범벅인 가필의 품에는 빈사 상태로 안긴 미미가 있었다.

# 제4장 『고저스 타이거』

1

──시간은 가필이 피난소로 뛰어들기 하루 전으로 거슬러 올라간다.

"＿＿＿＿＿."

저녁 시간의 거리를 거닐던 가필은 문득 그 시선을 알아채고 숨을 죽였다.

그것은 인파 저편, 길가 모퉁이, 찰랑이는 수면에 살며시 비치는 검은 여자의 그림자였다.

때때로 시야 구석에 어른거리는 낯익은 그림자── 그것이 실존하는 여자가 아니라 과거 실존했던 여자의 환영임을 가필은 잘 알고 있었다.

그 여자의 존재를 코로 느낄 수가 없는 것이다.

가필의 후각이 눈에 보이는 거리에 있는 상대의 냄새를 결코 못 맡을 리 없다. 하물며 그 여자가 두른 피 냄새는 지금도 콧속에 들러붙어 떨어지지 않을 지경이었다.

그렇기 때문에 가필은 확신과 함께 말할 수 있다. 저 여자가 환영이라고.

무엇보다 저 여자는── 엘자 그란힐테는 다름 아닌 자신이 죽였으니까.

"_____."

하지만 지금도 그 여자의 환영은 가필을 바라보고 있다.

냄새가 풍길 정도로 선명하게 핏빛 미소를 머금고 가필의 마음을 깊이 쑤시면서.

──처음으로 그 여자의 환영을 알아챈 것은 『성역』을 떠난 뒤로 2개월쯤 지났을 때였다.

스바루랑 오토와 함께 어느 마을에서 발생한 사건에 관계한 직후부터, 그 여자의 환영은 종종 가필의 시야에 어른거리게 됐다.

원인은 왠지 모르게 이해하고 있다. ──이 환영은 가필의 나약한 마음 그 자체다.

그때 그 사건에서 가필은 잘 활약하지 못했다. 그 결과를 진정 한심스럽게 여겨도 스바루 일행은 가필더러 잘했다고 거듭 말했다.

생각해 보면 그들은 늘 그랬다. 그들은 늘 가필의 잘못을 용서한다.

하지만 가필은 잊지 않았다. 자신이 동료들에게 저지른 수많은 행동을.

하나 엇나갔더라면 『성역』에서 자신은 스바루나 오토를 이 손톱으로 해쳤으리라. 그런 용기가 자신에게 없어도 자포자기해서 그럴 수 있다고 충분히 추측할 수 있다.

미수였다. 스바루도 오토도, 가필을 용서하고 있다.

──그렇기에 가필이 용서하지 않는다. 약한 자기 자신을, 기개 없는 자기 자신을.

처음 이 손으로 목숨을 앗은 여자, 엘자가 약한 마음의 상징으로서 모습을 보인 것도 그 때문이라고 가필은 받아들이고 있었다.

환영은 핏빛 미소로 가필의 마음이 그늘지는 순간을 비웃고 있노라고──.

"저기── 가프 듣고 있어? 지금 미미, 무지 좋은 얘기하고 있어! 했었어──!"

그 핏빛 미소가 눈앞에 끼어드는 생각 없는 웃음에 가로막혔다. 숨결이 닿을 만큼 가까이서 얼굴을 활짝 핀 소녀. 그 웃음에 가필은 몸을 뒤로 확 젖혔다.

"……어, 어어, 그러냐."

"응, 그러해! 진짜, 헤타로도 티비도 어리광쟁이라 누나는 힘들어!"

가필의 대꾸는 건성이지만 소녀는 깔깔 웃으며 기죽는 낌새도 없었다.

주황빛 짐승 털에 동그란 눈, 천진난만함을 그림으로 그린 것 같은 행동거지의 소녀는 웬 영문인지 가필을 따라다니는 적대 진영의 일원, 자묘인 미미다.

──현재 가필과 미미는 둘이서 저녁놀 지는 프리스텔라를 나란히 산책 중이었다.

가필은 혼자 있고 싶은 심정이었지만 그런 눈치를 감지하는 능력이 현저히 떨어지는 모양인 미미에게 깜빡 발견되는 바람에 여기까지 달고 온 형국이다.

아무래도 프리스텔라 도착 이래—— 아니, 로즈월 저택에서 첫 대면했을 때부터 유독 그녀가 따르고 있다. 처음에는 적대 진영의 전력을 경계하는 건가 싶었지만, 여기까지 언행을 보면 그 추측은 거의 사라졌고 그냥 마음에 들었을 뿐이라는 견해가 유력했다.

그건 그거대로 웬 영문인지 알 수가 없어서 하는 대로 가만두고 있지만.

"으음! 가프, 이상한 표정 하고 있어—! 뭔가 재미있는 거라도 있었어?"

"이게 신나는 낯짝으로 보이냐. 얘기하기 싫고, 얘기할 의리도 없어."

"의리니 인정이니 어려운 말 하면 요슈아처럼 된다? 더 대충 해도 좋다고 미미는 생각합니다. 가프는 바보처럼 웃는 게 멋있어!"

"바보처럼은 뭐야, 얀마."

칭찬하는지 헐뜯는지, 그 말에 가필이 이빨을 드러내자 소녀는 "꺄—." 하고 웃으며 뛰어나갔다. 그대로 조금 앞에서 발을 멈추고 싱글벙글 가필이 쫓아오기를 기다리는 미미. ——그곳에 있었을 환영은 눈에서 사라졌다.

——가필이 저녁놀이 지는 수문도시로 뛰쳐나온 것은 『물의 날개옷 여관』에서 맞닥뜨린 『검성』 라인하르트와의 만남이 미

련을 남겼기 때문이다.

루그니카 왕국뿐만 아니라 4대국 최강이란 명성이 자자한 당대 『검성』.

그 소문은 주워들었고 본인과 아는 사이인 스바루로부터도 이야기는 들었다. 그렇기 때문에 가필은 머잖아 본인과 마주할 기회를 고대하고 있었다.

그것이야말로 자신이 『최강』에 이르는 데 필요한 의식이라고 굳게 믿었다.

——『최강』, 그 말은 가필에게 특별한 의미를 띠고 있다.

사내로 태어난 이상, 누구나 한 번은 최강을 꿈꾼다. 누구나 꿈을 꾸면서, 긴 인생 도중에 잊고 포기하고 마는 동경. 그 동경을 가필은 잊은 적이 없다.

그 칭호야말로 겁 많은 가필이 소중한 것을 지켜내기 위해서 반드시 필요한 조건이라고 마음에 그리며 추구한 것이다.

따라서 그 『최강』과 대치한 순간, 무의식중에 자신이 뒷걸음질 친 것은 절망이었다.

불과 15년의 생애지만 가필은 그 태반을 자기 단련에 소비했다. 모든 것은 무(武)의 극치에 이르러 소중한 것을 이 손으로 지켜내겠다는 맹세를 증명하기 위해서.

실물 앞에서 뒷걸음질한 순간, 그 맹세가 모조리 거짓이 된 것이다.

『검성』이 검을 뽑게 하기 전에, 자신의 단련한 주먹을 쳐들기 전에, 패배한 것이다.

『가필, 걱정 안 해도 넌 강해.』

패배감을 품은 가필을 스바루는 그렇게 격려해 주었다. 그 말에 발작을 일으켜 꼴사납게 아우성치지 않은 것만이 자신의 공적으로 느껴졌다.

가슴속에 휘몰아치는 갈 곳 없는 감정. 그 감정에 촉발된 듯 모습을 보이는, 자신이 죽인 여자의 환영── 그것을 뿌리치고자 홀로 저녁놀이 지는 수문도시로 뛰쳐나왔다.

그래야, 했는데.

"가프! 가프! 봐봐, 봐봐! 저기, 노을이 무지무지 물에 비쳐서 되게 빨개! 이거 굉장해─! 굉장타─! 예뻐─!"

꺅꺅 뛰어다니며 가필의 소매를 잡아끌질 않나 머리칼을 잡아당기질 않나 등에 뛰어 올라타질 않나, 방자한 동반자 미미는 사양과 인정머리가 도통 없었다.

덕분에 홀로 침울해질 시간을 전혀 낼 수 없지 않은가.

"야, 조금은 진정해! 이 어르신이 풀 죽은 거 모르겠냐."

"응─ 무리─!"

"즉답하는 거냐!"

팔을 잡고 쭉쭉 잡아당기는 미미에게 가필은 휘둘릴 따름이다.

진심으로 뿌리치고 도망쳐도 되겠지만, 그러다가 온 도시를 술래잡기하는 처지가 되어 스바루 일행에게 폐를 끼치는 건 피하고 싶었다.

프리스텔라로 출발하기 전, 람과 프레데리카로부터도 따끔하게 주의받았다. 자신의 기행 때문에 폐를 끼치는 건 뒤처리가 특기인 오토에게만 하라며.

"응―? 왜 그래, 가프, 얼굴 어둡다? 교민…… 고밍, 고밍밍해?"

"그거, 고민이라고 말하고 싶냐?"

"그래, 고고민! 무슨 일 있어? 말해 봐, 말해 봐―."

그 자리에서 주먹을 "쉭쉭." 내지르는 미미의 제안. 상담을 받아 줄 눈치인 소녀의 모습에 가필은 맥이 뚝 꺾인 기분으로 이를 딱 부딪쳤다.

그리고 가필은 시선을 수로로 돌려 녹색 눈을 가늘게 떴다.

"……진짜로 경치 좋은데."

"그치그치? 이거 굉장해―! 무지 굉장하다요―! 아가씨한테도 보여 주고파!"

이야기는 건성으로 들었지만 수로에 붉은 석양이 반사되는 광경은 확실히 아름답다.

세상을 붉게 물들이는 머리 위 석양과 노란색과 백색을 머금은 수면의 붉은빛은 너무나도 선명해서 목격한 이의 마음에 감미로운 절경을 새기고 있었다.

"――――."

그 광경에 눈길을 빼앗기면서 가필은 묘하게 온화한 자신의 마음을 깨달았다.

좌절과 패배, 혼자서만 비참하게 잠겼어야 할 무력감. 그러나 함께 있어 주는 쾌활한 소녀 덕에 가필의 마음을 한 치도 좀먹지 못하고 있다.

"흥흥흥―."

그 미미 본인은 가필 옆에 서서 흥겹게 콧노래나 부르고 있다. 그 손으로 꼭 가필의 허리 두르개를 잡고 느릿느릿 머리를 좌우로 흔드는 모습은 즐거워 보인다.

문득 그녀의 머리카락과 꼬리 색이 선명한 노을색이라는 사실을 깨달았다. 무심코 손을 뻗어 머리를 쓰다듬자 미미가 기쁜 듯 몸을 기대었다.

"폭신폭신? 아가씨도 있지― 자주 만지려고 들어. 치유계 같은 거!"

"아― 그 치유계란 말, 대장도 곧잘 말하더라. 지금은 좀 이해가 되는 기분이군."

"오― 가프, 미미의 폭신폭신으로 치한되고 있어?"

"그러면 또 의미가 바뀌어 버리는구만!"

미미가 "어라―?" 하고 악의 없이 갸우뚱하고, 가필은 빵 터지고 말았다.

가슴속에 휘몰아치던 부정적 감정이 그 대화로 녹아내린다. 굴욕과 패배감에 흐려졌어야 할 투쟁심이 굳고 올곧은 반골심으로 회복되는 것을 알 수 있었다.

"……대뜸 최강은 못 되지. 이 어르신은 아직 한창 올라가는 중이야."

"오― 이 길고 긴 최강으로 가는 언덕을 말이다―!"

"헷, 제법 잘 알잖아. ――그래. 그게 최강의 길이다."

주먹을 쳐올린 미미의 말에 가필은 이마의 하얀 흉터를 만지고 이를 딱 부딪쳤다.

성질나는 이야기지만 미미 덕분에 투쟁심을 되찾았다. 혼자 끙끙 앓고 있었다간 이 결론에 이르는 데 얼마나 시간이 걸렸을까.

"——아! 가프, 저거!"

그런 솔직하지 못한 감사를 생각한 순간, 옆의 미미가 세게 소매를 당겼다. 미미의 시선은 붉게 빛나는 수로를 보고 있었고, 시선을 좇아간 가필 또한 그 장면을 목격했다.

도시를 종횡으로 관통하는 대수로, 그 맞은편 기슭에 정박해 있던 나룻배의 밧줄이 풀려 사람 하나 없는 상태로 움직이려 하고 있었다. 다만 문제는 그쪽이 아니다.

"꼬맹이들!"

외친 미미가 보는 것은 그 흐르는 나룻배의 진로에 있는 한 척의 배였다. 계류된 배에는 다섯 명의 아이들이 뱃놀이 중이어서 다가오는 나룻배의 존재를 깨닫지 못하고 있었다.

미미의 목소리를 듣고 수로 주변에 있던 사람들도 충돌의 위험을 알아차렸다. 근처에 있는 선주 중 한 명이 허겁지겁 아이들 쪽으로 달리지만 저래서는 늦는다. 그 소란을 깨달은 아이들이 다가오는 배의 존재에 얼굴이 해쓱해졌다.

그대로, 아차 하는 대참사로——

"——여어, 꼬마들. 맨 처음 알아챈 저 쬐그만 누나한테 감사해라."

"가프!"

수로를 한 걸음에 뛰어넘어 아이들과 같은 배에 가필이 착지했다. 물 위에 뜬 배를 거의 흔들지 않고 나타난 가필에 아이들이 넋을 놓고 눈을 동그랗게 떴다.

그 놀라움에 편승해 가필은 다섯 명의 아이들을 한꺼번에 껴안고는 반복한 도약으로 배에서 벗어났다. 직후, 배끼리 충돌해 두 척이 수로에서 뒤집혔다.

"이얍, 차!"

두 척의 전복에 휘말려 연쇄적으로 다른 나룻배가 기운다. 그것을, 아이들을 지면에 내려놓은 가필이 선착장에 연결된 밧줄을 쭉쭉 당겨 억지로 잡아 놨다.

"뭐 그냥, 이런 거지!"

물결의 기세가 약해지자 가필은 느슨해진 밧줄을 단단히 고쳐 메고 무사한 아이들에게로 웃어 주었다. 이내 일련의 사태를 지켜보던 사람들이 환성을 터트렸다.

이왕 하는 김에 뒤집힌 두 척의 배의 회수에도 힘을 빌려주자, 피해를 최소한으로 막은 선주가 굽실굽실 연거푸 머리를 조아렸다.

그 불운한 선주의 어깨를 두드리고 가필이 한숨 돌렸다. 거기에——

"혀, 형, 고맙습니다!"

구한 아이들이 일제히 가필에게 감사의 인사를 전했다. 돌아보는 가필에게 아이들이 보낸 것은 배 위의 경악에서 돌변한 존경의 눈초리였다.

그런 가필과 아이들의 교류에 주위에서는 박수가 쏟아진다.

가필은 그 반응을 쑥스럽게 받아들이면서 가볍게 손가락으로 이마의 흉터를 더듬고 대꾸했다.

"신경 쓸 거 없다. 어쩌다 우연히…… 노을과 습한 바람이 이 어르신에게 가르쳐 줬을 뿐이지. 수문도시에서 누가 울면 결국 수로가 넘친다면서."

가필이 으스대며 그렇게 말하자 갑자기 박수 소리가 뜸해졌다.

환성도 왠지 모르게 멀어지고 미묘하게 성원이 거북한 듯 더듬 거리기 시작했다. 하지만 그런 주위 사람들과 달리 당사자인 아 이들의 반응은 극적이다.

"끄, 끝내준다—!" "멋져—!" "물러서지 않아! 아첨하지 않아! 돌아보지 않아!"

"오오, 그거야, 그거! 『성녀의 주먹은 대지를 부순다』라지!"

"형, 이름은? 어떻게 돼요?"

흡족하게 가슴을 펴는 가필에게 아이들 중 한 명이 그렇게 물었다.

그 순간, 가필은 날카로운 이빨을 드러내고서 숫제 사나운 웃음을 지었다.

"이름 댈 만한 사람이 아냐. 그래도 굳이 대자면…… 이 어르신은, 호랑이. 그래, 황금의 호랑이다. 사람들이 부르길—— 고저스 타이거!!"

"고저스!" "타이거!!"

두 팔을 비스듬히 하늘로 뻗고 앞으로 숙여 폼을 잡는 가필—— 그 모습에 아이들은 더더욱 분위기를 살리며 가필과 비슷하게 저마다 자세를 잡았다.

"——가프, 굉장해—! 굉장히 멋져—!!"

그런 가필과 아이들 쪽으로 수로를 우회해서 달려온 미미가 합류, 그녀 또한 눈을 빛내며 그 신기한 자세의 집단에 본인도 뛰어들었다.

"고저스!" "고저스!" "고저스 타이거!!"

아이들과 미미, 가필의 우렁찬 웃음소리가 노을 속 수문도시에 울려 퍼졌다.

——깨끗하게 박수와 환성이 사라진 수로에서 남겨진 선주만이 볼을 파들거리면서 덩그러니 그 모습을 지켜보고 있었다.

2

의기투합한 아이들을 이끌고 노점에서 군것질을 마친 가필은 의기양양하게 으스대며 거리를 누볐다.

"그때, 이 어르신이 말했지. '네놈들의 악행은 다 꿰뚫어 봤다, 찌질이들. 흉계와 악당 면상으로 이 어르신의 형님과 대장한테 당해낼까 보냐.' 하고!"

"굉장해—! 멋져—!" "와—! 짜릿짜릿해—!"

하늘이 밤의 색으로 물들기 시작하는 프리스텔라에서 무용담을 말하는 가필을 미미와 금발 소년이 추켜세웠다. 아직 어린 예닐곱 살 소년은 수로에서 구한 아이들 중 한 명이다.

지금 막 가필이 이야기하던 것은 요 1년 동안에 벌어진 사건 중에서도 인상 깊은 사건 중 하나, 『저주받은 여신상』의 한 장면이다.

하여간에 문제에 말려들기 쉬운 스바루와 오토, 그리고 가필을 더한 세 사람이 사연 있는 『미티어』의 소유권을 둘러싼 말썽과 맞닥뜨린 사건이었다.

그런 추억담을 기쁘게 듣는 두 사람을 데리고 가필은 흥겹게 이를 딱 부딪쳤다. 세 사람의 목적지는 금발 소년의 자택으로, 소년을 집으로 바래다주는 도중이었다.

아이들을 데리고 노점을 순방한 가필에게는 '최연장자'로서 그들을 무사히 집으로 돌려보낼 의무가 있다. 이미 네 사람은 자택에 돌려보내고 이 아이가 마지막 한 명이었다.

"그건 그렇고 꼬마들로만 꽤 멀리도 나왔잖아, 엉."

"응, 그게…… 실은, 1번가의 공원에 가희님이 있다고 들어서……."

"가희라면 그거냐. 대장도 노랫소리는 끝내준다고 하더라만."

천진한 동경을 입에 담는 소년에게 가필은 콧잔등에 주름을 잡았다.

소년이 화제로 꺼낸 것은 프리스텔라의 유명인 『가희』 릴리아나다. 가필도 단시간이지만 뮤즈 상회에서 실물을 볼 기회가 있었다. 솔직히 개성깨나 강한 인물이며 희대의 가희라는 풍문과는 치명적으로 상충한다고 느낀 참이다.

"가프, 가희의 노래 못 들은 듯? 아까워라─! 뭔가 굉장했는데."

"그런 너는 똑바로 듣기나 했냐?"

"응─! 끝까지 안 잤어! 완전 쾌거! 미미 굉장해─! 칭찬해─!"

머리를 내미는 미미를 가필은 건성으로 쓰다듬었다. 미미가 "아싸─!" 하고 희희낙락 뛰어나가자 가필은 소년 쪽을 돌아보고 물었다.

"그래서, 동경하는 가희님과는 만났고?"

"아니, 좀 늦은 모양이라. ……누나, 화내고 있으려나."

"누나라고라? 왜 또 누나한테 혼난다는 얘기가 되는데."

"……비밀로 하고, 나와서."

"아─."

울적한 표정의 소년에 따르면, 오늘 친구와 한 약속은 가족에게 비밀로 한 계획이었다는 모양이다. 하지만 예정보다 귀가는 늦어지고 가족의, 특히 누나의 반응이 무서워서 못 견디겠다고 한다.

그 심정은 가필도 쓰라리도록 이해한다. 누나라는 생물은 강하다. 그것은 남동생에게 영원히 넘지 못할 벽이라고 해도 된다. 10년 만에 만났어도, 몸을 단련했어도 그렇다. 소년의 나이로는 힘으로도 지리라. 그 힘의 차이는 절망적이다.

"알았다. 이 어르신한테 딱 맡겨만 둬."

불안해하는 소년이 힘차게 가슴을 두드린 가필에게 깜짝 놀랐다.

"누님이 무섭단 거야 이 어르신도 알거든. 이 어르신도 누님이 있고, 반한 여자도 누님 노릇 하는 여자야. 꼬마의 누나가 화내면 이 어르신이 편들어 주마."

"고저스 타이거!"

감격에 겨운 소년이 찰싹 가필에게 안겨들었다. 그 소년을 마주 껴안아 주자 등에 찰싹 미미까지 달라붙었다.

그렇게 앞뒤로 꼬맹이들을 단 가필은 결의를 새로이 하며 소년의 집으로 영차영차 발길을 나아갔다.

"고저스 타이거라."

소년이 그렇게 불러 준 사실을 가필은 어금니 속으로 곱씹었다.

숙소를 떠나는 계기가 된 무력감, 그것이 완전히 사라진 것은 아니다. 지금은 아직 여관에서 라인하르트와 평상심으로 얼굴을 맞댈 자신은 없었다.

그래도 자신의 무력감을 나타내는 검은 옷의 여자의 환영은 어디에도 보이지 않는다.

그것도 분명히 자신을 고저스 타이거라고 흠모해 주는 아이들과 왠지 잘 모를 기운을 나누어 주는 미미 덕분으로──

"──프레드!"

그런 감개에 잠겨 있던 가필의 고막을 카랑카랑한 목소리가 날카롭게 울렸다.

고개를 드니 맹렬하게 달려오는 작은 인영이 보였다. 긴 금발을 나부끼는 것은 소녀의 모습을 한 유성이었다.

그것은 곧게 가필에게 매달린 소년에게로 돌진해서.

"아, 누…… 꺄흥!"

"너, 내한테 울매나 걱정 끼치면 직성이 풀리니 얘!"

힘차게 내갈긴 날아차기가 가필에 붙은 소년을 가볍게 날려 버렸다. 그 이상적인 발차기 자세와 아름다운 착지에 가필은 무심코 감탄하고 말았다.

그사이, 소녀는 잽싸게 몸을 돌려 발꿈치로 가필의 발을 밟고는 부르짖었다.

"이 수상한 인물! 우리 프레드를 어쩔 셈이었어!"

"아프……지는 않은데, 발 치워라, 꼬맹아."

이미 꼬맹이가 포화 상태지만 그에 상관없이 가필은 소녀를 그렇게 불렀다.

선제공격이 효과 없는 그 차분한 반응에 소녀는 살짝 겁먹었다. 지근거리에서 가필의 얼굴을 보고 흉포한 상대에게 싸움을 걸고 말았다고 생각했을지도 모른다.

한편, 가필은 가필대로 속으로 놀라고 있었다. 설마, 재회한 남동생에게 다짜고짜 일격을 갈기는 누나가 프레데리카 말고도 존재할 줄이야.

참고로 발로 차여 날아간 소년은 "삐약—!" 하고 달려든 미미가 받아 내어 둘이서 사이좋게 지면을 굴러 상처 없이 끝났다. 그렇다고는 해도.

"누나가 동생을 발로 차는 건 좋게 못 보겠구만."

"윽…… 그, 그건 죄송해요. 하지만 너야말로 대체 뭐야! 말해 두겠는데, 나한테도 프레드한테도 손찌검하게 안 둘 거야! 내가 화내면 무섭다고!"

가필의 말에 잘못을 인정하면서도 질세라 대드는 소녀.

소년의 누나지만 이쪽 또한 열 살 안팎의 어린 소녀다. 되바라져서 살짝 발돋움하고 싶은 나이라고 할까. 외견뿐이라면 양아치 일직선인 가필에게 덤비며 눈물 글썽이면서도 용기를 쥐어짜 내고 있다. 아마도 동생에게서 주의를 돌리기 위해서.

그러나 그 갸륵한 생각은 잘 풀리지 않았다. 왜냐하면──

"고, 고저스 타이거…… 누나, 잡아먹지 마……."

그렇게 말하고 울상인 누나 앞에 결사적인 표정의 동생이 끼어 들었기 때문이다. 애원하는 소년의 말에 감싸인 소녀가 눈을 크 게 떴다. 그러나 소녀는 어금니를 깨물고 동생 옆에 섰다.

초장에는 미심쩍게 봤지만 누나는 동생을, 동생은 누나를, 서 로 감싸는 아름다운 관계다.

"이 어르신이 악인 취급이라는 게, 당최 수긍 안 간다마는."

"악인! 가프, 악인 금지야! 가프, 고저스! 타이거!"

잔달음질로 돌아온 미미가 폴짝 뛰어올라서 가필의 머리를 찔 렀다. 아프지는 않지만 참으로 납득이 안 되는 일격이라고 할 수 밖에 없다.

세 사람에게 적대시당하는 가필이 해명하느라 골머리를 썩이 던 가운데.

"──얘? 프레드는 찾았니?"

또다시 다른 곳에서 튀어나온 음성이 그 교착 상태를 무너뜨려 주었다.

부드럽고 온화한 여성의 목소리다. 그 목소리가 들린 순간, 눈 앞의 남매가 얼굴을 마주 보나 싶더니, 황급하게 목소리 쪽으로 뛰어갔다.

"뭐야?"

그 기세에 가필의 눈이 휘둥그레지는 것과 길 건너편에 인영이 나타난 것은 동시였다. 모퉁이에서 모습을 보인 인물에게 남매가 폴짝 뛰어들었다.

"엄마—!" "엄마, 수상한 사람! 고저스 뭐뭐가 프레드를!"

눈물지으면서 매달리는 두 사람을 받아 낸 것은 긴 금발을 느슨하게 묶은 여성이다. 둘의 말을 믿는다면 남매의 모친이지만, 모친은 둘의 말을 믿지 말았으면 한다. 특히 누나 쪽의 말을 믿으면 누명을 거듭 써서 성가셔진다.

어쨌든 냉정하게 대화할 수 있을 법한 어른이 나와 준 것은 크게 고맙다. 도시의 경비병을 부르기 전에 가필은 사정을 설명하려고 앞으로 나서고——

"——아?"

남매를 껴안은 채로 난처하게 웃으며 바라보는 상대의 모습에 발이 멈추었다.

"가프?"

미심쩍은 거동으로 멈춘 가필을 미미가 이상하다는 듯 쳐다보았다.

그러나 가필은 미미의 그 부름에 반응할 수 없었다. 그럴 여유는 어디에도 없었다. 마음과 눈은 파란과 곤혹으로 가득해 어지러워진다.

감정이 뒤얽히고 사고가 갖가지로 흩어진다. 왜냐면, 그렇지 않은가. 당연하지 않은가.

"저, 우리 애들이 신세를 진 것 같은데요. 미안해요. 괜찮으면 우리 집에서 이야기 좀 할 수 있을까요? 이 근처예요."

여성은 아무 의심도 품지 않은 기색으로 너글너글하게 제의했다.

경계 없이 거리를 좁혀오는 여성. 그 모습에 가필이 눈을 부릅 뜬다. 날카로운 이가 맞물리지 않고 딱딱 이가 부딪치는 소리에 여성이 갸웃했다.

그 표정이, 태도가, 목소리가. 가필의 존재를, 영혼을, 거세게 흔들었다.

왜냐면, 그곳에 있는 것은——

"——엄마?"

있을 리 없는 재회에, 가필의 목에서 쉰 목소리만이 불쑥 흘러 나왔다.

3

"미안해라. 손님이 올 줄 몰라서 별로 치우질 못해서."

"음— 신경 안 써—! 괜찮아—! 미미 방하고 비교하면 압도적!"

"어머나, 여자애니까 그럼 못 쓰지. 똑바로 정리하렴."

소파 위에서 다리를 파닥거리는 미미의 머리를 여성이 자상하게 쓰다듬고 있다. 미미는 기분 좋게 목을 그렁거리고 완전히 그녀에게 마음을 터놓은 기색이다.

입을 다문 가필은 그런 두 사람을 정면으로 빤히 바라보고 있었다.

길고 풍성한 금빛 머리, 뽀얀 살결과 가녀리지만 여성다운 몸매. 부드러운 표정과 온화하며 맑은 비취색 눈——가필의 누나와 많이 닮았다. 젊은 외모는 20대래도 통할 성싶지만 실제 나이는 30대 중반에 접어들었을 터다.

　왜냐면 그로부터 15년이나 세월이 지났으니까. 그런데도 그 시절과 거의 외견이 변하지 않았다는 점이 가필의 마음을 무섭도록 강렬하게 쥐어뜯고 있었다.

　"그쪽 분, 고저스 타이거 씨는 차를 싫어하세요? 미안해요. 저도 참, 취향도 안 여쭙고 준비해서……."

　가필의 침묵에 여성——리아라 톰슨이라고 이름을 밝힌 여성의 눈썹이 난처하게 내려갔다. 그 지적에 가필은 "아니." 하고 허둥지둥 컵을 잡았다.

　"그게 아냐. 아주 조금…… 그게, 집 크기에 놀라서."

　"어머, 그러셨어요. 확실히 우리 집은 무척 커서 매일 청소하는 게 보통 일이 아니죠. 저, 무척 덜렁대는지라. ……그런데, 이상하네요."

　"——뭐가 이상한데?"

　"아뇨. 평소라면 빠짐없이 손님의 찻잎 취향을 여쭙는데 오늘만은 자연스럽게 내놓아서요."

　리아라가 별일이라며 입가에 손을 대고서 미소 짓지만 가필은 말없이 컵에 입을 대었다. ——찻잎의 맛과 미지근한 차의 온도가 취향에 딱 맞았다.

　그 사실이 무서워서, 가필은 눈앞의 리아라와 기억 속 여성 사이의 차이를 찾았다.

대저택에 어울리는 거동과 복색의 리아라. 가필의 기억에 있는 여성은 허름한 옷과 철부지 특유의 어눌함이 인상적으로, 그 점은 모조리 크게 달랐다.

그런데, 그 웃음과 상냥한 목소리와 몸짓과 존재 전부가 가필을 현혹한다.

"――――――."

딴사람일. 터다. 틀림없이 딴사람이다. 실제로 리아라는 가필에 대해서 아이들의 지인 이상의 반응을 보이지 않고 있다. 그런 연극을 할 줄 아는 여성이 아니었다.

리아라 톰슨은 가필의 뇌리에 새겨진 친모――리시아 틴젤과는 똑 닮았을 뿐인 타인, 가필은 그렇게 결론지으려고 필사적이었다.

가필과 어머니의 이별은 아직 그가 젖먹이였을 적의 이야기다. 그런데도 어머니의 기억이 선명한 것은 밉살스럽게도 『성역』의 『시련』이 보여 준 과거 덕분.

어머니의 얼굴도, 목소리도, 애정도, 가필은 그 『시련』에서 모든 것을 떠올렸다.

그리고 어머니가 자기 자식들과 헤어진 직후, 비운의 죽음을 맞이한 것도 새삼 떠올랐다.

그렇기에 가필과 어머니의 재회는 절대 이루어지지 않는다. 이 사람은 많이 닮은 타인이다.

――타인인데, 왜 이 사람은 이렇게나 그리운 냄새가 나는가.

"미미 양, 귀 쪽의 털이 폭신할 것 같네. 만져도 되겠니?"

"얼마든지―!"

미미가 머리를 내밀자 리아라는 기쁘게 그 털의 감촉을 만끽했다.

어린 소녀처럼 때 묻지 않은 미소와 타인을 의심할 줄 모르는 행동거지. 보기만 해도 수상한 풍모의 남자와 자묘인 소녀, 그들을 경계하지 않고 집에 초대하는 구석도 구제불능이다.

그런 태도 전부가 가필에게 리아라가 어머니이지 않은가 착각하게 만든다.

―가필과 프레데리카의 어머니, 리시아는 불행한 여자였다.

집안은 빚 때문에 망해서 어린 나이에 비합법 사람장사꾼에게 신병이 팔렸다. 그 사람장사꾼이 아인족의 도적단에게 습격당해 리시아는 거기서 수인들의 노예가 된 것이다.

몇 년 뒤, 리시아가 누나 프레데리카를 배자 도적단은 서슴없이 그녀를 버렸다. 그 뒤, 그녀는 우여곡절을 거쳐 또 다른 도적단에 사로잡히고 프레데리카를 출산한 것이다.

누나 프레데리카도 철이 들었을 무렵에는 도적단에 있었다고 들었다. 그 시절에 대해 누나는 이야기하고 싶어 하지 않지만, 리시아가 가필을 밴 순간에 그곳을 벗어난 이상, 결코 좋은 환경은 아니었으리라.

불행에 불행을 졸인 듯한 시간을 보내고 어린 딸과 부푼 배를 껴안은 리시아가 당도한 곳이 로즈월의 비호 아래, 『성역』이라는 안식의 땅이었다.

『네 모친…… 리시아 씨 말인가? 나도 말할 기회는 많지 않다 아―만. 묘한 여성이었지. 묘하다기보다 이해 못 하겠달까아―. 행복을 몹시 친근하게 느끼는 여성이었어. 작은 일이라도 내일 을 사는 양식으로 생각할 수 있는. ……아아, 응. 나는 그게 부러 웠지. 그러니, 틀림없이―.』

그것은 어울리지도 않게 어머니 이야기를 해 준 로즈월의 말이 었다.

오토가 처음으로 술을 먹이는 바람에 취한 상태로 로즈월을 찾 아간 밤에 있던 일이다. 평소 이상으로 시비 거는 가필에게 로즈 월은 별안간 그런 이야기를 해 주었다.

이튿날은 숙취 때문에 죽을 뻔했지만, 기억은 없어지지 않았 다. 그렇기에 로즈월과 어머니에 대해 대화한 기억은 선명히 남 아 있다. 다소는, 술에 감사 못 할 것도 아니다.

아무튼 종합적으로 생각해서 어머니는 태평하고 행복한 사고 회로를 가진 사람이었을 것이다.

안 그러면 왜 괴로운 추억밖에 없는 가필의 부친을 찾겠다는, 그런 어처구니없는 목적 때문에 안식의 땅을 나가려 했겠는가.

그러다가 그 곧바로 죽어 버리다니 도대체 무슨 생각을 했단 말 인가.

――지금도 어머니의 행복이 어디에 있었는지, 그 답은 찾지도 못했는데.

"엄마, 나 배고파."

거기서, 방에 옷 갈아입으러 갔던 남매가 손을 잡고 돌아왔다.

손님 머리를 뛰어넘어서 어머니에게 말을 건넨 누나는 그대로 리아라에게 다가붙더니 가필을 녹색 눈으로 매섭게 노려보았다.

"저기, 엄마. 이제 밥 먹을 시간인데 손님 돌려보내면 안 돼?"

"얘도 참 무슨 말을 하고 그러니. 고저스 씨랑 미미 양에겐 프레드가 신세를 졌단다. 배에서 놀다가 하마터면 빠질 뻔했었대."

"흥, 모를 일이지. 그 배도 사실은 저 고저스란 사람이 흔든 거 아냐? 그렇게 해서 우리 집에 빌붙어서 돈깨나 우려내려고."

"혼난다, 얘. ……하지만, 그렇지. 프레드를 도와주었으니 제대로 답례는 해야지. 돈 쪽이 괜찮으려나?"

"엄마!"

아무래도 이 소녀, 집안을 지키기 위해서 분발해야 한다고 열심인 기색이다. 공교롭게도 그 기개는 도통 어머니에게 전해지지 않은 채 헛돌고 있는 감을 부정할 수 없지만.

다만 그런 모녀의 마음 훈훈한 대화가 지금의 가필에게는 가시넝쿨 위를 맨발로 걷는 듯한 고통으로 느껴졌다. 이 이상 오래 있는 고통에 견딜 수 없을 정도로.

"……아무래도 환영 못 받는 모양이고, 이만 가 보도록 할까."

"어— 왜—? 좀 더 있자—자!"

"왜고 자시고 있냐. 『코클랭의 조잡한 손질』이란 거 아냐."

떠나려고 하는 가필에게 미미가 반론하지만 가필은 들은 척도 하지 않고 데리고 나가려 했다. 그런 가필의 의사에 리아라가 슬

픈 표정을 짓고 딸 쪽은 정중하게도 메롱으로 배웅한다. 그리고 동생 쪽은──

"가지 마, 고저스 타이거."

가필의 옷자락을 잡고 갈 길을 막으려 하고 있었다.

순간, 가필은 그 조그만 손가락을 떨쳐내기를 망설였다. 왜 망설였는지 가필은 이유를 알 수 없다. 그러나.

"미안하다. 동행이 기다리거든. 늦게 가면 걱정할 거다. 그러니까, 알았지?"

망설임의 이유를 찾아내지 못한 채로 가필은 소년의 머리에 손을 얹고 타일렀다.

권유받고 결국 자리를 박차고 도망친다. 그렇다면 처음부터 초대를 받을 게 아니었다.

후회, 후회, 후회── 가슴속이 따끔따끔 아프다. 후회만이 괴롭게 남는다.

"프레드, 아쉽지만 고저스 씨의 옷을 놓으렴."

그런 가필의 말을 듣고 리아라가 부드럽게 아들의 손가락을 떼어놓았다. 옷자락이 자유로워져 가필은 안도했다.

"억지로 만류해서 곤란하시게 하면 안 돼. 『손님에겐 대접과 소왈리에를』이라고 하는 법이야."

──그렇기에 이어진 리아라의 말에 무방비한 가필은 영혼이 저며졌다.

안도로 느슨해진 사고가 단 한마디에 날카롭게 베이고 추억이 차갑게 피를 흘렸다.

라인하르트에 대한 패배감도, 자신의 꿈을 배신한 것에 대한 무력감도, 리아라를 처음 목격한 순간의 충격도, 지금 한마디와 비교하면 귀여울 지경이었다.

무심코 자신의 몸이 정말로 찢겨나간 게 아닌가, 그렇게 착각할 정도로——

"가프, 가자."

돌아가기를 꺼리던 미미가 그런 가필의 팔을 다정하게 잡아당겼다. 그대로 문으로 가려고 하는 소녀의 행동에 가필은 말없이 따랐다.

그대로 둘은 거실에서 현관으로 가려다가——

"다녀왔어. ……이크, 손님이야?"

먼저 문이 열리고 번듯한 수염을 기른 신사풍의 남성이 거실의 광경에 눈썹을 세웠다.

질 좋은 복식과 정력적인 분위기. 유능한 남자의 표정이 이 집 안 속에서는 누그러져 보인다. 그의 입장은 아이들의 반응을 보기 전부터 확실하다.

"어어, 저, 못 보던 분이군요. 어느 분이시죠?"

"아빠—— 고저스 타이거!"

"수상한 사람!"

"어엉?"

아들과 딸의 대조적인 태도에 남성—— 남매의 부친이 난처한 표정을 지었다. 바로 남자의 시선이 남매와 나란히 있는 리아라에게로 도움을 청했다.

남성의 친애 어린 눈초리에 리아라가 살며시 미소를 머금었다. 거기에, 애정이 있어서.

한계였다.

"대단한 건 아냐. 신경 안 써도 돼. 그만 돌아갈 참이었어."

빠르게 말을 남기고 가필은 손을 잡은 상태의 미미를 데리고 방을 나섰다. 당황해서 길을 트는 남성을 밀어내고 도망치듯 집 밖으로 뛰쳐나갔다.

"고저스 타이거!"

등 뒤에서 소년의 슬픈 목소리가 가필을 부르고 있다.

그러나 이미 가필은 그 목소리에 대답할 여유가 없다. ──아니, 자격이 없다.

──어른어른, 시야 구석을 가로지르는 검은 환영. 죽었을 터인 여자가 비웃고 있다.

뭐가 고저스냐. 뭐가 타이거야. 지금의 자신의, 어디가 황금의 호랑이란 말인가.

호랑이는 강하고 강대하며 그 무엇에도 결코 흔들리지 않는다.

지금의 자신의, 어디가 호랑이냐.

진짜 호랑이가 이런 걸로, 슬퍼하기나 할까 보냐──!!

"가프! 멈추라니깐─!"

"헉──."

사고가 새빨갛게 물든 순간, 가필은 애타는 목소리에 제정신을 차렸다.

뒤돌아본 가필은 자신이 반쯤 미미를 질질 끌고 있음을 깨달았

다. 아픔을 호소하는 가는 손목은 난폭한 악력 때문에 새파랗게
질려 있었다.

"미, 미안……. 이 어르신은, 이럴 맘은…….."

"가프, 괜찮아? 아까, 엄청 이상했어. 배라도 아파?"

떨리는 목소리로 사과하는 가필을 미미는 걱정스럽게 들여다
보았다. 거기에는 손목이 파래질 만큼 세게 움켜쥔 것에 대한 반
감이랑 없고 순수한 우려만이 있었다.

그것이 가엾은 가필을 더더욱 비참한 기분에 빠트렸다.

거북한 두 사람의 침묵을, 습한 밤바람이 어루만지고 간다. 이
미 해는 저물어 밤하늘의 거리에는 점점이 마법등이 켜져 있다.
노을 대신에 마법등의 빛을 반사하는 수로. 그곳에는 고요하고
그윽한 아름다움이 있었지만, 지금은 그걸 즐길 마음의 여유가
없었다.

"저기, 두 분!"

두 사람이 그렇게 밤거리에 우두커니 서 있을 때, 숨을 헐떡이
는 남자의 목소리가 둘을 따라잡았다.

바라보니 마법등 조명 아래에 조금 전 남성의 모습이 있었다.
웃옷을 벗은 그는 두 사람에게로 다가와서는 무릎에 손을 짚고
서 가쁜 숨을 쉬었다.

"헉, 하아, 잡았다. 못 써먹겠네요……. 옛날엔 체력이 더 있었
을 텐데, 사무만 보고 난 뒤로 완전히 기가 빠져서……."

"……뭔가, 우리한테 용무가 있수까."

따라잡은 남성에게 가필은 가시 돋친 음색으로 응수했다.

리아라와 그 남매 정도는 아니지만 이 남성도 가필에게 독인 것은 틀림없다. 오래 대화를 나누기 싫다. 되도록 빨리 떠나고 싶은 것이다.

그런 가필의 태도에 남성은 환영받지 못하는 것을 알아챘음에도.

"아내에게 이야기를 들었습니다. 두 분은 아들의 은인이라면서요. 그런데 아무 인사도 못 드리고 돌려보내다니, 당치도 않죠."

"……대단한 건 아냐. 호들갑 떨면 난감할 정도야."

"자식 일이라면 무슨 일이든 큰일이죠. 답례를 하게 해 주세요. 저는 갤럭 톰슨. 이 도시의 책임자 중 한 명입니다. 뭔가 할 수 있는 게 있다면……."

"정말로, 별달리……."

물고 늘어지는 남성, 갤럭에게 대꾸하려다가 가필은 말문이 막혔다.

문득 떠오른 것이다. ──그가 리아라의 남편이고, 진짜 그녀를 아는 인물이라면.

"한 가지만, 묻고 싶은 게 있는데."

"네, 하시죠. 직무상 제가 대답할 수 있을 만한 거라면 좋겠지만요."

사람 좋은 웃음을 지으며 갤럭은 가필에게 끄덕였다.

리아라도 그렇고 아들 프레드도 그렇다. 갤럭도 포함해 톰슨 일가는 사람이 너무 좋다. 멀쩡한 경계심을 지닌 것은 그 딸 정도다.

──그렇기에 가필 같은 밖에서 온 우환에게 약점이 잡히는 것이다.

"댁네 부인…… 리아라라는 이름은 본명이야?"

"＿＿＿＿."

그 순간, 분위기가 변했다.

가필의 물음에, 갤럭이 짓고 있던 웃음이 사라졌다. 그는 가필의 질문을 반추하더니 고요한 목소리와 표정으로 되물었다.

"그건, 무슨 의미시죠?"

"그냥 그대로 의미야. 『레이드는 언제나 정면승부』라지. 에두르는 건 성미에 안 맞아. 댁네 부인은, 사실은…… 리시아란 이름인 거 아니야?"

핵심에 파고드는 가필에게 갤럭의 표정이 명확한 낭패감을 띠었다. 그는 몇 번씩 입을 벌리고 오므리다가, 말과 산소를 갈구해 한동안 신음했다. 그리고.

"당신은…… 당신, 아내의 무엇을…… 알고 계시는 거죠?"

"그건 이 어르신도 알고 싶은 바라고."

떨리는 갤럭의 목소리에 가필 또한 본심으로 대답했다.

그 마음속의 토로를 듣고 갤럭은 생각에 잠기듯 침묵했다. 이어질 말을 기다리는 가필, 그 손을 아까와는 반대쪽 손으로 미미가 잡았다.

시선을 그쪽으로 돌리자 미미는 "에헤―." 하고 태평하게 웃었다.

"……아무래도 당신에겐 진짜 사정을 말해야 할 것 같군요."

침묵을 깨고 갤럭이 탄식과 함께 그렇게 말했다.

그 목소리에 담긴 피로감과 숨기지 못할 죄책감에 가필은 눈썹을 모았다.

그리고 갤럭은 말 없는 가필에게 이야기하기 시작했다.

"제 아내인 리아라는…… 15년 전에 저와 만나고, 그 이전의 기억이 없어요."

"큭── 기억이, 없다고?"

"폭풍 치던 밤이었죠. 아직 일개 상인이던 저는 거래를 끝내고 돌아가는 길에, 큰 산사태 현장과 맞닥뜨렸습니다. 아내는 그 토사 재해에 휘말려 생매장당해 있었고요."

산사태와 생매장, 갤럭이 읊은 단어에 가필의 숨이 멎었다.

뇌리에 스친 것은 『성역』에서 엿본 과거의 정경이다. 어머니가 가필과 프레데리카를 두고 부락을 떠나, 그 뒤 산사태에 휘말려 목숨을 잃은 구원할 길 없는 과거──.

──정말로 어머니는 죽었던 걸까? 생각해 본 적이 없었다.

"────."

무시무시한 상상에 가필은 이가 떨리지 않도록 세게 깨물었다.

어머니의 죽음은 확고부동하다고 여겼다. 만약 어머니가 무사하다면, 목숨을 부지하고 있다면, 어머니가 『성역』으로, 가필 남매 곁으로 돌아오지 않을 이유는 상상할 수 없었기에.

"구출된 리아라는 생사의 경계를 헤매다가 며칠 뒤에 깨어났습니다. 그리고 마침 병문안하러 와 있던 제게 분명하게 말하더군요. '──저는, 누구인가요.' 하고."

갤럭은 눈을 내리깔고 고개를 느릿느릿 가로저었다.

"한 번은 심장이 멎을 뻔한 후유증인지, 아내는 아무것도 기억하지 못했습니다. 알 수 있던 건 걸친 옷에 있던 너덜너덜한 명찰에서 이름이나 성 중 하나에 '리'가 있다는 것. 그래서 밤에 피는 꽃의 이름을 따서 리아라라고 부르게 됐죠."

그 뒤에 대해서는 이야기할 것은 많지 않다고 갤럭은 아련한 눈빛으로 말했다.

그 신병을 맡고 자연히 유대가 깊어지며 구애하기에 그리 시간은 오래지 않았다. 그리고 리아라를 맞이한 이후, 갤럭의 상회는 급속히 규모가 커졌다.

그것을, 갤럭은 리아라가 가져다준 행운이라고 믿어 의심치 않았다.

그 존재가 있었기에 갤럭은 도시에서 일하는 남자로서, 남편으로서, 아버지로서, 오늘까지 살 수 있었다고.

그렇기에――

"――아내를 사랑합니다. 우리 사이에서 태어난 아이들도 아끼고요. 이전에는 아내의 과거를 신경 쓰던 적도 있었죠. 하지만 지금은 그런 생각이 없습니다. 과거에 무슨 일이 있었든 제 아내고 소중한 여성이니까요."

당당히 가슴을 펴고 갤럭은 곧게 단언했다.

만남부터 현재까지의, 갤럭이 아내와 함께 걸은 시간을, 흔들림 없는 마음으로.

"―――."

그의 이야기를 끝까지 들은 가필은 잠자코 밤하늘을 우러렀다.

반듯한 원을 그린 달과 암흑에 점점이 박힌 별들은 지금 어떤 심정으로 자신을 내려다보고 있는가.

침묵하는 가필에게 갤럭은 여러 번 입술을 달싹였다. 거기 서린 감정은 망설임이었다. 그러나 그는 한 번 세게 눈을 감아 그 망설임을 떨쳐내고는, 말했다.

"차마 이런 걸 물을 순 없지만. 그래도 여쭙고 싶군요."

"———."

"당신은, 제 아내…… 리아라와, 어떤 관계시죠?"

──그것은 얼마나 잔혹한 물음이었을까.

질문을 받은 가필은 천천히 시선을 하늘에서 지상의 갤럭에게 옮겼다.

갤럭은 온화한 눈으로, 그러나 양보하지 못할 결의를 드리우며 가필을 보고 있었다. 그곳에 담긴 감정과 말뜻을 모를 만큼 우둔할 수는 없다.

그리고 무엇보다 자신이 뭐라고 대답해야 할지, 그것도 알고 말았다.

"———."

입을 열었다가, 닫았다. 숨을 들이쉬고, 내쉬고, 들이쉬고, 내쉬기를 반복했다.

심장 고동이 심하다. 눈이 어질거린다. 머리가 지끈지끈 아프고 구역질이 치민다.

휘몰아치는 감정, 극한의 실망감── 그런 가필의 손을, 미미가 잡아 주고 있었다.

"이 어르신······은······."

"_____."

"댁네, 부인하고······ 아무 관계도, 없어."

말했다. 단언했다.

──단언하고, 말았다.

그 말에 가필의 가슴속에 휘몰아치던 감정의 분류가 급속이 지워졌다. 남은 것은 방대한 상실감과 손발이 차가워지는 허탈감이었다.

"죄송, 합니다······."

눈을 내리깔고 와들와들 어깨를 떠는 갤럭이 가필에게 머리를 조아렸다.

하지만 그런 갤럭의 사과도 가필은 보고 싶지 않았다.

이제 됐다. 그만뒀으면 한다. 더 이상 상처 주지 말아라. 뭐가 잘못인데. 누가 나쁜 건데. 누구를 때려잡고 물어뜯고 날려 버리면, 이 문제를 극복할 수 있는 거냐.

이 마음의 아픔은 어떡해야 흔적도 없이 사라져 준단 말이냐.

"──여보! 아아, 다행이다. 고저스 씨랑 미미 양도 함께라."

"──흡?!"

비명을 질러 버릴 것만 같았다.

비통하게 뒤집힌, 가냘픈 어린애 같은 비명을 질러 버릴 뻔했다.

그럴 정도로, 지금의 가필에게 그녀의 모습은 독 묻은 칼날보다 두려운 것이었다.

"리아라, 어째서⋯⋯."

"당신이 급히 따라가기에, 틀림없이 만류해 주고 있을 줄 알고. 나도 아무것도 대접하지 않고 돌려보내는 건 당치도 않다 싶었고⋯⋯."

잔달음질로 따라잡은 리아라가 아내의 등장에 놀라는 갤럭 옆을 지나쳤다. 그리고 그녀는 아연실색 경직된 가필에게로 살며시 손에 든 꾸러미를 내밀었다.

"이거, 내가 만든 과자 소왈리에예요. 대단한 답례는 못 될지도 모르겠지만 맛에는 자신이 있어요. 들고 가세요."

"아⋯⋯."

악의 없는 웃음이, 가필에게로 잔혹한 선물을 내밀고 있다.

아내와 가필의 대화에 갤럭이 보기 딱한 듯 고개를 내리깔았다. 그, 안타깝게 엇갈린 두 사람에게는 아무도 끼어들 수 없다. 이 분위기의 의미를 아는 이는, 누구든.

따라서──

"오─! 만세─ 과자 좋아─! 아가씨한테 자랑하자─!"

리아라의 손에서 과자를 낚아채고 활짝 웃은 미미의 행동은 남달랐다.

해도 너무한 짓에 갤럭의 눈이 휘둥그레지고, 가필도 창졸간에 말이 나오질 않았다. 다만 사정을 모르는 리아라만이 솔직한 미미의 기쁨에 웃음 지었다.

"그렇게 말해 줘서 고마워. 그, 아가씨란 분께도 잘 전해드려."

"네넵─ 알아모시겠습니다─! 알아모, 알아모시겠습니다─!"

미미는 파래진 손으로 과자를 들고 웃으면서 경례했다. 그리고 과자 봉지를 어깨걸이 가방 속에 갈무리하고는 가필의 등을 긴 꼬리로 두드렸다.

"그럼 이번에야말로 돌아갈게—! 고저스 타이거랑 고저스 미미는 이로써 작별이라네—!"

"그래, 조심해서 가렴. 고저스 씨도 밤길 수로에 떨어지지 말아요."

크게 손을 흔들고 걷기 시작한 미미에게 리아라가 작게 손을 흔들었다. 서로 손과 손을 흔드는 두 사람, 그 대화를 남자 둘만이 침울한 표정으로 지켜보고 있었다.

"———."

그리고 가필은 미미에게 팔이 끌리는 채로 걸었다. 미미도 가필에게 아무 말도 안 하고, 리아라와 갤럭이 시야에서 사라져도 둘은 내내 걸었다.

이윽고 충분히 거리가 떨어진 시점에서 가필은 발길을 멈추었다.

"이봐, 꼬맹이…… 어, 으어?!"

"으라차—!"

다음 순간, 가필은 도약한 미미에게 팔이 잡아끌렸다. 당황해서 세게 지면을 박차고, 둘의 몸은 바로 옆에 있던 건물 옥상으로 뛰어 올라갔다.

단숨에 3층 건물의 옥상에 도착, 미미가 쭉 기지개를 켰다.

"음—! 굉장해— 상쾌한 기분—!"

"기분은, 무슨! 뜬금없이 뭔 짓이야……."

바람을 받으며 좋아하는 미미를 다그쳤으나, 동그란 눈이 마주 응시하자 가필은 말문이 막혔다. 그녀의 눈에 비친 자신의 모습에 묘한 불편함을 맛보았다.

입을 다문 가필에게 미미는 불현듯 갸우뚱하고 물었다.

"가프, 울 것 같아?"

"뭐, 어? 뭔, 소리를 지껄여. 그럴 리 있겠냐."

"가프가 강한 건 알지만 딱히 강한 척 안 해도 되는데? 리아라, 가프네 엄마지?"

"──흡."

아무 전조도 없이 핵심에 파고드는 미미에게 가필은 숨을 집어삼켰다.

"어……째서…… 그렇게, 생각……."

"그야 가프랑 리아라 냄새, 엄청 비슷하던데. 리아라네 애들 둘도 가프랑 냄새 좀 비슷하더라─. 그래서 그런가 보다 했어."

대화의 흐름이나 가필의 가정 사정을 알아서 그런 게 아니라, 야생아의 후각과 직감만으로 미미는 거의 정확하게 진실에 당도해 있었다.

말을 꼬투리 잡은 거라면 얼버무릴 여지도 있다. 하지만 바꿀 도리 없는 부분을 근거로 삼아서야 가필도 반론이 나오질 않는다.

"뭐냐고, 그건……."

가필은 그 자리에 풀썩 주저앉아 힘없이 고개를 위로 기울였다. 머리 위, 하늘에는 별과 달이, 조금 전과 변함없이 빛나며 자신을 내려다보고 있어서.

"그래서, 맞았어? 리아라, 가프네 엄마?"

"······모르겠다. 그 사람은, 이 어르신의 엄마인지."

모르겠다. 정말로 그것이 가필의 현재 마음속에서 우러나온 본
심이었다.

리아라가 리시아라는 것은 틀림없다고 생각한다.

다만 갤럭이 말했듯이, 리아라가 그때까지 보이던 태도가 가리
키듯 리아라는 자신이 리시아였던 과거를 완전히 망각했다.

죄다 잊고 리아라로서 아이들을 낳아 가족과 함께 행복해졌다.

"하. 그렇게 생각하면, 그 두 녀석은 이 어르신의 동생이란 게
되냐고."

거기까지 머리가 돌아가지 않았지만 아버지가 다른 남매라면,
그야말로 자신과 프레데리카의 관계와 동일. 즉, 그 남매는 자신
에게 귀여운 동생들이다. 막내였던 가필에게 손아래 동생은 아
주 고대하던 존재였다.

——아무도 그런 관계를 바라지 않는다는 사실을 제외하면.

"이 어르신이 밝히고 나서 봤자 아무것도 안 되지······."

리아라는 리시아였던 과거를 잊었다.

만약 가필이 아는 모든 것을 털어놓아도 리아라로서 보낸 15년
은 없어지지 않으며, 리시아가 잃은 15년도 변함이 없다. 리아라
는 그저 떠안을 필요 없는 15년분의 죄책감을 짊어지고 리시아
의 15년분의 상실감을 맛보게 된다.

갤럭은 우울해지는 아내를 목도하게 되고, 아무것도 모르는 아

이들이 어머니의 괴로움을 이해할 수는 없을 것이다.

──전부, 가필의 자기만족인 것이다.

여기서 리아라가 리시아라는 것을 인정하게 해도, 그로써 무언가를 얻는 기분에 젖는 건 가필뿐이다.

프레데리카도 류즈도, 이런 형태로 리시아가 생존했음을 알 리 없다. 가필이 전하지 않으면 두 사람은 앞으로도 알 일이 없을 것이다.

리아라 일가도 가필이 이야기하지 않으면 과거 일일랑 알 도리가 없다. 그 행복한 가족의 시간은 수호받고 앞으로도 평온하게 이어지는 것이다.

가필이 전부 가슴에 담고 포기하던 것을 진심으로 털어낼 수 있으면, 그것만으로도 모든 것이 원만히 수습된다.

그런데도──.

"왜, 이 어르신은……."

내던질 각오가, 잊을 결단이, 속에 담아 둘 용기가, 나오질 않는단 말인가.

호랑이는 어디로 갔어. 가리켜 줘, 올바른 길을, 자세를.

죄다 떠메고, 죄다 떠안고, 그러고도 일어날 수 있는 강함을.

──가르쳐다오, 호랑이여, 호랑이여. 진짜 호랑이는 아무에게도 지지 않는 최강이니까.

"────."

무릎 꿇고 치밀어 오르는 것을 꾹 삼키고 뒤엉키는 갈망에 모든 것을 싸잡아 내던지려다가, 문득 가필은 깨달았다.

"착하지, 착해."

작은 가슴에 자신의 머리를 껴안고, 머리를 쓰다듬는 손길을.

"＿＿＿＿."

주저앉은 가필을 미미가 뒤에서 껴안고 있다.

머리 위에 턱을 싣고 작은 손바닥으로 가필의 머리를 자상하게 쓰다듬는다. 그 부드러운 감촉에 사고에 뒤엉키는 두개골의 고통이 옅어지는 것을 느끼면서.

"뭔, 작정이야, 이건……."

"음— 가프 울고 싶은가 싶어서—. 근데 그 왜, 남자는 왠지 울어도 되는 데가 아니면 못 울잖아—. 귀찮아—! 아마 아가씨가 그랬었어—!"

답변이 되는 것 같으면서도, 되지 않는다.

마음이 떨리지 않게, 목소리가 떨리지 않도록 가필은 신중하게 말을 가렸다.

미미는 그런 가필을 안은 채로 헤실 웃고 말했다.

"그래서, 어딘지는 까먹었는데— 아마 여자 가슴속이던 느낌이다? 느낌이 들었던 듯? 들었어! 반한 여자의 가슴에서 남자는 울어도 돼—!"

"……누가, 니 같은 땅꼬마한테 반했단 거야."

가필의 정인은 조금도 돌아봐 주지 않으며, 자상하게 대해 줬으면 할 때는 차갑고 매몰차다. 그러면서도 예상도 못했을 때만 갑자기 자상하고, 나중에 그 곱절 정도를 주먹으로 벌충해 가는 성가신 여자다.

눈앞에 있는, 이 여자애와는 겹치지 않는다. ──그런데도, 미미는 웃는 채로 말했다.

"음─ 그래도 괜찮아─! 가프가 안 반해도 미미가 반해 있으니까! 자─ 가프한테 반한 여자! 미미! 그 가슴! 그러니까 울어도 괜찮아─!"

"──아."

너무 미련한 의견이었다.

뭐야 그건. 말장난이냐. 어린애 변명이냐. 궤변 말고 아무것도 아니다.

아무것도 아닌데, 웃기지 마.

──호랑이여, 호랑이여, 어디로 갔느냐.

지금 당장 이 가슴속으로 돌아와라. 사납게 울부짖으며 웅크리는 등골을 후려치고 일으켜서 이 감정을 어떻게든 해 다오.

안 그러면, 그러지 않으면, 때를 놓치고 만다.

"엄마……."

그만, 그만, 그러지 마.

우는 소리는, 약한 소리는, 이렇게 갈라진 목소리는 내기 싫다.

나는 호랑이다. 호랑이란 말이다. 최강이고, 최고이며, 누구보다 단단하고 강한 방패다.

그것이──.

"엄마…… 엄마…… 엄므아……!!"

"그래, 그래."

"왜냐고! 왜 날 잊은 거냐고! 기껏…… 기껏 만났는데! 부르는 것도…… 허락, 해, 해 주지 않는 거냐고……!"

"괜찮아─. 가프, 착하지, 착해."

"어엄마…… 엄, 마…… 엄, 마아……."

──호랑이여, 호랑이여, 어디에 갔느냐.

지금의 나는 무엇으로 보이나. 별이여, 달이여, 하늘이여, 가르쳐 주오.

지금의 나는 무엇으로 보이나.


우렁차게 포효하는 호랑이가 아니라면, 지금의 나는 무엇으로 보이나──!!


4


"까끌까끌─!"

"시끄럽네. 자꾸 떠들지 마!"

이튿날, 불의 각 늦게 가필은 겸연쩍은 얼굴로 미미와 나란히 거리를 거닐고 있었다.

미미는 깔깔 웃으면서 자신의 하얀 로브 가슴팍을 잡아당기고 가필의 눈물과 콧물과 침, 아무튼 체액이 마른 곳을 만지작거렸다.

"더럽잖아. 어디 아무 물가에서나 빨아 버려."

"음─ 괜찮은 거 아냐? 여관에 돌아가서 갈아입을래─. 어제는 안 들어갔으니까 아가씨한테 혼날걸! 그리고 헤타로랑 티비도 울고!"

"······미안하다."

"신경 안 쓴답니더—. 미미, 가프 착하지 착하지 하고 코 자고 까끌했을 뿐—."

가느다랗게 사과하는 가필은 천진난만한 웃음을 띠는 미미에게 맥을 못 추었다.

어젯밤에는 볼썽사납게 울고불고 하다가 정신이 드니 미미 품속에서 잠든 꼬락서니를 보였다. 어떻게든 평정을 유지하고 싶지만 평소와 똑같은 미미에게는 전혀 당해낼 수 없었다.

결국 가필은 제대로 감사의 말도 못한 채로 겸연쩍은 기분을 떠안고 있었다.

"그래서, 아침은 어쩔래? 엄마네, 만나러 가기?"

"풉······! 너, 너, 뭔소리 지껄여? 만나러, 갈 수 있을 리 없잖아."

생각하던 도중 느닷없이 날아든 폭탄 발언에 가필이 눈이 휘둥그레졌다. 그러나 미미는 "그래—?" 하고 악의 없는 표정으로 갸우뚱했다.

"그치만 리아라, 가프네 엄마잖아? 대화 많이 하는 편이 좋지 않지 않아?"

"너, 진심으로 어제 얘기 못 알아먹고 자빠진 거냐."

직감으로 진실을 규명한 것 말고, 세세한 눈치는 알아채지 못한 듯한 미미.

그녀에게 자신의 까다로운 입장과 그 일가와의 관계를 설명해야 할지 고민하다가 가필은 바로 그 생각을 팽개쳤다. 답은 어젯밤, 눈물과 함께 내놓았다.

"됐어. 엄…… 그 사람은, 이 어르신이 아들이란 걸 모르는 편이 나아."

"가프, 그래도 돼?"

"그러면 돼. ……아아, 누님이랑 할머니한테 얘기할지 말지는 생각해 둬야겠다마는."

사실을 알면 프레데리카와 류즈도 자신과 비슷하게 고뇌할 것이다. 그 두 사람의 모습에 가필은 이야기한 것을 후회할지도 모른다.

하지만 반대되는 처지였다면, 자신은 진실을 알고 싶을 것이다. 그것이 잔혹한 결론을 공유하는 것뿐이라고 해도, 그들은 가필의 『가족』이므로.

"음— 어렵다—! 미미, 엄마가 없으니까 잘 모르겠구려—."

"……엄마, 모르는 거야?"

"응—. 미미도 헤타로랑 티비도, 아부지 어무이 모른단 말씀. 세 쌍둥이니까 키우기 힘들 것 같다고 버렸나 봐. 그래서, 로시가 주워 줘서— 지금은 아가씨랑 단장이랑 같이 있지! 다들 가족!"

"……그거, 대가족이잖아."

덤덤하게 나온 이야기는 꽤나 가혹한 미미의 반생이었다. 미미의 말투가 너무 경쾌해서 전혀 비참한 느낌이 없지만, 편하게 살던 것은 아니었음은 왠지 모르게 알만하다.

그런 느낌을 주지 않는 미미의 머리를 가필은 가벼운 마음으로 토닥토닥 쓰다듬었다.

"——히약."

그 순간, 미미가 가필의 손을 뿌리치고 폴짝 뒤로 뛰었다. 그 극적인 반응에 놀라는 가필 앞에서 미미는 "우— 우—." 하고 빨개진 얼굴로 으르렁거렸다.

"왠지, 어제부터 이상해. 가프가 너무 가까우면 되게 식겁."

"그, 그러냐. 어려운 노릇이군. ……좀 떨어져서 걸을까?"

"그건 왠지 싫어. 그러니까 멀지 않고 너무 가깝지 않은 절충안이 좋아—."

아장아장 걸어와서 손이 닿지 않을 정도의 옆에 미미가 섰다. 그 위치에 얼굴이 활짝 펴지는 미미. 그 얼굴은 아직 살짝 붉은 느낌이었다.

"아, 글고 보니, 소왈리에! 소왈리에 있었다! 소왈리에 먹자—!"

"어, 엉, 그래."

뺨의 홍조를 얼버무리듯 미미가 어깨걸이 가방에서 과자 꾸러미를 꺼냈다. 그것은 어젯밤, 리아라가 헤어질 적에 미미에게 건넨 선물이다. 한순간 꾸러미를 본 가필은 가슴이 아팠지만, 미미가 내미는 것을 받아 손바닥 위에 놓인 달콤한 과자를 보았다.

소왈리에는 빵 반죽에 단것을 이겨 넣은 과자로, 안에 크림과 팥소가 든 든든한 간식이다. 동글동글 큼직한 소왈리에, 그것을 덥석 물어 아침밥 대신 삼는다.

"음—! 달아—! 맛있어—! 맛있당 맛있당!"

"……맛있구만."

미미가 호들갑스럽게 대절찬하고 가필도 그 맛에 입을 쩝쩝거렸다.

지나치게 달지 않고 부드럽게 반죽을 구워 낸 작품이다. 갓 구웠을 때라면 더 맛있었으리라. 이것도 어머니의 특기 요리라면 자신도 즐길 기회가 몇 번이든 있었을지도——

"——좀스럽게 왜 이래, 이 어르신."

털어내지 못하는 미련에 혀를 차고 가필은 남은 소왈리에를 단숨에 욱여넣었다. 그것을 흉내 낸 미미도 큰 입을 벌리고 보기 좋게 얼굴을 크림 범벅으로 만들었다.

그 입을 닦아 주면서 가필은 생각했다. 솔직히 어제부터 파란의 연속이다. 그 어느 것도 가필에게 시련을 주었지만 낭보라고 할 수 있는 것도 하나 있다.

어젯밤, 그토록 추태를 드러냈음에도 불구하고 오늘 아침은 그 환영을 한 번도 보지 못했다.

그 환영이 가필의 약한 마음의 표명이라면, 어젯밤의 사건을 계기로 그 색이 짙어져도 이상하지는 않았다. 하지만 그것이 도통 없는 것이다.

혹여 그 환영은 두 번 다시 나타나지 않을지도 모른다. 그렇다면 그 계기는 같이 있어 준 소녀의 존재로——.


『——아, 아—! 썩은 고기 여러분— 처듣고 계시나요—?』


그때, 그 목소리는 뜬금없이 가필과 미미의 고막을 때리고 지나갔다.

『내 목소리가 들리는 썩은 고기는 꿈틀꿈틀 털고, 못 들은 썩은 고기는 더럽게 죽어 나자빠져 주면 내 수고를 덜어서 큰 시름 덜 겠는데요―. 꺄하하하핫.』

이어지는 목소리에 얼굴을 마주 보고, 가필과 미미는 동시에 하늘을 쳐다보았다. 두 사람에게 그 목소리는 머리 위에서 뚝 떨어진 것처럼 들렸기 때문이다.

"뭐여, 이 바보 같은 목소리는……."

"미미 알아! 이거, 뭔가 굉장한 『미티어』의 목소리! 이 거리라면 언제나 아침에 노래가 들려. 오늘은 자다가 깜빡 못 들었어!"

목소리의 출처를 의문시하는 가필에게 거수한 미미가 그렇게 설명해 주었다. 가필은 특수한 『미티어』의 효과라고 들어 단순히 큰 목소리가 아니라는 것만 이해했다.

그동안에도 하늘에서 쏟아지는 새된 여자목소리는 이어졌다.

『해서, 해서, 해서, 지금 말로 죽어 주신 바보는 있으십니까―? 없어도 별로 상관없는데, 내 말씀을 무시하다니 배짱이 너무 두둑하시단 이유로, 말하기 시작하자마자 내 기분 다 잡쳤습니다―!』

시끄러운 목소리가 수문도시에 울려 퍼지고, 지나가는 사람들이 그 소리에 놀란 마음과 당혹감을 얼굴에 드러내고 있었다. 하늘을 올려다보는 그들에게도 이 목소리 주인에 짚이는 곳은 없는 모양이다.

미미는 매일 아침, 『미티어』가 노래를 도시 내에 보낸다고 설명해 주었지만, 이 목소리 주인이 그런 근사한 시도의 당사자라고는 도저히 생각할 수 없다.

목적은 불명, 품성은 천박, 알 수 있는 건――.

『숨 들이쉬고 숨 내뱉고, 그냥 그것만으로도 내 기분을 해치는 니들이란 생물, 정말로 가치가 없는 쓰레기쓰레기개쓰레기 아니랍니까! 공밥 먹고 추잡한 생각이나 하며 침 흘리고 살고 있을 뿐이라면 시체가 훨씬 낫지! 아니 그냥 죽어! 뒈져 주세요—! 진짜, 내가 부탁하자! 꺄하하하핫!』

——이 목소리 주인의 정신이 사악하다는 것뿐이다.

"가프…… 왠지 이거, 엄청 기분 나빠."

의도 불명의 불쾌한 성명에 분노로 주먹을 쥐는 가필. 그 소매를 잡아당긴 미미가 평소의 활달함을 죽이고 불안스럽게 하늘을 바라보고 있었다.

그 모습이 묘하게 가필의 성질을 돋웠다. 그녀에게, 이 표정은 어울리지 않는다고.

『자자, 그럼, 그런 갸륵한 내 의견은 쌩무시한 썩은 고기들인데요. 감이 둔한 미련퉁이라도 슬슬 깨달은 거 아녜요? 내 방송의 의미! 의—미—!』

"방송의 의미……? 남의 신경 긁어 대는 것 말고 무슨……."

『——이 목소리가 들린다는 건, 내가…… 아니, 우리가 도시의 중추를 장악했단 뜻이잖아요. 아, 하는 김에 말해 두자면 도시의 구석탱이에 있는 네 개의 제어탑, 그것도 우리 손에 있습니다—!』

"큭——! 제어탑이라고?!"

악의로 범벅된 목소리 주인의 발언에 가필은 절로 숨을 죽였다.

도시에 있는 네 채의 제어탑, 그것이 프리스텔라 전체의 수량을 조정하는 중요시설이라고는 들었다. 옛날, 수문도시가 강대한 힘을 가진 존재를 가둘 함정으로서 기능하던 시절의 잔재── 그것이 이 정체 모를 존재의 손아귀에 떨어졌다고.

그것은 다시 말해, 이 최악의 성격인 목소리 주인에게 도시 전체를 인질로 잡혔다는 것과 같은 뜻이다.

『이걸로, 이 도시는 우리가 맘대로 휘둘러 대고 가지고 놀고 주물러 대며 즐길 수 있는 모형 정원…… 아니쥐! 썩은 고기들의 벌레통이란 거 아니겠어요! 손쓸 방법 없음! 밝은 전망 없음! 꿈이고 희망이고 하나도 없음! 뭔 소린지 알―겠―니―?!』

가학적으로 뒤집힌 방송의 목소리에 가필의 뺨이 굳었다. 동시에 주위에 있던 사람들도 뒤늦게 상황을 이해하고 혼란과 당황이 서서히 퍼져가고 있었다.

그 휘몰아치는 혼란을 즐기듯이 목소리는 더욱더 찢어지며 기세를 세운다.

『알았어? 이제야 알아먹겠어요? 내가 이렇게까지 말하게 하고 겨우 위험한 줄 깨닫고 난리법석이라니 꼴불견이네! 너무 꼴불견! 그렇게 꼴불견에 구제할 도리 없는 니들에게 아름답고 자비로운 이 몸께서 전해 주는 기쁜 소식!』

"―――."

『내 목적은, 이 도시에 있는 '마녀의 유골'이십니다―! 그걸 갖고 싶어 갖고 싶어 밤마다 불붙어서 잠 못 드는 날 위해서, 니들 제발 분발해 줄래? 내 소원을 들어주면…… 나도 제어탑을 잘 생각해 줄게―!』

도시 전부를 인질로, 자신의 요구를 들이대는 목소리 주인. 그것이 말한 『마녀의 유골』이란 단어에 가필은 눈썹을 찌푸렸지만, 주위의 혼란은 심각하다.

무엇보다 목소리 주인은 이 순간을 고대하던 것처럼 새된 목소리로 비웃으며.

『꺄핫, 이럼 안 되지. 슬슬 이름을 안 대면 니들 같은 놈들은 현실도피 시작해 버릴 즈음이 아닐까요? 하·여·서, 총명하고 너무 멋진 내가, 알기 쉽게 현실을 빠릿빠릿 가르쳐 주기로 하시겠습니다—!』

악랄한 목소리에 휘둘리며 혼돈이 휘몰아치기 시작한 도시 안, 가필은 미미의 어깨를 끌어당기고 이어지는 목소리가 무슨 말을 꺼낼지 기다렸다.

그 순간, 때가 무르익어 드높이 울리는 방송의 목소리가 선언한 것은——

『나는 마녀교 대죄주교, '색욕' 담당——.』


『카펠라 에메라다 루그니카 님이십니다—! 꺄하하하핫! 존경해, 숭배해라, 무릎 꿇고 애원하고 분노 흘리며 비참하게 울부짖어, 썩은 고기들아! 꺄하하하핫!』


5


——악의의 방송 직후, 사태는 흐르는 물처럼 유동적으로 움직이기 시작했다.

마녀교, 그것도 대죄주교를 자처한 존재에 혼란이 퍼졌지만, 그래도 프리스텔라 시민의 행동은 통제됐다고 할 수 있다. 그들은 혼란에 빠지면서도 도시의 평소 훈련에 따라 바로 가장 가까운 피난소로 피난과 주위 유도를 개시한 것이다.

순서를 모르는 외부 사람을, 시민이 솔선해서 유도한다. 가필과 미미에게도 가까운 사람이 말을 걸었지만 두 사람은 그것을 고사하고 동료와의 합류를 서둘렀다.

『물의 날개옷 여관』에서 스바루 일행과 합류해 마녀교의 폭거를 저지해야만——

"——아아, 고저스 씨!"

"——읏."

그 목소리에 가필은 반사적으로 발이 멈추고 말았다.

뒤돌아본 방향에서 지인을 발견해 안도한 리아라가 길 위의 가필 일행에게로 달려오고 있었다. 가필은 삐걱거리는 속내를 참으며 그녀와 마주 보았다.

"미미 양도 무사해서 다행이다. 그 방송 때문에 불안해져서."

"음—— 괜찮아—! 아, 소왈리에 맛있었어! 잘 먹었습니다!"

순간적으로 말이 나오질 않는 가필을 대신해 미미가 리아라에게 대응했다. 가필은 이를 한심스럽게 여기면서도 리아라가 무사하단 사실에 안도하고 있었다.

"피차 무사하다면 다행이지. 얼른 피난소에 가 봐. 이 어르신네는……."

"네, 저는 괜찮아요. ……하지만, 저, 고저스 씨……."

작별을 고하고 발 빠르게 그 자리에서 벗어나려 하는 가필에게 리아라가 애매한 목소리를 이었다. 그러다가 그녀는 가슴 앞에서 두 손을 꼭 쥐고 물었다.

"우리 애들을 못 보셨나요? 오늘은 아침 일찍부터 놀러 나가는 바람에⋯⋯. 둘 다 가장 가까운 피난소에는 없더라고요."

"──그 둘이?"

생각지 못한 말에 놀란 가필은 짧은 자신의 금발을 쥐어뜯었다.

"아아, 제길, 그야 애간장이 끓겠지⋯⋯."

"네, 넷. 그리고 그 방송⋯⋯ 그걸 하기 위한 『미티어』는 도시청사에 있어요. 남편은 거기서 일하고 있어서⋯⋯ 그러니 그이에게 무슨 일이 있으면 어떡하나 해서."

불안을 입에 담은 리아라가 도시청사 쪽을 쳐다보고 입술을 깨물었다.

도시청사는 동서남북을 네 개의 구획으로 나눈 프리스텔라의 중심에 있는 시설이다. 도시 중추 기능을 관장하는 장소이며 『색욕』은 그곳을 장악했다고 분명히 단언했다.

──그 잔혹한 방송의 실행범은 도시청사에 있던 사람들에게 어떤 위해를 가했을까.

가슴속, 심장이 두방망이질하듯 울어 가필은 사고를 극단적으로 제한당했다.

모습이 보이지 않는 남매, 위험 지대에 남은 갤럭, 가족의 신변을 걱정해 당장에라도 달려 나갈지 모르는 리아라──. 이 가족의 위기를 가필은 남의 일이라고는 생각할 수 없다.

"대장, 에밀리아 님⋯⋯."

가필의 뇌리에 스바루와 에밀리아가, 베아트리스와 오토가 스쳤다.

가필이 수문도시에 온 이유는 다름 아닌 그들을 지키기 위해서다. 무력밖에 보탬이 되지 않는 자신이 지금 여기서 동료들 곁에 있지 않으면 어떡하나.

하지만 동시에 그 남매와 갤럭, 그리고 눈앞의 어머니의 모습도 마음에서 떠나질 않는다.

——선택의 순간이다. 운명의 갈림길이 가필에게 결단을 다그치고 있다.

"미안해요. 난처하게 해서. ⋯⋯잊어 주세요, 고저스 씨."

"⋯⋯아."

"방금 말은 제가 무척 비겁했어요. 걱정, 말아요. 그 아이들도 매일 아침 도시의 방송은 듣고 있고, 그 사람은 옛날부터 빈틈이 없어서⋯⋯."

주저한 가필에게 리아라가 꿋꿋하게 미소 지어 주었다. 하지만 기도하듯 겹친 손은 떨고 있으며 안색은 핏기를 잃어 창백할 지경이었다.

필사적인 연기다. 가필과 미미에게 필요 이상의 짐을 지우지 않으려 하고 있다.

——옛날, 자신과 누나를 『성역』에 두고 바깥세상으로 아버지를 찾으러 간 것처럼.

두 선택지 사이에서 흔들리던 마음이 그 기억의 자극을 받아 결론을 내렸다.

"——댁네 아이들과 서방은 이 어르신이 찾아내서 데려와 주지."

"고저스 씨?"

생각지 못한 대답을 받아 리아라가 놀라서 눈을 크게 떴다.

그런 그녀에게 힘차게 끄덕이고 가필은 자신의 손을 잡고 있는 미미를 내려다보았다. 고민하는 동안에도, 결단의 순간에도, 그녀는 잠자코 가필의 선택을 기다려 주고 있었다.

그녀도 지키고 싶은 사람과 동생들이 있다. 이 이상 따라오게 할 수는 없다.

"이제는 이 어르신의 사정이야. 너는 돌아가서…… 아얏!"

"요이얍!"

말 도중에 가필의 발이 미미의 발꿈치에 찍혔다. 가벼운 몸이지만 각도 조정으로 충분한 관통력이 있었다. 그 아픔에 신음하는 가필에게 미미는 가슴을 펴고 대꾸했다.

"가프가 멋있는 말 해놓고 미미가 도망칠 줄 알다니 섭섭하다! 미미, 따라갈래! 엄청 따라갈래!"

"너…… 아니, 알았다. 미안하다."

"이럴 땐 고맙다지!"

"——고맙다."

"천만에—! 예이!"

실실 풀린 웃음을 띠는 미미에게 가필은 구원받은 기분으로 마주 웃었다.

그 모습을 멍하니 바라보는 리아라, 가필과 미미는 그쪽으로
돌아서고 말했다.

　"이 어르신네가 찾아 주겠다고. 그러니까 댁은 가까운 피난소
에 박혀 있어. 다른 놈들이랑 같이 정리되기를 기다리면 돼."

　"하, 하지만…… 왜 그렇게까지?"

　──왜 그렇게까지 해 주는가.

　리아라는 눈을 일렁이며 가필이 결단한 진의를 물었다. 불안과
의혹이 있는 것이 아니다. 그녀가 가진 것은 순수한 의문, 짚이는
곳이 없는 선의에 대한 의문이다.

　그렇기에 그 말에 가필은 이를 딱 부딪치고 흉악하게 웃었다.

　"그건 이 어르신이 황금 호랑이! 고저스! 타이거이기 때문이
지!!"

　"그리고 미미가, 고저스 미미다─!!"

　무식하게 큰 소리로 그렇게 외치자 리아라의 눈이 휘둥그레지는
것을 본체만체하며 두 사람은 단숨에 도약했다. 그대로 멀어지는
어머니를 눈 아래로 보며 가필은 바람 쪽으로 코를 세웠다.

　"가프, 어쩔래?"

　"냄새를 쫓자. 그 꼬마들과 아저씨, 둘 다 냄새는 기억하거든!"

　"완전 이해!"

　커다란 목소리로 방침을 정하고 가필과 미미가 수문도시를 날
아가듯 달렸다.

　미미를 위험한 일에 끌어들이고 있다. 해야만 하는 일을 뒷전
으로 미루고 자기 사정을 우선하고 있었다. ──이 선택을 갖가

지 요인이 부정하려고 한다.

그 이유를 찍어 누르고 가필은 이마의 흉터를 만졌다. 생각은 나중이다. 지금은 감정이 이끄는 대로. 결국 그게 제일 빠르다. 무엇 하나가 아니라 몽땅 쓸어가면 그만이다.

그것이 가필이 요 1년 동안에 배운, 에밀리아 진영의 방식이다.

"가프! 이 냄새! 저쪽에서 나는 거!"

"──엉, 확실하군! 잘했다!"

미미가 목적한 냄새를 맡고 뒤늦게 가필도 그것을 확인했다. 어린 남매의 잔향이다. 그것은 도시 1번가 쪽으로── 어젯밤, 프레드와 주고받은 대화가 떠오른다.

"그렇군! 걔들, 오늘 아침도 가희 찾으러 공원 쪽으로 간 건가."

어제의 반성을 살려서 일찍 일어난 남동생에, 입은 사납지만 동생 사랑이 지극한 누나가 따라간 결과라는 사정이다. 그렇다면 둘의 위치는 공원 근처 피난소일 거라고 상상이 간다.

공원과 『물의 날개옷 여관』은 가깝고 스바루 일행과의 합류도 서두를 수 있는 위치로──

"──도시청사."

땅을 박차기 직전, 가필의 시야에 도시청사가 스쳤다. 『색욕』의 손아귀에 떨어진 도시의 중추, 그곳에 또 한 명 찾는 사람이 있다. ──또다시, 선택의 순간이다.

"가프, 어쩔래?"

결단을 촉구하는 미미의 물음에 가필은 자문자답했다.

가필은 갤럭을 어떤 인물이라고 정의하면 되는 것일까.

어머니를 빼앗은 미운 남자라고 여겨야 할까, 어머니의 생명을 구해준 은인이라고 봐야 할까. 어머니의 피를 잇는 남매와 달리 그와 가필 사이에는 확고한 연결고리가 없다.

혈연이 선택의 근거가 된다면, 가필에게 갤럭을 구할 의무는 없다. 하지만 그를 잃으면 리아라는, 아이들은 어떻게 하나.

가족을 잃은 공백은 메워지지 않는다. ──그것은 가필이 가장 잘 알고 있었다.

"……도시청사엔, 아까 방송하던 대죄주교가 있지."

"음— 아마, 그래."

"온 동네를 휘저은 자식. 대장이나 니 동생들이나 걱정되는 건 많아. ……근데, 『메토레의 심장은 머리에 있다』. 원흉을 잡으면 얘기는 빠르잖아."

"──음! 다들 도움받는다는 뜻─? 굉장해─! 그거 굉장해─!"

가필이 말을 늘어놓으며 자신의 선택을 이론으로 무장하자 미미가 팔팔 뛰었다. 하지만 미미는 바로 긴 꼬리를 세우더니 그 끝 부분을 도시청사 쪽으로 겨누었다.

"하지만 진짜로 괜찮아? 왠지 조마조마해. 느낌 안 좋다, 그런 듯?"

"직감이란 건 우습게 볼 수 없지. 대죄주교가 위험한 놈들이란 말은 대장에게서 귀 따갑게 들었고. ──근데 말이야."

마녀와 관련된 인물 중 가필이 아는 건 『성역』의 묘소에 잠자고 있던 악질 마녀뿐이다.

그녀가 터무니없는 힘을 간직했던 것은 사실. 하지만 가필은 결코 직접 대결해서 패배할 거라는 실력 차이를 느낀 적은 없다.

그리고 도시를 해방하려면 여하튼 간에 대죄주교를 격파할 필요가 있다.

"가만있었더니 지 꼴리는 대로 할 뿐이잖아. 하다못해 적의 면상만이라도 뵙고 싶다."

"정찰이라는 거? 음…… 음! 알았어. 정찰하자!"

난색을 드러내던 미미도 최종적으로는 가필의 방침에 찬동해 주었다.

미미가 등에 지고 있던 애용하는 지팡이를 손에 들자 가필도 자신의 은빛 방패를 두 팔에 장착. 굳센 팔을 감싸는 강철의 감촉을 확인하고 전투 준비는 완료다.

"가자."

짧게 선언하고 두 사람은 도시청사를 향해 뛰기 시작했다.

스바루의 이야기로는, 1년 전에 쓰러진 대죄주교는 다수의 신도를 거느리고 있었다는 모양이다. 신도의 전투력은 고만고만하지만, 좌우간 수가 많고 군중에 섞이는 게 능숙하다고.

그 고식적인 술수를 짓밟고 힘으로 도시청사를 탈환한다. 미미에게는 정찰이라고 둘러댄 가필이지만 본심으로는 단숨에 적을 제압할 속셈이었다.

──도시청사 방향에서 심상치 않게 진한 피 냄새가 풍길 때까지는.

"─────."

짙은 혈향이 발을 멈춘 두 사람의 정면, 길거리 앞에서 풍기고 있다. 곧게 나아가 모퉁이를 돌면 도시청사는 코앞. 냄새의 진원지가 어디인지 의심할 여지가 없다.

"가프, 안 돼! 안 돼……!"

그 피 냄새 쪽으로 나아가려던 순간, 미미가 가필의 허리 두르개를 거머쥐었다. 그녀는 도리도리 고개를 저으며 마치 우는 소리처럼 안 된다고 반복했다.

하지만 물러설 수 없다. 여기서 빠지면 리아라의── 리시아의 바람을 이루어 줄 수 없다.

"싫으면 여기 있어. 이 어르신만이라도 까불어 대는 적의 모가지를 물어뜯고 와 주지!"

"가프!"

가필은 미미의 손가락을 뿌리치고 단숨에 골목을 내달렸다. 모퉁이를 돌아 시야가 밝아진다. 정면에 도시청사와 그 앞의 광장이 보이고──『참극』이, 기다리고 있었다.

"──윽?!"

코가 삐뚤어질 피 냄새와 한눈에 알 수 있는 살육의 처참한 흔적. 세 방향이 수로에 둘러싸인 도시청사 앞의 광장은 원래 포석의 색을 알 수 없을 만치 선혈로 넘치고 있다.

피 웅덩이에 나뒹구는 것은 이미 숨이 끊어진 다수의 주검── 그 장비를 보아 시체의 정체는 프리스텔라의 경비병들이다. 아마도 그들도 방송을 듣고 용감하게도 이곳에 달려왔을 것이다.

그리고 도시를 위협하는 사악 앞에서 그 생명을 끔찍하게도 잃고 만 것이다.

서른은 밑돌지 않을 유해의 숫자, 그러나 이 참상에서 가장 주목해야 할 곳은 그것들이 아니다.

──광장 중앙, 유해에 둘러싸듯이 나란히 선 두 인영이야말로 진짜배기다.

"_____."

하나는 목을 꺾어야 할 정도로 우람한 거한. 두 팔에 두툼한 대도를 한 자루씩 쥐고, 대범하게 쳐다보고 있다. 다른 하나는 여성처럼 호리호리한 체격의 인영으로, 이쪽은 칼날이 긴 외날 장검을 들고 몸서리쳐지게 아름다운 자세를 선보이고 있었다.

양자 모두 머리부터 검은 복장을 뒤집어쓰고 있어 그 얼굴을 확인할 수는 없다.

"……근데 뭐, 이 검기와 피비린내를 보라고. 저지른 건 니들이군."

피로 물든 광장에 당당히 선 두 사람에게 가필은 이를 딱 부딪치고 내뱉었다. 하지만 위협 같은 말에 상대의 반응은 없다. 슬금슬금 이마의 흉터가 쑤시는 것을 느꼈다.

"가프…… 저 두 사람, 엄청 세."

발소리가 나고 가필 옆에 따라붙은 미미가 섰다. 천하의 그녀라도 광장의 참상에는 놀란 모양이지만 그 이상의 경계심이 작은 체구를 긴장하게 했다.

조금 전의, 상대의 반응은 없다는 표현은 잘못이다. ──정확히는, 흉흉한 귀기와 강렬한 검기가 광장에 들어선 가필과 미미에게 꽂히고 있다.

눈앞의 두 명은 우열을 가리기 어려울 만큼 팽팽한 위험도를 띠고 있다. 심장을 칼끝에 찔린 듯한 압박감에 가필은 급속한 갈증을 느끼고 있었다.

적은, 명백하게 인간의 경지를 넘어선 초월자── 이 파수꾼을 넘지 못하면 맹세는 이룰 수 없다.

"핫, 재미있는데……!"

자기 자신을 고무하듯 웃고 가필은 팔을 가린 방패를 가슴 앞에 맞부딪쳤다. 쇳소리와 불똥이 튀고 겁내는 마음에 점화해서 짐승의 성질이 으르렁댔다.

하지만 전의를 북돋는 가필 앞에서 미미가 두 팔을 펴고 외쳤다.

"아, 안 돼! 가프, 안 돼! 저 두 사람, 안 돼! 엄청 세! 미미랑 가프만으론 무리! 안 돼!"

"큭── 못 이길지는 해봐야 아는 거지. 절대라는 말은, 절대로 인정할까 보냐."

만류하려고 드는 미미의 말이 가필의 마음의 금 간 부분을 자극했다. 그 통증에 혀를 차면서 가필은 "게다가." 하고 두 적을 턱짓으로 가리켰다.

"저것들, 꼬리 말고 도망치려도 안 보내 주려나 보다. 할 수밖에 없어."

"그, 그럼, 한 번만! 꽝 부딪치고, 피하고, 도망치자. 안 그럼 안 돼! 우리만으론 안 돼! 단장이나 율리우스 없으면 무리─!"

여전히 지레 겁먹은 미미에게 가필은 입술을 세게 깨물었다.

미미의 호소는 정론이다. 눈앞의 둘은 모두 초월급 실력자──

위험도는 『창자 사냥꾼』에 필적하거나, 혹은 넘어섰다. 준비가 부족한 자살 행위, 아주 잘 이해한다.

──이해하지만, 그것을 받아들일지는 또 딴 얘기다.

눈앞의 둘은 벽이다. 압도적인 힘으로 막아서는, 넘어야만 하는 벽. 싸우지 않고 라인하르트에게 패배하고, 지금 또다시 눈앞의 적에게서 싸우지 않고 도망치란 말인가.

최강에 대한 동경, 자기 자신의 긍지, 소중한 동료들의 방패로서의 자각. 그리고 소원과는 다른 형태로 재회한 어머니와 그 새로운 가족. 어머니를, 구해준 남자의 안부는──

"────────."

정신없는 사고에 지배되는 가필을 미미는 진지하게 바라보고 있다. 그 결단을 기다려 주는 모습에, 어젯밤의, 온기에 지켜지던 한때가 기억났다.

그 순간, 단단히 굳어 있던 고집이 사르르 녹으며 가필은 고개를 흔들었다.

"……알았엄마. 니 말이 맞아. 한 방, 대차게 붙어 보고 이탈. 그래서 우리 편 데려와서 재공격. ──그러면 되지."

"응! 그래─! 그렇게 하자─! 좋아, 힘내자─!"

무모함을 집어넣은 가필에게 미미가 안도한 표정을 지었다.

의견이 정리되어 앞을 바라본다. 적은 그 둘의 대화를 잠자코 보고 있었다. 말다툼 도중에 덤벼들 수도 있었을 텐데, 그러지 않은 것은 긍지인지 자비인지, 아니면 여유인지. ──그것을 후회하게 해 주마.

"핫——!!"

신호도 없이 가필과 미미는 동시에 땅을 박차며 두 그림자에게로 덤벼들었다.

가필이 힘으로 여자를, 미미가 날렵하게 거한을 상대하는 모양새다.

쏜살같이 날아드는 가필에게 여자는 느긋이 자세를 잡은 채로 움직이지 않는다. 다섯 걸음, 네 걸음 거리가 지워지고 첫 공격은 따냈다고 가필이 짐승 발톱을 쳐든다.

——순간, 뻗어 나온 검광은 시간을 잊고 넋을 잃을 만큼 아름답고 깨끗했다.

"——커어!"

찰나, 펄쩍 든 오른쪽 방패로 검격을 막고 여자의 빈 몸통을 노리며 발차기를 지른다. 여자는 그것을 예비 동작 없이 피하더니 몸을 돌리며 방패에 막힌 칼을 다시 내질렀다.

목, 어깨, 팔, 휘감기는 뱀처럼 짓치는 장검을 막고 검과 방패가 강철끼리 맞물리며 비명을 연주한다. 검격을 비끼고, 찰나, 가필의 발차기를 여자가 칼자루로 받아 뒤로 날아간다.

"뭐야?"

가벼운 여자의 감촉에 가필은 눈을 치떴다.

오른편에선 거한을 상대로 뛰어다니는 미미가 대도를 피해 내며 지팡이를 휘둘러 마법의 일격을 먹여 파란 충격으로 적의 몸을 뒤로 꺾게 하고 광장 이탈을 시도하는 참이었다.

헛발을 디디는 거한은 미미를 따라잡지 못한다. 그녀는 무사히 이탈 가능하다. 그리고 뒤쪽으로 물러난 적의 여자도 가필의 추가 공세에 응전할 수 있는 자세가 아니다. 그렇다면.

"여기서 한 번——!!"

공격할 때라고, 가필은 이를 드러내고 여자에게로 뛰었다.

칼날은 지금도 방패에 튕겨난 위치대로, 여자의 텅 빈 몸통으로 발톱이 번뜩인다.

"잡았——."

여자의 생명, 잡아냈다. ——그렇게 확신한 순간, 등 뒤에서 『죽음』이 왔다.

"————."

거한과의 사이에 있어야 할 거리가 소멸하고, 엄습하는 귀기에 가필은 공격을 중단해 몸을 돌려 위로 뛰었다. 그 직후, 휘둘린 대도가 그 몸을 지면에 내리찍었다.

"어, 걱?!"

충격에 압도되어 의식이 날아갈 위력에 가필이 핏덩이를 게워냈다.

지면에 튕기고 떠오른 몸에 다시 옆으로 갈기는 일격이 날아든다. 가까스로 움직인 두 팔의 방패로 그 참격을 막고 맹렬한 기세로 몸이 지면과 수평으로 날아갔다.

활공하는 가필을 쫓아 거한과 여자가 동시에 땅을 박차고, 『죽음』이 따라붙는다.

가필을 사이에 끼고 좌우에 나란히 달리는 적이 무자비한 공격을 가한다.

정면에 다가드는 장검을 방패로 튕겨내고, 뒤쪽에서 오는 대도의 맹격을 발로 걷어차 촌각에 피한다. 신들린 궤적을 그리는 참격을 어림 대중으로 기적적으로 요격하고, 불똥에 뺨이 지져진 가필의 몸이 아래위로 치는 대도의 협공에 눌려 찌그러졌다.

"껙, 웩."

허리뼈와 가슴뼈가 삐걱거리며 깨졌다. 타격의 위력에 임사지경에 이르고, 시야가 새빨갛게 물들었다.

비명과 핏덩이를 입에서 철철 흘리면서도 어떻게든 죽음 속에서 살길을 찾아내려고 한다. 그러나 두 난적은 그것을 용납하지 않는다.

무언으로, 무음의 참격이, 무정한 살의가 되어 가필에게 덮쳐들었다.

여자의 검술은 날카롭고 아름다운 『죽음』을 띠고 있다. 일격의 무게는 거한과 비교가 되지 않지만 긴 칼날을 손발처럼 다루는 기량, 한 수 실수하면 반드시 치명적인 검격이다.

거한의 전투법은 거칠고 폭력적이나, 무질서와는 무관한 세련된 파괴의 최적화다. 일반인이라면 안아 드는 게 고작인 대도를 한 손으로 휘둘러 대며 파괴의 폭풍우가 사납게 미쳐 날뛴다.

"끄, 어, 워어어어어!!"

흐르는 물처럼 깨끗한 검격과 모든 것을 물어 부수는 폭풍처럼 파괴적인 검격.

다른 두 가지의, 정과 동의 극치에 이른 검기를 정면으로 받고 가필의 의식은 조각조각 흩어졌다. 본능만이 지척에 다가든 『죽음』을 거부해 치명상을 피하고 있었다.

이대로 가면 머잖아 칼날의 물량에 짓눌려 베여 죽는——

『죽이고 나서야 비로소 너를 사랑할게. ——가필 틴젤.』

죽음을 의식한 순간, 가필의 뇌리에 달콤하고 처참한 『죽음』의 유혹이 울렸다.

순간, 의식이 끓어오르며 하얗게 샌 사고를 포기하고, 목구멍에서 포효가 터졌다.

"끄, 아아아아아——!!"

전의의 폭발에 적의 맹공이 약간 무뎌졌다. 소리를 지르고서 가필의 안면 골격이 변화. 단련한 두 팔이 용솟음치고 드러난 살갗에 금빛 짐승 털이 뒤덮인다.

——상반신만의 반수화(半獸化), 짐승의 투지에 이성이 흐려지지만 사고는 오히려 또렷하다.

말 없는 두 그림자에게 포효를 쏟아내고 두 다리로 지면을 『지령의 가호』로 터트린다. 피로 물든 지면이 융기하며 튀어나가는 피와 돌덩이가 적의 연계에 흐트러짐을 만들었다.

발판의 변화에 체중이 가벼운 여자가 자세를 무너뜨렸다. 거기에, 칼날처럼 날카로운 발톱이 솟구친다. 일격이 여자의 인후를 긁기 직전, 거한이 감싸듯이 끼어들었다.

그 두꺼운 근육 덩어리를 대호의 강력한 일격이 찢어발기고자——.

"큭──?!"

거센 작렬음이 울려 퍼지고 가필이 말문을 잃었다.

수화한 가필의 일격이 거한의 팔에 막혀 있었다. 대도를 걸머 진 두 팔이 아니다. ──옷 속에 숨어 있던 추가의 두 팔이 튀어 나와 힘으로 공격을 억누른 것이다.

합쳐서 네 개의 팔이 드러나고 빈틈없는 공방력이 가필의 혼신 의 반격을 완전히 봉쇄. 순간, 투쟁심의 덩어리일 터인 대호가 뻣 뻣하게 굳었다.

그것은 즉, 찰나가 생사를 판가름하는 전장에서 목숨을 무방비 하게 드러냈다는 뜻이다.

여자가 거한 뒤를 돌아서 나와 반수의 사각지대에서 칼날을 번 뜩인다.

춤추듯 화려한 검격은 허수아비를 베어 넘기듯 가필의 목을 쳐 낼 것이다. 등에 『죽음』을 느끼면서도 가필은 움직이지 못했다.

앞뒤로 『죽음』의 감각, 시야 구석에 핏빛 미소를 띤 환영의 조 소가──

"요이얍─!!"

그때, 기세등등한 목소리가 끼어들어 파란 마법장벽이 전개, 여자의 참격을 막았다.

얼음에 칼날이 미끄러지는 소음이 나고 참격이 장벽을 갉아 내 며 땅에 박혔다. 전장으로 되돌아온 미미가 이 상황을 만들어 간 발의 차이로 가필을 구원한 것이다.

"가프, 바로 도망치겠다고 그랬으면서!"

지팡이를 거머쥔 미미가 처음으로 가필의 행동을 정면으로 비난했다.

반수 상태로 등 뒤의 목소리를 듣고, 가필은 자신의 어리석음을 자각했다.

결과에 애가 달아 상대의 역량을 잘못 재는 바람에 죽을 뻔했다. 미미가 없었으면 가필의 목숨은 사라졌을 터다. ──최강이라는, 아직 다 꾸지 못한 꿈 도중에 무참하게도.

"──워, 어어어어어억!!"

구사일생의 안도감도 뒤로 미루고 포효한 가필은 부여 잡힌 팔을 억지로 끌어당겼다. 거한의 몸통을 걷어차고 결과도 보지 않으며 옆쪽으로, 미미 곁으로 뛰었다.

그 가는 허리에 팔을 두르고 다리에 힘을 준다. 이대로 미미를 데리고 철수다. 처음에 그녀가 판단한 대로, 재차 동료와 함께 재공격을 시도한다.

"──────."

뛰기 직전, 낮은 자세에서 여자가 따라붙었다. 접근하는 여자의 눈앞에 미미가 지팡이를 겨누고 먼젓번을 웃도는 규모의 마법장벽이 삼중으로 전개된다. 두꺼운 방패가 여자의 앞길을 막았다.

미미가 있어 줘서 다행이다. 그녀에게 구원받았다.

그리 판단하면서 가필은 한 호흡 동안 다리를 구부리고──

"──아."

갈라진 작은 목소리와 작은 충격. 뭔가, 얼음이 깨지는 파쇄음.

무슨 일인가 놀라면서도 가필의 몸은 도약의 동작을 마치고 있었다. 포석을 깨고 반수가 공중을 날고 그 도약을 쫓아가듯 선혈이 공중에 붉은 선을 그었다.

──선혈. 그것은, 도대체, 어디서.

"꼬맹아?"

그 말을 입에 담은 직후, 급속히 반수화가 풀리고 가필의 모습이 인간 형태를 되찾았다. 그러나 털이 빠지는, 지끈대는 감촉을 잊을 만큼 오한이 등줄기를 지배하는 것을 알 수 있었다.

품속, 미미가 축 처져 힘이 빠져 있다. 시선을 내리니 공중에 있는 가필을 올려다보며 여자가 찌르기를 지른 장검을 거두는 모습이 보였다.

그 장검의 절반 부근까지 붉은 피가 묻은 게 보였다.

"─────."

아랫배를, 뜨거운 물이 타고 흐른다. 품속, 소녀는 움직이지 않는다. 지팡이가 지면에 떨어진다.

착지, 다시 도약. 가까운 건물 옥상으로 뛰어오른 가필은 아무것도 안 따지고 도주했다. 추적은 없다. 두 적은 부상당한 잡병을 못 본 척했다.

잡병── 아니, 지금은 그런 건 아무래도 좋다. 네 번, 다섯 번씩 진심 어린 도약으로 광장에서 멀어지며 가필은 적당한 건물의 지붕을 부수며 착지, 품속의 소녀를 내려놓았다.

미미는 눈을 감고 그 가슴을 꿰뚫은 상처에서 대량의 피를 흘리고 있었다.

당황해서 옷을 들추어 상처를 확인했다. 다행히 급소는 비껴났다. 물론 바로 치료하지 않으면 위험하지만, 치유 마법 사용자라면 이곳에 있다.

가필은 상처에 손을 대고서 미미의 몸에 치유의 마법을 주입했다.

분수에 안 맞는다고 알면서도 치유 마법의 습득에는 심혈을 기울였다. 『성역』에서 누군가에게 무슨 일이 있을 때, 어떻게든 해 줄 힘을 원했다. 그렇기에 가필은 자신의 마법의 소양을 전부 치유 마법의 습득에 소비하고 남 못잖은 치유술을 배운 것이다.

그 노력을 살릴 때다. 성과를 발휘할 기회다. 이 때문에 해 오지 않았는가.

이 상처도 치유의 마나가 금세 막아 줄 거다. 상처에 손바닥을 대고 흐르는 피를 느끼면서 그 내부의 피부를, 근육을, 내장을, 치유할 힘을 붓는다. 붓는다. 붓고, 부어서――

――상처가, 아물지 않는다.

"왜, 이래……."

누군가의, 몹시 나약한 목소리가 들렸다.

이 상황에 그런 청승맞은 소리나 내는 놈을 죽여 버리고 싶었다. 고개를 들어 주위를 찾았다. 아무도 없다. 바로 깨달았다. 지금 목소리는 자신의 것이다.

그런 나약한 소리를 자신이 냈단 말인가. 왜 그런 목소리를 낸 거냐.

그래서는 마치, 마치, 마치――.

"큭──! 아물어! 아물어, 아물어! 나아라 나아라 나아라 나아라 나으라고오!!"

전력으로, 자신의 체내를 도는 마나 전부를 치유 마법의 술식에 때려 박았다. 자신의 부상일랑 도외시하고 치유의 파동이, 자상한 힘이 상처 입은 미미의 몸을 채워갔다.

그런데도 아물어야만 하는 상처가, 아물지를 않는다.

"……말도, 안 돼."

눈앞의 현실을 받아들이지 못해 가필은 다시 약한 소리를 뱉어냈다.

직후에 자신의 뺨을 후려치고, 이를 입술에 꽂아 아픔으로 자기 자신을 각성시켰다. 약한 소리를 뱉을 때가 아니다. 뭔가, 방법이 있다. 있을 것이다.

뭔가 있다. 있을 것이다. 있을 게 확실하다. 자신이 바보니까 모를 뿐이지.

생각해라. 모르겠다는 게 포기할 이유는 못 된다. 좌우지간 지금은 어떻게든지 이 아이를, 소녀를 구해야만 한다.

왜냐면 이 아이는 가필을 울게 해 준 아이가 아닌가.

이런 아이가, 자기 때문에, 자신을 살리기 위해서 죽어도 될 리가 없다.

"_____."

이를 소리 나게 깨물고 가필은 무아몽중으로 뛰어올랐다. 안아 든 소녀의 상처에 손을 대고 지혈을 시도하면서 효과가 없는 치유 마법을 계속 걸었다.

피 냄새, 『죽음』의 향기, 아무도 눈에 띄지 않는 거리, 모든 정보가 머리를 그저 지나가 버린다.

누가, 누구든 좋다. 이 아이를 구해 다오. 어딘가에 있는 누군가, 기적을 일으켜 다오. 가르쳐 줘. 어떻게 할 수 있다면, 이 아이를 구해 준다면.

생명조차 내던질 심경으로 가필은 자신의 후각을 곤두세웠다.

물 냄새, 피 냄새, 감정이 솟구치는 폭력의 냄새, 타 버린 고기 냄새── 무수한 악취 속에서 가필은 '그 냄새'를 맡아냈다.

이것을, 알고 있다. 그리고 그것이야말로 가필이 찾던 것이었다.

뛰어넘고 달려서 무아몽중으로 가필은 그 장소에 도달했다. 어제도 발길을 옮긴 건물, 그 안의 한 방에 뛰어들었다. 많은 사람들이 피범벅인 자신을 보고 놀랐다. 그에 상관할 겨를이 없다. 고개를 휘돌려 가필은 사람을 찾아 헤매었다.

"가필?!"

이름이 불렸다. 상대편에서 찾아내어 주었다.

고개를 들었다. 정면, 방 안쪽, 그곳에 스바루의 모습이 있었다. 나츠키 스바루다.

가필에게 있어 기적의 상징, 최악의 상황에 한 가닥 광명을 찾아내는 희망의 체현.

휘청거리는 다리로, 무거운 머리로, 품속의 가벼운 무게를 안은 채로 그에게 달려갔다. 그 모습을 보고 스바루의 뺨이 굳었다. 축 처진 미미를 깨달은 것이다.

"미안해……. 미안해, 대장! 이 어르신은, 나는! 쓸모없는! 무능한 놈이야……!"

그의 앞에 무릎 꿇고 미미를 내밀었다. 그리고 자신의 어리석음을 후회하며 저주했다.

가족도 지키지 못하고 방패이길 맹세한 역할도 다하지 못한 채, 독단으로 적에게 도전했다가 패주한 결과, 마음 착한 소녀를 지금 죽음의 구렁텅이로 밀어 넣었다.

"가필, 무슨 일이…… 아니, 지금은 됐어! 페리스!"

"알아! 빨리, 그 애를 눕혀 줘!"

내민 팔에서 미미를 인수하고 스바루가 그녀를 긴 탁자에 눕혔다. 바로 근처에 있던 고양이 귀 소녀가 상처 입은 미미에게 손을 드리웠다.

다음 순간, 가필과는 비교가 되지 않는 압도적인 치유의 마나가 부풀어 올랐다. 가필의 치유술이 빗방울 하나라면 그 인물의 힘은 흡사 대폭포 같다.

잃어버린 생명의 소생마저 이룰 법할 치유의 힘, 그 신과 같은 치유술을 가필은 영혼이 쑥 빠져나가 멍한 표정으로 바라보고 있었다.

그 가필의 어깨에 스바루가 살며시 손을 올렸다. 느릿느릿 그쪽을 올려다보자 자신도 다리에 애처롭게 붕대를 감은 스바루가 끄덕였다.

"좋은 상황이라곤 입이 찢어져도 말 못하지만 그래도 용케 여기까지 왔다. 페리스가 있는 곳에 올 수 있던 건 최선이었어. 네 덕분에 미미는 살 거야."

"내, 덕분⋯⋯?"

스바루는, 무슨 말을 하고 있는 것일까.

가필 덕분에 미미가 산다. 그런 바보 같은 일이 있을까 보냐. 미미가 저런 꼴을 당한 건 애초에 가필 때문이 아닌가.

그런데 어째서. 그녀가 사는 것은 당연했고, 자신은 아무런 판단도 하지 못했는데.

사고가 공허하게 헤매고 그치지 않는 자책과 어리석은 자신에 대한 혐오가 가슴을 괴롭혔다. 이명이 시끄럽다. 상처가 아픔을 주장하는 것이 몹시 우스꽝스럽고 생뚱맞게 느껴졌다.

벌을 원한다. 아픔을, 원한다. 어리석은 자신을, 부디 아무도 용서하지 말아다오.

그런 가필의 소원은 이루어진다. 세상은 과오를 결코 용서하지 않는다.

과오의 대가는 반드시 치러진다. ──단, 가장 끔찍한 형태로.

"페리스, 왜 그래⋯⋯?"

이변을 깨달은 스바루가 별안간 그런 말을 입에 올렸다.

정면, 애타게 마법 치료가 시행되고 있으며, 지금도 미미의 구명 작업이 한창이다. 어마어마한 마나가 넘쳐나고 그 여파만으로도 만병이 나을 법한 압도적인 치유술.

그런데도 그 힘을 행사하는 소녀만이 필사적인 표정으로 고개를 가로저었다.

"어째서⋯⋯? 상처가, 아물질 않아! 이래선 살아날 수 없어! 어째서?!"

비통한 목소리, 그것이 실내에 울리는 것을 들으면서 가필은 벽에 등을 기대고 허물어졌다. 차가운 벽, 차가운 바닥, 피범벅인 자신, 낫지 않는 상처.

　"───────."

　고개 떨군 가필을 검은 여자의 환영이 응시하고 있다.

　아무 말도 하지 않고 얘기하지 않으며 미소조차 짓지 않고, 공허한 검은 눈은 아무것도 가르쳐 주질 않는다.


　──저지른 과오의 대가는 피로 지불하는 법이라는 것 말고는, 아무것도.

# 제5장 『도시청사 탈환 작전』

1

"빌 영감! 이 아이를 옮겨 줘! 여기선 지혈도 못해!"

안색을 바꾼 페리스의 지시에 따라 빌헬름이 피로 물든 미미를 안아 들었다. 그대로 두 사람은 급한 발걸음으로 회의실을 뛰쳐나가 건물 지하, 야전 치료원으로.

치유술이 효과가 없는 이상, 처치는 의료 기술에 의지할 수밖에 없다. 불행 중 다행은 페리스의 솜씨가 마법만이 아니라 물리적인 수법에도 뛰어났다는 점이다.

그렇지 않으면 피를 흘리는 미미를 앞두고 모두가 절망할 수밖에 없었을지도 모른다.

『내 근심, 조금은 전해지셨어요? 진짜, 벌레통 안의 버러지 이하인 존재인 주제에 니들은 어쩜 눈치가 그렇게 없니? 참 쪼아! 꺄하하핫!』

그, 장절한 생명의 구원이 벌어지는 옆에서 여전히 『색욕』의 협박 방송은 이어지고 있다.

──아니, 이미 이것은 협박을 위한 방송도 아니다. 그저 타인

을 희롱하고 비웃으며 분투를 걷어차고 침을 뱉을 뿐인, 가학의 의식이다.

　"＿＿＿＿."

　쏟아지는 악의 속, 스바루는 벽 앞에 주저앉은 가필의 모습을 바라보았다. 두 손으로 얼굴을 가리고 고개 떨군 가필, 그 온몸에도 무수한 상처가 있었다. 드러난 어깨에는 검푸른 멍이 져 있으며, 금발은 출혈로 붉게 얼룩졌다. 결코 무시할 만한 상처가 아니었다.

　그러나 가장 중상인 것은 몸의 상처가 아니라, 마음 쪽에 있다.

　『그래서! 그런 버러지 이하의 니들에게 깊게 상처 받은 나는 이 심적 고통의 배상을 강하게 요구하렵니다―! 내 마음의 위로는, 아까도 전해드린 대로! 썩은 고기들이 말귀를 잘 알아먹길, 기대할게―!』

　그동안에도 거듭되는 『색욕』의 악의, 싫어도 날아드는 악녀의 목소리에 스바루는 하다못해 한 대 갚아 줄 뭔가를 찾아서 청각을 집중했다.

　정보, 약점, 상대를 분석할 건수, 뭐든 좋다. ――그 의지가, 그 소리를 잡아냈다.

　『색욕』의 방송에는 새되고 귀에 거슬리는 목소리와 별개로, 본인의 손뼉이나 발 구르는 소리가 섞여 있다. 정신 산만한 어린애 같은 태도, 그것도 스바루의 신경을 긁어 대지만―― 스바루의 의식이 주목한 것은 더 다른 부분이었다.

　――소리가, 들린 것이다.

아마도 방송하는 『미티어』 바로 옆에 그 소리의 원인이 있다. 그것이 『색욕』의 의도와 무관계하게 여자의 목소리에 섞여서 방송을 타고 스바루의 고막에 도달했다.

그리고 그 『소리』의 정체를 스바루의 이성이 본능적으로 거절하려고 했다.

눈치채지 마. 눈치채지 마. 몰라도 돼. ——이 상황에서 겁쟁이의 말대로 놀아나지 마.

"으득——."

입술을 세게 깨물어, 아픔으로 스바루는 자의식을 확립, 거절할 뻔한 『소리』의 정체를 곱씹었다.

집중, 거절, 이해, 거절, 이해, 이해, 이해——.

——그것은 스바루의 귀에는 무수한 날갯소리로 들렸다.

믿기지 않을 양의, 날벌레의 날갯소리가 협박 방송에 섞여 있다. 극대의 불안과 생리적 혐오감을 촉발하는 악몽의 현현, 그것을 스바루가 가까스로 곱씹어낸 순간——

『그런데, 눈치 빠른 썩은 고기는 못 알아채도 될 걸 알아챘을 즈음 아닌가요?』

"——아."

그것이, 일부러 들려준 것이라고 무섭도록 적확한 타이밍에 지적받았다.

『꺄하하핫! 내 미성이나 넋 놓고 들으면 될 텐데 쓸데없는 짓 하니까 그런 꼴을 보는 거 아녜요—? 그래그래, 쓸데없는 짓이라고 하니, 돌격해 온 미련퉁이들도 변변한 꼴을 못 봤을 텐데요.』

자신의 사고가 상대의 손바닥 위였다는 소리를 듣는 신세나 마찬가지인 스바루는 말문을 잃었다. 그 선언으로 많은 이의 마음을 가지고 놀고도, 여전히 『색욕』의 악의는 그치질 않았다.

『색욕』은 일부러 들려주듯 크게 소리를 내며 입술을 핥고는 말했다.

『그런 이유로, 내민 손이 내쳐진 이 몸은 무지무지 상심했지 뭐야! 그—래—서— 느슨한 방법은 관두고 좀 세게 조여 버릴까 하는데. 방금 조인다는 말에 흥분해서 찍 싼 썩은 고기, 진짜로 구제불능이네요! 꺄하하핫! 꺄하하핫! 꺄하하하하! ……하—아.』

비웃음 소리의 기세가 서서히 약해지다가 끝에는 몹시 따분하다는 한숨이 흘렀다. 그 감정의 급락으로 타인을 팽개치면서 『색욕』은 말을 이었다.

『——시작 삼아, 내 발밑에 있는 놈들부터 흐물흐물 썩은 고기로 만들어 주죠.』

"으—."

『그게 싫으면 내 요구는 단 한 가지. 어차피 항복할 바에는 될수록 빨리, 가능한 한 빨리, 머리를 조아린다. 그게 도리인 법 아니냐고.』

냉담하게, 직전까지의 흥분이 싹 사라진 목소리로 『색욕』이 도시에 요구를 들이댔다.

그 표변과 생생한 혈향이 감도는 협박에 스바루는 숨을 집어삼켰다.

그리고 『색욕』은 소리가 났다고 착각할 만큼 싱겁게 냉혹한 표정을 내던지고.

『그럼, 이상, 나의 고—마우신 말씀은 끝났습니다—. 버러지 변태 썩은 고기들은 힘껏 좁쌀만 한 골통 굴려서 영리하게 굴어주세요—. 아까도 말했지만 수문의 제어탑에는 우리가 각각 진을 치고 있사오니, 섣부른 생각은 하지 말 것. 익사한 인간의 낯짝은 두 번 못 볼 만큼 추하거든요! 꺄하하핫!』

그 새된 비웃음 소리를 끝으로 협박 방송이 종료했다.

일방적으로 자신의 의사만을 강요하고 느닷없이 끝난 협박 방송. 그 방식, 그야말로 대죄주교—— 다른 대죄와도 다른, 새로운 추악함의 권화였다.

"——까, 불고 앉았어."

방송이 끝나자 동시에 스바루의 마음을 옭아매던 날갯소리도 귓전에서 사라졌다. 그 즉시, 몸의 경직이 풀리고 숨 돌리듯 목에서 욕설이 비어져 나왔다.

하지만 상대에게 직접 들려줄 수도 없는 욕은 패배자의 울부짖음에 불과하다. 일방적인 설전에서 패배하고, 스바루는 부끄러운 마음에 주먹을 움켜쥐었다.

『——스바루, 들리나.』

불현듯 그런 스바루를 부르는 목소리가 원탁에서 들렸다. 쳐다보니 어수선하게 방치된 대화경은 빛을 잃지 않고 있으며 거울면에는 근심 어린 기사의 얼굴이 비치고 있었다.

"어, 들려. 지금 방송은 들었지?"

『물론이다. 부아가 치밀지만 그 목소리는 온 도시에 울렸을 테지. ──미미 일도 있어. 나와 티비도 그리로 돌아가지. 거기서 다시.』

"──그래, 다시."

율리우스의 말을 듣고 스바루는 한 번 눈을 감았다가 회의실의 창문 쪽으로 눈길을 돌렸다.

"다시, 이야기를 하자."

──멀리, 제어탑 위에서 펄럭이는 깃발의 붉은 눈이 수문도시를 조소하는 것처럼 보였다.

2

──외부 순회 팀이던 율리우스 일행이 돌아온 것은 그 뒤 금방이었다.

"누, 누나, 정신 차려……."

"힘내는 겁니다요, 누나……."

의식이 없는 누나를 걱정하며 헤타로와 티비가 미미에게 끊임없이 말을 걸었다. 가호의 힘으로 누나의 상처에 영향을 받는 두 사람, 그 표정에는 애처로운 비탄이 새겨져 있었다.

"1초가 아까워! 상처 누르고, 출혈 막아서…… 아아, 진짜! 이런 구식 방법으로!"

페리스의 기세에 아무도 말참견하지 못했다. 전원이 알고 있는 것이다. 죽어 가는 미미의 생명을 부지하려면 그에게 맡길 수밖엔 없다고.

"스바루 님."

거기서 말을 걸어 온 것은 엄중한 표정의 빌헬름이었다.

미간의 깊은 주름과 나직한 목소리에 숨기지 못할 고뇌가 있는 것을 감지하고 스바루는 끄덕였다. 그의 속내, 그곳에 생겨난 갈등은 스바루도 짚이는 구석이 있었다.

"미미의, 아물지 않는 상처란 건……."

"……십중팔구, 『사신의 가호』에 의한 상처라고 봐도 틀림없겠지요."

스바루의 말을 받아 빌헬름이 각오와 함께 말했다.

──『사신의 가호』, 그것은 가호의 소유자가 준 상처에 낫지 않는 저주를 부여하는 무시무시한 힘이다. 미미의 상처에 치유 마법이 듣지 않는 것도 그 효과라 여겨도 틀림없다.

그리고 스바루가 듣기로, 그 가호를 지닌 인물로 짚이는 곳은 한 명뿐.

선대 『검성』, 테레시아 반 아스트레아. ──빌헬름의, 작고한 아내다.

"이런 말 묻기는 무섭지만…… 빌헬름 씨, 팔의 상처는?"

"─────."

스바루의 물음에 빌헬름이 말없이 집사복 웃옷을 벗었다. 그의 왼쪽 어깨, 그곳에는 해묵은 흉터를 가리는 붕대가 감겨 있다. 그 상처가 곧 그의 아내가 남편에게 남긴 아물지 않는 검상.

『사신의 가호』로 새겨진 상처, 그곳에 감긴 붕대에는 붉은 피가 옅게 배어 있었다.

"피가, 난다는 건⋯⋯."

"다시, 상처가 벌어졌습니다. 아무래도 저 역시 이 일은 남의 일로 치부할 수 없겠군요."

웃옷을 도로 입고 잔잔히 중얼거린 빌헬름에게 스바루는 건넬 말이 떠오르지 않았다. 그저 빌헬름의 두 눈에 깃든 것은 희망이나 안도가 아니라 분노였다.

15년 전에 잃었다고 여기던 아내, 그 생존의 가능성이 보였건만——

"——안사람은 15년 전에 세상을 떴습니다. 그 사실이 바뀔 수는 없어요."

그런 스바루의 생각을, 감정을 억누른 빌헬름의 목소리가 부정했다. 그는 놀라는 스바루를 곧게 응시하며 날이 선 검기의 단편을 뿜어내면서 말을 이었다.

"그 안사람의 죽음에 관계하고 그 넋을 욕보인 작자가 있습니다. 그렇다면 저는 제 검으로, 아내와 함께한 나날에 맹세코 그 대가를 치르게 할 겁니다. ——기필코."

『검귀』의 강고한 신념은 단련된 강철처럼 강인하다.

그걸 보면 무슨 말을 걸든지 속 보인다고밖에 여길 수 없다. 안이한 위로나 격려 따위, 그의 결의에 찬물이나 끼얹을 뿐인 불순물이었다.

"——————."

그 비통한 결의를 내건 빌헬름 옆에서 스바루는 조용히 숨을 내쉬었다.

미미의 애타는 치료가 이루어지는 옆, 처치에 쫓기는 페리스와 시중드는 남동생들을 옆방에 두고 스바루 일행은 장소를 바꾼 대책 회의를 이어가고 있었다.

　미미의 용태에 불안은 그치지 않지만 도시 상황은 미미 한 명에게만 매달리는 것을 용납해 주지 않았다. 특히 급히 대화해야만 하는 문제는――.

　"――여러분도 들으신 대로, 대죄주교로부터 두 번째 방송이 나왔습니다. 이미 도시청사에 있는 인질의 생명은 일각의 유예도 없습니다."

　하얀 슈트의 웃옷을 벗은 인물이 거수하고 대화의 물꼬를 틀었다.

　정성껏 빗은 두발, 싹싹한 남자 풍의 생김새―― 그러나 그 표정을 다잡고 눈앞의 문제 해결에 임한다고 의욕을 태우는 그가 바로 뮤즈 상회 대표, 키리타카 뮤즈였다.

　키리타카는 직전까지 십인회 중 한 명으로서 도시 전체의 상황 파악과 혼란의 억제에 힘쓰고 있었지만, 앞선 협박 방송을 듣고 이렇게 긴급회의에 참가해 주었다.

　도시 중추에 관계한 이 남자가 참가함으로써 최초로 확인하고 싶은 것이――.

　"시간이 없으니 단도직입적으로 묻겠다. ――키리타카 씨, 『마녀의 유골』에 대해선?"

　치료실 정면에 위치를 잡은 아나스타시아가 망설임 없이 그렇게 치고 나갔다. 그녀는 평소의 부드러운 인상을 벗어던지고 진지한 눈초리를 키리타카에게 보내고 있다.

　그 날선 시선에 키리타카는 아나스타시아의 진심을 파악한 기색으로 끄덕였다.

　"이 자리에서 마냥 숨겨 봤자 무의미하겠죠. 그러니 간결하게……. 『마녀의 유골』은 실존합니다. 그리고 그 위치는 십인회 사람밖에 모릅니다. 저도 그중 한 명입니다."

　"……진짜로, 유골은 실존했단 뜻인가."

　『마녀의 유골』의 존재를 키리타카가 긍정하자 그 사실에 전원이 살며시 숨을 집어삼켰다. 400년 전의, 도시의 성립에 관계한 마녀의 진실이 확실하게 남아 있다고.

　하지만 그 주위의 반응에 키리타카는 "하지만." 하고 말을 이었다.

　"단언해 두죠. 이 『마녀의 유골』을 움직일 수는 없습니다. 따라서 상대의 요구에 응할 수는 없어요. 유골은 거래의 대상이 못 됩니다."

　"그, 움직일 수 없다는 건 키리타카 님의 의견이신가요?"

　"아니요. 관례나 오랜 역사에 따라서 움직일 수 없다고 주장하는 게 아니에요. 그런 건 인명이 걸린 상황과 비교하면 아무 가치도 없죠."

　"그럼 움직일 수 없다는 건……."

　"물리적인 의미로, 말입니다."

　크루쉬의 물음에 의연하게 대답한 키리타카가 스바루의 말을 힘없이 이어받았다.

물리적으로 움직일 수 없다는 건 기묘한 표현이다. 『마녀의 유골』── 알이 중얼거린 말을 믿는다면, 그 유골은 튀폰의 것일 가능성이 높다. 어린 그녀의 체격은 베아트리스와 썩 차이가 없어 움직일 수 없을 만큼 거대한 것이라고는 생각하기 어려웠다.

즉, 움직이지 못하는 이유는 유골의 크고 작음에 있는 게 아니라──.

"장소, 혹은 역할에 있다고 생각하는 게 타당한가."

"하모. 『마녀의 유골』이 실존하고 그게 도시의 십인회 외에 비밀로 되어 있다니, 뭔가 무거운 이유가 있는 기 당연하데이."

스바루의 추측에 아나스타시아가 찬동했다. 두 사람의 가설에 키리타카는 살짝 뺨이 굳었다가 금세 체념한 듯이 한숨을 내쉬었다.

"……짐작하신 대로, 『마녀의 유골』에는 특별한 힘이 깃들어 있습니다. 그것은 도시의 근간을 지탱할 정도의 힘으로, 유골 없이 수문도시는 유지할 수 없어요."

"만약 움직였다간 어떻게 되는데?"

"이 도시의 성립에 대해선 다들 알고 계시나 보더군요. 유골을 움직이면 도시는 그 당시와 동등한…… 아니, 그 이상의 피해를 낳고 붕괴할 겁니다. 그것은 결과적으로 마녀교가 수문을 개방했을 때와 똑같은 일입니다."

"……그렇군. 그건 움직이지 못할 만하군."

말하고 나서 스바루가 힐끔 크루쉬를 보자 그녀는 그 눈길에 고개를 가로저었다.

크루쉬는 『풍견(風見)의 가호』의 힘으로 다른 사람이 하는 말의 진위를 파악할 수 있다. 피해갈 길은 다소 있긴 해도 키리타카의 발언에 얼추 거짓은 없다고 생각해도 무방하다.

즉, 『마녀의 유골』을 넘기라는 건 도시를 멸망시키겠다는 말과 같은 뜻. 그런 뒤숭숭한 물건을 거래 조건으로 삼은 『색욕』의 생각은 처음부터 엇나갔다는 뜻이다.

"혹은, 『색욕』은 그 조건을 알면서 내세웠다고도 추측할 수 있지."

그렇게 중얼거린 것은 미간에 희미한 주름을 새긴 율리우스였다. 티비와 함께 돌아와 다시금 회의에 참가한 그는 자신이 주목을 모은 것을 깨닫자 앞머리를 만지며 말을 보탰다.

"몇 군데 바깥의 피난소를 돌아본 감촉을 봐선, 도시 사람들은 잘 참고 있어. 그래도 상황을 비관하는 목소리는 끊이질 않더군. 아무것도 모르는 사람들로부턴 『마녀의 유골』 따위 넘겨줘 버리란 의견도 들릴 정도야."

"그렇게 도시가 내부 분열을 일으키는 것을 즐기고 있다 이거야? ……웃을 말이 못 되는군."

참으로 음울한 추측이긴 하다. 하지만 그것을 지나친 억측이라고 할 만한 근거는 아무것도 없다. 『색욕』의 대죄주교, 카펠라의 협박 방송에는 인심을 가지고 노는 가학의 쾌락이 엿보였다.

도시 전역에 목소리를 들려주는 것도 진짜 목적은 타인의 마음을 짓밟는 것——.

"——유골은 못 준다. 객쩍은 요구도 못 듣는다. 고건 이제 안

변할 끼 아이가.”

나지막이, 그렇게 내뱉은 음색에 스바루는 강한 위화감을 품고 고개를 들었다.

위화감의 정체는 목소리의 고요함이다. 그 목소리는 늘 굳세고 높이 쩌렁쩌렁 울리기에, 이런 식으로 감정을 억누른 인상과는 동떨어져 있었다.

적갈색 짐승 털과 우람한 체구, 평소라면 기세등등한 언행으로 대화를 이끄는 그 인물은, 견인의 아인━━ 리카드다. 율리우스와 마찬가지로 외부 순회에서 돌아온 그는 굵은 팔로 팔짱 끼고 침묵하며 무언가를 내내 생각하고 있었다.

지금, 그 침묵을 깨고 리카드는 쿵쿵 벽 쪽으로 걸어갔다. 그리고━━.

“감사가 늦었데이. ━━형씨가 일로 안 데려와 줬으믄, 틀림없이 미미가 죽었을 끼다. 그라니께, 은혜를 입었다. 살았어. 진짜로 애썼다.”

책상다리로 털썩 주저앉은 리카드가 바닥에 이마를 대고 감사의 말을 읊었다. 그의 감사는 벽에 등을 기대고 주저앉은 인형처럼 고개 숙인 가필 쪽을 겨누고 있었다.

“━━━━━.”

의기소침해서 스바루의 지시로 가까스로 자기 상처에 치유 마법을 걸던 가필. 그 눈이 번쩍 뜨이고 곤혹과 거절이 녹색 눈을 맥없이 어둡게 했다.

미미를 데려온 가필의 통곡을 들으면 그가 미미의 부상에 강한 책임을 느끼고 있는 건 명백하다. 리카드에게는 미미의 보호자로서 탓할 권리가 있다.

　그럼에도 리카드는 가필을 탓하지 않고 고개를 숙였다. 리카드의 그 성실함이 가필의 마음을 후비는 칼날이 되어 소년의 자책을 더욱 깊게 하더라도 말이다.

　"그래서? 언제까지나 어영부영하지 말고 들을 건 듣는 편이 낫지 않아?"

　그 정체되려던 분위기에 끼어든 것은 긴 탁자 위에 앉은 알이었다. 그는 투구의 이음매를 만지작거리면서 그 자리에 저리 잡은 멤버를 둘러보고 말했다.

　"아까 그 웃기지도 않는 방송이랑, 걸레짝이 되어 뛰어든 둘이 무관계하지야 않겠지. 그리되면 도시청사에서 돌아온 귀중한 산증인 아냐. 대화, 중요하다고?"

　알이 상처 입은 가필을 턱짓하고 숫제 냉철하게 어깨를 으쓱였다. 그 표표한 태도에는 무신경함을 느끼지만 그의 주장은 필요한 냉철함이었다.

　가필과 미미 둘이 도시청사에 도전한 것은 이미 틀림없으리라. 그것은 성급한 판단이었을지도 모르지만, 두 사람 나름 최선을 다한 행동이다.

　그 대가는 치렀다. ——아니, 지금도 미미가 치르고 있다.

　"가필, 말하기 힘들지도 모르겠지만 무슨 일이 있었는지 가르쳐 줘. 네가 그렇게까지 당하다니 예삿일이 아닌 건 알아. 하지만……."

"_____."

"이 도시를 습격한 얼간이 자식들을 전원, 때려눕혀야 한다고. 그러기 위해 네 힘이 필요하다. 언제까지고 풀 죽은 채로 놔둘 수 없어."

잔혹한 요청인 건 안다. 하지만 스바루는 꾸밈없는 본심을 솔직하게 토로했다.

독단전행으로 적에게 도전해 미미를 지켜내지 못한 가필이다. 그 속내가 회한과 자책으로 가득 메워졌을 것은 상상하기 쉽다.

다름 아닌 스바루 본인이 가필과 완전히 같은 심경이니까, 당연하다.

"……방송을 듣고, 꼬맹이랑 이 어르신은 도시 한복판으로 가고 있었어. 도시청사에서 방송 틀고 있는 꼴같잖은 자식을 후려갈겨 주려고."

나직나직, 고개 숙인 채로 가필이 이야기하기 시작했다. 치료를 중단하고, 주먹을 손바닥으로 부술지도 모를 만큼 세게 쥐고 있다. 그것이 감정의 격발을 참는 유일한 수단이라는 양.

"청사 앞에는 많이들 죽어 있더군. 도시의, 경비병 녀석들인 것 같아. 저지른 건, 거한과 빼빼 마른 여자 이인조, 양쪽 다 검사고, 그 녀석들이……."

이가 떨리고 가필이 말을 끊었다. 잇지 못한 말 뒤에 있는 것은 가필의 패배와 미미의 아물지 않는 상처의 원인이 되는 장면일 것이다.

귀를 의심하고 싶어지는 것은 지금 대화에 나온 두 명에 대해서 스바루에게 짚이는 곳이 없다는 점이다.

『색욕』에게 가담했다고 짐작되는 이상, 마녀교도임은 틀림없다. 하지만 그 특징은 양자 모두 스바루가 아는 대죄주교와 합치하지 않는다.

대죄주교조차 아닌, 정체를 알 수 없는 마녀교도. 심지어 그들이——.

"양쪽 다, 이 어르신과 비등비등…… 아니, 이 어르신보다 더 강하다고, 생각해."

힘없이 위축된 가필의 모습에는 짙은 애처로움이 있었다. 상대의 강함에 대한 외경의 마음과 상처 입은 미미에 대한 채무감이 가필을 체격 이상으로 작게 보이게 하고 있었다.

"——상대가 강할 거라는 기는 잘 안다."

"리카드……."

그때, 지금 이 순간까지 바닥에 이마를 대고 있던 리카드가 고개를 들었다. 그리고 다음 순간, 그 온몸에서 사납게 맹포한 귀기가 터져 나왔다.

"가르쳐 주그레이. 내는 형씨가 말한 아 중 어느 쪽을 혼내믄 되는 기고? 어느 쪽을 베어 뽑면 미미의 원수를 갚을 수 있나?"

감사를 다하는 성실한 자세가 리카드의 본심이라면, 한없이 거칠고 원수를 물어뜯고자 하는 자세 또한 리카드 웰킨의 본심이다.

그 강렬한 짐승의 성질에 기가 눌린 가필이 살쩍 망설이다가 말했다.

"……꼬맹이를 벤 건 여자야. 걔는, 이 어르신을 감싸다가."

"고건 미미가 선택한 기다. 미미가 판단한 기는 내가 뭐라 할 끼 아이다."

"알아. 안다고. 아무도 이 어르신을 탓하진 않아……. 그래도 말이야. 이 어르신은 안 그래! 그러니까 그 여자는 이 어르신이 쳐부순다……!"

용수철처럼 일어나서 가필이 비장한 표정으로 복수를 거론했다. 그 반응에 몸을 일으키고 리카드는 키 차이가 나는 소년을 내려다보았다.

"잘 짖었다. 사나이에게 두말은 읎어. 일어나서 싸우긋다 이거제."

"어…… 어, 그래! 당연하지! 이 어르신이, 해 주겠어……!"

물어뜯듯이 짖은 가필, 그 흐려진 눈에 빛이 돌아온다. 객기가 들어가긴 했어도, 화가 난 가필은 미미의 복수를 하겠노라 리카드에게 맹세했다.

그 말에 끄덕인 리카드가 스바루에게 잠깐 눈짓했다. 그것은 본래라면 스바루가 떠밀어 줬어야 했을 등을 대신 밀어 준 어른의 배려였다.

과연, 『철 어금니』를 이끄는 단장, 사람을 일으켜 세우는 법이 각 잡혔다.

"가필 얘기로, 도시청사의 위험성은 이해됐어. ……도시를 지키려고 결사의 각오로 도전한 경비병들의 희생도. 그걸 감안해서——."

가필에게 분기를 촉구한 리카드, 그 대화를 듣고 있던 율리우스가 슥 노란 눈을 가늘게 뜨면서 스바루를 쳐다보았다. 그리고
──.

"스바루, 너는 어쩔 거지?"

"……야, 그건 또, 꽤 애매하게 말을 넘기는구만."

웬일로 엉성한 율리우스의 말투에 스바루가 얼굴을 찌푸렸다. 그러자 율리우스는 "후." 하고 아니꼬운 웃음을 지었다.

"『나태』와의 전투가 생각나서 말이지. 마녀교 상대라면 네가 특효약이 되는 게 아닌지 기대하는 거다. 어쩌면 나로선 생각도 못할 작전이 떠오르는 게 아닐까 하고."

"무리한 요구는 하지 마. 애초에 내가 마녀교의 특효약이라면 다리가 이 꼴 났겠어?"

"그건 아쉽군. 하지만 에밀리아 님 문제도 있어. 그분을 그대로 놔두는 건 너한테 바람직하지 않을 테지. 어쩔 셈인지 솔직하게 확인하고 싶군."

바란 답변이 아니었을진대, 율리우스는 낙담한 기색도 없다. 그로서도 스바루가 마녀교 킬러라는 기대는 조금도 없었을 것이다.

오히려 그의 본론은 뒤에 가져온 화제 쪽에 있음을 금방 알 수 있었다.

"……에밀리아를 데려간 건 『탐욕』이야. 지금도 그놈의 자기만 편한 지론에는 모골이 송연해. 1초도 그런 자식에게 에밀리아를 맡겨두고 싶지 않아."

"그렇다는 말은. 너는 에밀리아 님의 탈환을 우선하겠다고?"

"당연하지. ——라고 말하고 싶은 바지만."

위세 좋게 율리우스의 질문에 대답하려다가 스바루는 한숨을 섞었다.

에밀리아를 되찾고 싶다. 그것은 틀림없는 스바루의 본심이다. 그 일그러진 사상을 가진 작자에게 에밀리아를 오래 맡겨 두라니 구역질이 난다.

하지만 『색욕』의 협박 방송과 도시의 상황이 스바루에게 감정적인 행동을 허용치 않는다.

"『색욕』을 내버려 둘 순 없어. 그 녀석을 자유롭게 뒀다간 도시 사람들의 마음이 뒤죽박죽 엉망이 될 거야. ——그리고 그 『미티어』가 좋지 않아."

"동감이다. 그 『미티어』가 도시의 전원을 옭아매는 사슬의 역할을 하고 있어."

어디에 있든 목소리가 들린다는 것은, 그것만으로도 충분히 위협이 될 수 있다. 『색욕』은 명명백백 그 효력을 자각하고 있고, 스바루에게는 다른 염려도 있었다.

이 도시에는 타인의 감정을 증폭해 주위와 공유시키는 권능을 가진 존재가 있는 것이다. 그 존재가 『미티어』로 퍼뜨린 절망을 확대시키면, 대관절 무슨 일이 벌어질까.

그야말로 폭발적으로 강해진 광기가 판데믹을 일으켜 도시는 괴멸한다.

——에밀리아를 구하기 위해서는 도시의 붕괴를 막고 『미티

어』를 되찾아야만 한다. 그리고 그러려면 도시청사의 『색욕』을 쓰러뜨릴 필요가 있다.

그러고 나서야 비로소 『탐욕』에게서 에밀리아를 되찾을 준비가 되는 것이다.

"빼앗긴 것은 네 곳의 제어탑과 도시 한복판에 있는 도시청사. ──하지만 공략할 순서는 고정이지. 도시청사의 『색욕』 퇴치가 최우선이야. 그리고 아까 방송이 진심이라면 이러는 중에도 도시청사 안에 있는 사람들의 생명이 위태로워."

"그렇군……. 귀중한 의견, 고맙다. 나도 생각이 얼추 비슷해."

자신의 방침을 규정한 스바루의 말에 율리우스가 만족스럽게 끄덕였다.

아마도 율리우스의 마음속에선 더 빠르게 같은 결론이 났을 것이다. 구태여 이렇게 스바루에게 말하게 한 이유는 냉정함을 잃는 바람에 성급한 결론을 내지 않을까 시험했다는 것쯤 될까.

"그랴그랴, 그라믄 정리하까."

아나스타시아가 가볍게 손뼉을 치고 회의의 주도권을 자신에게로 되돌렸다. 그녀는 손뼉 친 두 손을 펼치고 동그란 연두색 눈으로 스바루를 응시했다.

"방금 나츠키 의견 말인디, 내도 지지하긋다. 그 『미티어』를 그 노마들에게 맡겨두는 기가 위험하단 말은 내도 같은 의견이데이. ……그건 오래 방치해 두믄 둘수록 도시 사람들의 마음을 갈아 내서 내부 붕괴를 앞당기는 어엿한 공격이다카이."

"저도 두 분께 찬동해요. 이 상태로 상대의 행동을 계속 허용하면 서서히 우리의 선택지는 좁아집니다. 움직이자면 빠른 편이 낫겠죠."

스바루와 아나스타시아의 결론에 크루쉬가 늠름한 자세로 찬동했다.

그녀의 말대로 지금이라면 전력은 충실하다. 뮤즈 상회에는 가필과 리카드, 율리우스와 빌헬름 같은 쟁쟁한 이들이 모여 있었다.

여기에 『철 어금니』의 다른 멤버와, 키리타카의 사병인 『백룡의 비늘』이 가담하면 아직 더 전력을 끌어 올릴 수 있을 터다.

그러나 스바루의 생각에 키리타카가 어렵다는 표정으로 고개를 가로저었다.

"죄송합니다. 현재, 제 사병들에게는 용무를 지시해서 밖에 나가 있습니다. 십인회의 의원을 보호해서 데려오라고."

"제길, 그건…… 아니, 필요한 일이군. 그쪽에서 입을 열면 수문과는 다른 이유로 도시가 망해 버리지. 그렇다곤 해도 가능성은 키우고 싶어……."

가능하다면 최소 페텔기우스 토벌과 동등한 전력을 갖추고 적에게 도전하고 싶다. 누가 뭐래도 상대는 대죄주교가 세 명, 단순계산으로도 세 배의 고전이 예상되어──.

"──아니, 그렇게는 안 되는 것 아냐?"

"알? 느닷없이 뭐야."

거기서 갑자기 알이 스바루의 사고를 가로막고 끼어들었다. 알은 고개를 모로 꼬면서 "그치만 말이야." 하고 운을 뗐다.

"형제의 불안은 도시청사가 대죄주교의 아지트가 됐을 가능성이잖아? 근데 아까 방송에서 그랬었잖아. '제어탑에는 각자가 진을 치고 있다' 고."

"──응? 그기 무라꼬? 무에, 이상한 기 있나?"

"아──! 그렇군, 그래! 확실히, 그렇지!"

알의 말에 리카드는 몰이해를 드러냈지만 스바루는 그 진의를 이해했다.

제어탑에 각자가 진을 치고 있다. ──그 표현이 정확하다면.

"제어탑을 접수한 건 대죄주교……. 하지만 그놈들에게 사이좋게 연계하잔 발상이 있을 것 같지 않아. 눈앞의 적 내버려 두고 자기들끼리 싸우기 시작한 놈들이니까."

스바루의 뇌리에 되살아난 건 진심으로 살의를 주고받는 시리우스와 레굴루스의 모습이다.

시각탑 광장에서의 불화는 스바루의 방해가 없었으면 한쪽이 사라지고 끝났을 것이다. 애초에 놈들에게 협조성이나 단체 행동이란 말은 도저히 어울리지 않는다.

극대의 초개인주의 덩어리, 그것들이 얌전히 한 건물 안에서 행동할 수 있을쏜가.

"그『색욕』의 방송에 다른 놈 목소리가 끼어들지 않는 게 그 증거야. 그 자기 현시욕의 화신들이 그걸 남한테만 맡길 수 있을까 보냐고."

"퍽 주관적인 견해라고 하지 않을 수 없군. ……하지만 이상하게 설득력은 있어."

기세 붙인 스바루의 말에 율리우스가 고운 눈썹을 찌푸리고 한쪽 눈을 감았다.

협박 방송의 내용을 한껏 확대 해석한 의견임은 틀림없다. 그러나 스바루에게는 이 의견에 확신이 있었다. 세 명의 대죄주교와 얼굴을 맞대고, 간접적으로 네 명째의 대죄주교와도 접촉한 나츠키 스바루에게는 놈들의 썩어빠진 심성에 대한 두터운 신뢰가 있었다.

그렇게 도시청사로 가는 반격이 별안간 현실미를 띠고 시작한 타이밍에——

"——후우. 간신히 처치 끝났어."

옆방의 문이 열리고 땀범벅인 페리스가 비틀대는 발걸음으로 모습을 드러냈다. 한 번 갈아입었을 옷을 새 피로 더럽힌 그는 수건으로 땀을 닦으면서 아나스타시아를 바라보았다.

"아나스타시아 님, 할 수 있는 만큼은 했어요. 뒷일은……."

"그카서, 미미는 어찌 된 기고? 살긋나? 사는 기지?"

아나스타시아의 머리를 넘어 콧김 씩씩대는 리카드가 페리스를 다그쳤다. 그 등 뒤에선 가필도 매달리는 표정으로 페리스를 쳐다보고 있었다.

그 두 애원 어린 눈초리와 다른 이들의 주목에 페리스는 눈을 내리깔았다.

"상처는 아물지 않았어. 지금은 억지로 원시적인 방법으로 지혈한 거랑…… 미미의 동생 애들 둘의 가호의 힘을 빌려서 가까스로 잡아놓은 참."

"가호라믄, 『삼분의 가호』말이가? 그라믄 우예 된 기고?"

"원래 그 애들의 가호는 피로나 상처를 나누는 힘이 있었잖아? 그 연결을 억지로 강화해서 평소 이상으로 상처의 영향을 받게 했어. 그만큼 미미의 생명의 제한 시간은 늘었고. 하지만……."

"──누나의 생명이 다할 때, 저희도 죽는 거죠."

옆방의 문, 페리스 뒤에서 다 죽어 가는 목소리가 들려왔다.

페리스가 옆으로 비키자 옆방 바닥에 주저앉은 헤타로와 티비의 모습이 보였다. 둘 사이에는 간이침대가 있고 그곳에 미미가 누워 있었다.

그, 잠자는 누나의 손을 두 동생이 살며시 잡고 있었다. ── 단, 각각 빈 한쪽 손은 괴롭게 자신의 가슴을 누르고 있었다.

"──이, 등신짝 같은 놈들. 진짜로 몬 써먹을 등신이다, 문디 자슥들."

"……하지만 이게 누나의 아픔이라고 생각하니, 살짝, 다 함께라 행복하다 싶어서."

"형만큼 꼴통은 아니다요. 그러니까 단장님, 빨리 어떻게 해줄 거라 믿는다요. ──죽으면 셋이서 귀신이 되어 나올 거니까요."

누나가 입은 부상을 떠맡아 비슷하게 치명상을 맛보는 두 동생. 그 허세 어린 말에 리카드가 치를 떨었지만, 그 어깨를 뒤에서 페리스가 두드렸다.

"화내지 말아 줘. 저 애들은 미미를 위해서 필사적이었을 뿐이니까."

두 자묘인의 생각을 페리스가 옹호했다. 하지만 그 목소리에는 오히려 페리스 자신이 본인의 역부족을 분해하고 있는, 그런 어감이 짙다.

"페리스 씨 탓이 아이다. 어차피 저 아들이 먼저 말 꺼낸 기지? 진짜, 사랑하는 누나 일만 되믄 앞뒤 안 가려서 몬 말릴 아들인데이."

엷게 미소 지으며 아나스타시아가 자신의 부하——아니, 가족의 판단에 이해를 드러냈다.

그리고 아나스타시아는 천천히 곱씹듯이 말했다.

"리카드."

"할 끼믄 속공이제. 안 그라믄 의미가 없어. 안 그라나."

부르는 소리에 리카드는 주저 없이 대답했다. 낮게 으르렁대는 수인의 전의는 이미 누구도 말릴 수 없으리라. ——흥분하는 그의 감정을 이해하지 못하는 이도 역시 없다.

발꿈치를 딱 내리치고 등을 바로 세운 율리우스가 아나스타시아에게 공손히 기사의 예를 취했다.

"아나스타시아 님의 지시가 있다면, 『철 어금니』 총원, 바로 움직일 수 있습니다."

"고맙데이. ——우리 『철 어금니』 아들한티 도시청사까지 가는 길은 확보하게 시키긋다. 뒷일은 정예로 단숨에 제압하는 기 이상적이지. 적은 큰 남자랑 마른 여자, 그리고 『색욕』의 대죄주교."

"우리 전력은 가필과 리카드, 빌헬름 씨랑 율리우스인가."

"──저도 가겠습니다."

긴 녹발을 한데 묶은 크루쉬가 그렇게 발언했다.

장검을 허리에 찬 크루쉬는 부츠 끈을 고쳐 묶고 위풍당당하게 전열에 가담했다.

"가겠다니, 크루쉬 씨 싸울 수 있는 거야?"

"이전의 저 수준이라곤 못하지만 빌헬름에게 사사해서 다시 단련했어요. 『풍견의 가호』의 힘도 있고요. 짐은 되지 않을 거예요."

기억을 잃기 전의 크루쉬는 백경전에서도 주력 중 한 명으로서 활약한 실력자였다.

하지만 기억을 잃은 그녀의 현재 실력은 스바루에게 미지수. 솔직히 이전의 크루쉬와는 늠름함의 질이 달라 싸울 만한 성격이라고는 생각지 못했지만──

"크루쉬 님의 천품은 여전합니다. 무력도 충분. 그 점은 제가 보증하지요."

그런 스바루의 불안을 털어 주듯 빌헬름이 보증을 내렸다. 『검귀』는 자기 검의 칼자루에 손을 짚고 주군을 파란 두 눈으로 바라보았다.

"하오나 무리는 하지 마시길. 크루쉬 님 본인의 안전을 최우선으로 부탁드리겠습니다."

"백성 앞에서 상처를 떠맡고, 피를 흘리는 게 귀족의 책무. 무고한 백성이 울고 있는데 누가 제 몸이 귀하다고 물러설 수 있을까요. 저는 싸울 거예요, 빌헬름."

"······나 원, 고집스럽기도 하시지. 그런 분이기에 저 또한 검을 바쳤습니다만."

빌헬름의 충언에 크루쉬는 끝까지 의젓하게 응수했다. 주군의 답변에 만족스럽게 고개를 끄덕인 빌헬름을 보고 페리스가 손을 척 들었다.

"저요! 저요! 저두! 페리두 같이 갈래요! 가게 해 주세요!"

"페리스, 당신은 각지의 피난소를 들르며 치료가 필요한 분께 대처를. 당신의 배려는 기뻐요. 하지만 당신이 싸워야 할 전장을, 저 때문에 그르치지 말아요."

"으, 음음······."

입후보가 기각당하자 페리스가 필사적으로 항변하려고 골머리를 썩였다. 하지만 정론 중의 정론이라 크루쉬를 설득하지는 못한 채 결국 페리스는 울고 싶은 표정으로 백기를 들었다.

"빌 영감, 크루쉬 님을 부탁해. 반드시 꼭꼭 지켜드려."

"네, 압니다. ──설혹 이 땅에서 생명을 모조리 불사르더라도."

부탁을 받은 빌헬름의 대답에는 굳세고 고결한 결의가 솟구치고 있었다.

이로써 크루쉬를 더한 다섯 명이 도시청사를 탈환하기 위한 주력이 될 구성원이다.

그 사실을 확인한 순간, 스바루는 계단에 주저앉은 알에게로 눈길을 돌렸다.

"그래서, 네 전력에는 기대해도 되는 거야? 싸우는 모습 본 적이 없는데······."

"아— 그거 말이야, 형제. 이 흐름에서 말하는 것도 용기가 필요한데."

"──응? 뭔데 그래."

목 뒤를 긁으면서 알이 그 자리에서 일어섰다. 그리고 그는 허리 뒤춤에 찬 청룡도의 칼자루를 손바닥으로 누르고 거북한 듯이 고개를 모로 꼬았다.

"미안하지만 난 도시청사엔 못 가겠다. 상황이 바뀌었어. 나는 공주 찾아서 그쪽에 합류하지. 형제들과는 여기서 작별한다."

"뭐어?! 너, 이 타이밍에 뭔 소리 하는 거야?!"

"그러니까, 미안하다고 하잖아. 진짜 들 낯이 없다고."

느닷없는 발언에 깜짝 놀라는 스바루. 그 반응에 알이 의리 없는 행동을 사과하지만, 사과해서 끝날 문제가 아니다. 도대체 알은 무슨 생각을 하고 있는가.

"애초에 넌 프리실라는 걱정할 필요 없다고 했잖아."

"그야 여러 가지로 정보 갱신이 있기 전 얘기지. 그리고 내가 있어 봤자 도시청사의 보스전에선 쓸모가 없어. 같은 편 발목 잡아당길 뿐이라면 없는 편이 낫지. 안 그래?"

"너, 너어……."

자기 전력을 냉정히 품평한 알. 그의 발언에 스바루는 벌린 입을 다물지 못했다.

애초에 알도 여기까지 회의에 참가한 판국이다. 도시청사를 탈환해『색욕』을 격퇴하지 못하면 도시 전체가 위험에 처한다. 그걸 알고 있을 텐데.

"──알 경, 의견은 돌이킬 수 없습니까?"

그런 스바루의 혼란을 아랑곳하지 않고 율리우스가 다시금 알의 의중을 물었다. 『가장 뛰어난 기사』의 물음을 정면으로 받으며 알은 "그래." 하고 떳떳하게 끄덕였다.

"미안하지만 못 돌이켜. ……그쪽이랑 달라서 난 주인님과 합류 못하고 있으니까."

"주군을 생각하는 건 수행인으로서 당연한 것. 저는 그 행동을 비난 안 합니다."

"그건 고맙군. 이해해 줘서 기쁜데."

우등생인 율리우스의 말에 알의 응답은 왠지 심드렁하다. 다만 모두의 판단에 거슬러 별도 행동을 선택하는 것에 대한 죄책감은 있는 모양이다. 그는 다시 스바루를 돌아보고 입을 열었다.

"이건 내가 할 말이 아니지만, 형제도 같은 입장이잖아? 나는 도시청사를 어쩌니 마니 하는 것보다 중요한 여자 쪽을 우선해야 마땅하다고 보는데."

"─────."

"그래 본들 그 다리로는 할 수 있는 일도 제한되겠다마는."

알의 지적에 스바루는 아픈 데를 찔린 것처럼 인상을 썼다.

실제로 알의 의견은 한쪽만 보면 정론이다. 이것저것 논리를 늘어놔도 에밀리아의 안전이 보장되지는 않는다. 그녀는 현재도 위험 한복판에 놓여 있다.

그리고 다리를 심하게 다친 스바루는 멀쩡히 가릴 만한 선택지는 없다고.

——알의 그 말에 스바루의 대답은 하나였다.

"우, 그어어어……!"

"자, 잠깐 스바루쿵?! 뭐해?!"

오른쪽 다리의 격통을 참으면서 스바루가 가까스로 그 자리에서 일어났다. 중상을 입은 다리를 혹사하는 스바루를 보고 주치의 페리스가 허둥지둥 달려와 그 머리를 후려쳤다.

"아, 아프구만, 야."

"당연하지! 절대 안정하라구 그랬는데 웬 험한 짓만 하구 그래?! 페리의 진단에 원한이라두 있어? 다리가 뚝 떨어져두 이상하지 않은데!"

"그게 내 각오의 증명이란 느낌이지. 페리스, 넌 내 마음을 알 거 아냐."

"으…….."

바로 코앞에서 검은 눈의 응시를 받은 페리스가 입술을 삐죽이며 말을 우물거렸다.

이것이 알의 말에 대한, 그리고 사지로 가는 동료들에 대한 스바루의 대답이다. 다리의 상처가 이유로 선택지가 좁아지면 그런 조건은 기합과 근성으로 제외한다.

알은 자신의 역부족을 참가하지 않는 구실로 들었다. 그 조건은 스바루도 마찬가지다. 하지만 스바루에게는 약삭빠른 머리가 있다. 이게 조금이나마 모두의 힘이 된다면——

"——내가 무리할 의미가 있어. 에밀리아를 위해서, 그게 내가 할 수 있는 일이야."

"……다리가 떨어져도 후회하지 않겠다는 소리야?"

"후회야 하지. 하지만 그건 여기서 물러났을 때 쪽이 훨씬 크단 말이지."

"하아. ……기왕이면 끝까지 폼 잡았으면 좋은데."

페리스는 기가 막힌 투로 탄식하고, 콧김을 씩씩대며 아픔을 참는 스바루의 오른쪽 다리에 손을 뻗었다. 그리고 그 두꺼운 붕대 위로 상처를 문지르고.

"비장의 수, 써 줄게."

"비장의 수라니…… 잠깐, 아파, 아프다고?! 가만, 아파아파아파! 아……프지, 않아?"

촉촉이 상처에 댄 손바닥에서 옅은 빛과 열이 다리에 침투한다. 그 즉시 나이프를 찌른 것만 같던 다리의 통증이 가시고 오른쪽 다리의 상태가 건전해졌다.

"야, 진짜냐……! 뭐야, 이렇게 편리한 마법이 있으면 아끼지 말고 더 빨리 써 주라! 으샤, 으샤, 움직인다! 움직……."

아픔이 사라진 다리를 들고 스바루는 힘차게 몇 번씩 바닥을 밟았다. 그 자리에서 스텝을 밟고 상처를 손바닥으로 찰싹 때렸다. 그 순간, 손바닥에 흥건히 젖는 감촉. 새빨갛다.

오른쪽 다리의 상처가 터져 엄청난 기세로 피를 흘리고 있었다.

"야야야야, 나은 것 아니었어?!"

"누가 그래? 다리가 떨어져두 후회하지 않겠냐구 물었잖니. 그냥 통각을 제거해 줬을 뿐. 험하게 굴리면 뛰어다니는 것쯤은 가능할 거야."

다리의 출혈에 동요하는 스바루에게 페리스가 새 붕대를 감아 주었다. 통각이 제거됐다는 설명대로 다리에 통증은 없다.

다만 이것이 꽤 부자연스러운, 무리를 한 상태인 건 틀림없다.

"이거, 반드시 나중에 다리에 악영향 생길 거야. 최대한 다리 부담에 주의할 것!"

"……알았어. 고맙다. 은혜 입었어."

"……스바루큥 말이야. 페리 얘기 하나도 안 듣지?"

스바루가 오른쪽 다리 상태를 확인하고 끄덕이자 페리스는 뺨을 부풀리며 고개를 돌렸다.

그렇지는 않다고 말해 주고 싶었지만 실제로 어떡할지는 그때가 되지 않으면 모른다. 못할 약속은 하지 않는다. 그것이 스바루가 경험에서 배운 사항이다.

"그런 이유로, 나도 도시청사 공략 멤버에 가담하자. 말해 두겠는데, 말려도 소용없어. 확실히 별다른 힘은 못 될지도 모르겠지만 나라도 할 수 있는 게……."

"말리긴 무신, 와 말리긋나. 형씨가 있으믄 맘 든든하제. 믿고 있다."

"할 수 있는 게…… 응, 어라?"

스바루는 거절당하리라 짐작하고 설득할 각오였지만, 리카드는 망설임 없이 그 제안을 받아들였다. 그 반응에 놀라는 스바루에게 그는 그 큰 입을 벌리고 말했다.

"백경 때도 『나태』 때도, 형씨가 호기 부리던 기를 내 봤다 아이가. 형씨를 높이 사는 기는 율리우스캉 빌헬름 씨만이 아이다."

"_____."

리카드의 생각지 못한 평가에 스바루는 몇 번쯤 입을 벌렸다 다물었다. 그대로 시선을 주위로 오락가락하자 율리우스가 어깨를 으쓱이고 빌헬름이 깊이 끄덕이는 모습이 보였다.

둘 다 반대 의견은 없는 모양이다. 그것만이 아니라 크루쉬도 옅게 미소 짓고 말했다.

"물론 저도 든든해요. 꼭 함께해 주세요, 스바루 님."

"그, 그런가요. 왠지 기분 이상하네……."

어엿한 전력으로 꼽히다니, 익숙지 않은 대우에 스바루 쪽이 당황하고 말았다.

"나 원, 여기서 그런 험한 짓 하는 거냐……."

그 일련의 대화에 투덜대듯 뇌까린 알에게로 스바루는 돌아보았다.

"네 주장도 알겠지만 나는 이게 최선이라고 믿어. 미안하지만."

"미안할 게 뭐 있어. 형제는 형제 맘대로 하면 되지. 나도 그럴 거야. ──아아, 근데 내가 한 가지만 조언하마."

"조언?"

별안간 손가락을 하나 세운 알의 말에 스바루는 갸우뚱했다.

그런 스바루에게 알은 덤덤한 태도로 말했다.

"──『폭식』과 맞닥뜨리면, 본명은 말하지 마."

오싹. 스바루의 등에 섬뜩함이 치달았다.

느닷없는 한마디, 서두가 없는 충고가 스바루의 마음에 가차 없이 발톱을 박는다.

"_____."

눈이 동그래지며 스바루는 알을 정면으로 응시했다. 스바루의 얼빠진 얼굴을 바라보면서 알은 태연히 어깨를 으쓱이고.

"피차 다음 기회가 있다면 무사히 만나자고, 형제."

그렇게, 스스럼없는 투로 내뱉은 것이었다.

### 3

──수문도시 프리스텔라는 오늘 아침까지의 양상이 거짓말인 것처럼 쥐 죽은 듯 고요했다.

포석을 밟고 시선을 문득 옆으로 돌리니 그곳에는 도시의 궁지가 거짓말인 것처럼 투명한 수로의 수면이 보인다. 그 맑은 물의 흐름을 보고 있으려니 가슴속에 휘몰아치는 혼돈이 씻기는 것만 같다. ──거짓말이다. 이 답답함은 그리 쉽게 가시지 않는다.

"역시, 트러블 메이커인 프리실라 진영…… 터무니없는 뒤끝을 남겨두고 갔어."

스바루가 투덜대는 건 뮤즈 상회를 출발하기 직전에 선고받은 폭탄 발언에 관해서다.

갑자기 『폭식』에 대해 언급한 알에게는 장렬하게 놀랐지만, 그가 제공한 놀람은 그것만이 아니었다. 알은 그 뒤에 이렇게 더 첨언한 것이다.

"지금의 프리스텔라에, 대죄주교가 전원 모여 있을 가능성이 있다……라."

생각해 보면 그건 충분히 있을 법한 사태였다.

이미 현시점에서 도시에는 세 명의 대죄주교가 확인된 판국이다. 그리고 도시의 네 제어탑을 빼앗겨 도시청사의 기능이 장악된 것도 알고 있다.

빼앗긴 요지는 다섯 곳, 각각을 마녀교의 간부가 제압하고 있다면—— 그것은 곧, 『분노』, 『탐욕』, 『색욕』, 『폭식』, 『오만』, 다섯 자리와 일치한다.

"——너무 골몰하는군, 스바루. 조금 침착해지는 편이 나아."

"으……."

사색 중에 불현듯 어깨를 두드리는 손길에 스바루는 자신이 호흡을 잊고 있었음을 깨달았다. 돌아보니 바로 옆에 걱정스러운 눈치인 율리우스의 얼굴이 있어서 스바루는 몸을 획 젖혔다.

그 오버 리액션에 율리우스는 "후." 하고 입술에 미소를 띠었다.

"그 모습을 보니 제정신을 차린 모양이군."

"그래. 지금 건 솔직히 고맙다. ……지나치게 골몰했다는 자각은 있어."

"무리도 아니지. 솔직히 말해 너무 일이 몰렸어. 도시청사의 탈환에, 에밀리아 님의 신병 확보. 그리고 은원이 얽힌 『폭식』의 존재가 시사됐지."

"_____."

"만약 내가 너라면 평정을 가장할 수 있을지 미심쩍은 노릇이야. 그런 점에서 너는 충분히 애쓰고 있다. 자랑해도 좋아."

"뭐야, 너, 메스껍게 왜 이래……."

너무나 배려가 넘치는 말투에 스바루는 으스스함을 느끼고 눈썹을 찌푸렸다. 슬슬 율리우스의 발언에 악의가 없는 건 알기 시작했지만 그것과 대하기 어렵다는 건 다른 문제다.

　다만 그 율리우스의 마음 씀씀이 덕분에 스바루도 주위를 볼 여유가 생겨났다.

　——현재, 도시를 걷는 스바루를 포함한 여섯 명이 도시청사 탈환을 위한 멤버다.

　앞장서서 집단을 이끄는 것은 코가 밝은 가필과 리카드 둘. 그 뒤에 크루쉬와 빌헬름이 따르고, 최후미를 스바루와 율리우스가 쫓고 있다.

　마녀교의 습격을 경계한 대열이지만 다행히 현재 습격은커녕 적의 기척도 없다. 대신에 부각되는 것이 탈환 팀의 근저에 뿌리박힌 각각의 초조함이다.

　스바루 역시 오른쪽 다리의 부상에 베아트리스의 이탈, 무엇보다 에밀리아의 안부를 알 수 없는 것에 대한 초조함은 강하다. 거기에 『폭식』의 존재까지 어른거려 마음은 펑크 직전이다.

　그와 비슷하게 다른 이들에게도 각자가 마음에 떠안은 문제가 있다.

　가필과 리카드는 미미의 안부를 걱정하고, 빌헬름은 죽은 아내가 남긴 상처가 벌어졌으며, 크루쉬에게도 은원이 얽힌 『폭식』이 도시에 있을 가능성이 떠올랐다.

　출발 전, 잠자고 있는 베아트리스에게 좋은 소식을 가지고 돌아가겠다고 맹세했지만 불안은 끝이 없다.

"그 점에선, 조금이나마 마음에 여유가 있는 건 너 정도겠군."

"나도 미미 남매의 안부를 생각하면 평정을 지키고 있진 않아. 그러려고 노력은 하지만."

"그래 주는 것만으로도 고맙지. ……이봐, 이길 거라 봐?"

스바루는 슬며시 눈을 피하고 옆의 율리우스에게만 들릴 목소리로 물었다. 그 물음에 율리우스가 희미하게 숨을 죽이는 기척이 났다.

"……너답지 않은 물음이군. 내게 묻는 구석이 특히나."

"나도 바보 같은 걸 물었다고 생각했어. ……우리 최강이 있어 주면 이런 걸로 고민 안 해도 됐겠지만."

"──무고한 백성이 상처받을지 모르는 상황에서, 라인하르트가 움직이지 않는 건 있을 수 없는 일이야. 그가 모습을 드러내지 않는 이상, 그에 걸맞은 문제가 그에게 닥쳤다고 생각해야 해. 그야말로, 어디선가 마녀교도와 부딪쳤을 가능성도 포함해서."

고유명사를 언급하지 않은 스바루에게 율리우스가 생각나는 가능성을 말했다.

실제로 라인하르트도 한 번은 마녀교와의 전투에 가담해 준 루프가 있었다. 하지만 본격적인 마녀교의 공격 이래, 그는 그 모습을 공식 무대에 보이질 않았다.

자연히 펠트와 함께 그가 만나러 간 상대에 관한 정보가 불안 요소가 된다.

"에잇, 나란 놈은 언제까지 암중모색이나 할 거냐. 없는 놈은 없고, 떠오른 불안은 안 사라지고, 이길까가 아니라 이기러 가는 거지. 마음 단단히 먹어……!"

불안해질 요소만 늘어놓으면 어떤 전사라도 먹구름이 끼는 법.

스바루는 자기 뺨을 두 손으로 때려 커지려는 약한 마음을 내쫓은 뒤 세고 날카롭게 숨을 내뱉었다.

그 모습을 곁눈질하는 율리우스는 침묵한 채 눈만 가늘어졌다. 그것이 묘한 반응 같아서 스바루가 언급하려고 한 순간──

"──피 냄새데이. 그것도 우악시런 양이구마."

선두를 걷던 리카드가 코를 킁킁대고, 말 없는 가필이 수긍했다.

후각의 쌍두마차가 보낸 보고와, 길 건너편에 보이는 높은 건물── 도시청사를 지척에 두었다고 안 순간에, 스바루 일행은 일단 발길을 멈추고 마지막 준비에 착수했다.

"──────."

두 팔에 방패를 장비한 가필과 큰 손도끼를 고쳐 멘 리카드. 그리고 조용히 잔잔한 바다 같은 눈빛을 드리운 빌헬름, 이 셋의 긴장감은 두드러졌다.

이 앞의 광장에 있을 상대야말로 가필과 리카드의 원수이자, 빌헬름에게는── 도대체 무엇이 될지, 그것을 알아야만 한다.

"내 봉오리들에게 주위를 둘러보게 했지만 복병의 기척은 없는 모양이야. 키리타카 씨에 따르면 도시청사로 가는 입구는 정면뿐. ──당당히 도전하는 것 말고 방법이 없군."

계약한 여섯 개체의 준정령, 그중의 몇 개체에게 주위를 확인시킨 율리우스가 희미한 빛을 두르면서 그렇게 보고했다. 복병은 없다. 그 보고는 순순히 달갑다.

"그대로 정령에게 건물 안까지 보고 오게 할 수 없어? 적이 얼마나 있고, 어떤 포진인지 알면 꽤 편해지는데."

"안타깝지만 그만한 무리는 강요할 수 없어. 상대가 『나태』의 패전에서 배운 바가 있다면 정령에 대한 대책을 세우지 않았다고 단정할 수도 없겠지."

"당하는 바람에 네 전력이 다운해서야 본전도 못 찾겠네."

준정령의 수는 다채로운 공격 수단을 가진 율리우스의 힘과 직결된다. 또한 준정령을 깊게 정찰 보냈다가 이쪽 습격을 적이 감지하게 할 위험도 피하고 싶다.

무엇보다 시간을 들이면 들일수록 도시청사에 잡힌 인질의 명운이 위험해진다.

"계획대로 가자. 적의 배치에 따르겠지만 기본은 여럿이서 한 명을 해치우기. 숫자로 밀어붙여서 각개격파하고, 도시청사를 탈환하지. 단——."

"불리하다 싶으면 즉시 철수를 결단할 것…… 말이군요."

자연스럽게 집단을 지휘하는 말을 꺼낸 스바루에게 크루쉬가 진지한 눈길을 보냈다. 그녀의 확인에 스바루는 "그래." 하고 대꾸한 뒤 전원의 얼굴을 내다보았다.

긴장과 경계. 그리고 그 이상의 전의를 드리운 동료들에게 끄덕였다.

"——가자!"

그 신호를 계기로 스바루 일행은 일제히 도시청사를 향해 달리기 시작했다.

골목 모퉁이를 꺾어 정면, 도시청사 앞의 광장으로. 다리가 빠른 가필이 선두를 달리고 보이기 시작하는 광장에 녹색 눈이 가늘어지며 포효한다.

"광장엔 경비병 시체투성이야! 쫄아서 발 멈추지 마……."

광장에 돌입한 순간, 리카드가 말한 혈향이 스바루의 콧구멍에도 훅 들어왔다. 그리고 시야에 날아드는 것은 가필의 말대로 시체 더미──가 아니다.

"──어?"

발을 멈추지 말라고 가필이 부르짖은 직후다. 그런데도 그 광경을 눈에 담은 순간, 스바루의 발은 기세가 꺾여 질주의 속도가 현격히 떨어졌다.

하지만 그것은 스바루만이 아니었다. 다른 다섯 명도 마찬가지였다. 그만큼 광장에 전개되어 있던 광경은 상상의 범주 밖에 있는 것이었다.

"───────."

가필의 말에 따르면 광장에는 도시청사의 탈환에 임한 경비병의 유해가 다수 나뒹굴고 있다고 했다. 실제로 그 참상을 떠올릴 만한 조건은 갖춰져 있었다.

농밀한 피 냄새와 피바다라고 표현할 수 있을 만큼 벌겋게 물든 포석──. 그러나 그곳에 경비병의 유해는 한 구도 없다. 대신에 기이한 물체가 있다.

분홍색, 고깃덩이. ──표현하자면 그게 가장 적절한 느낌이 들었다.

분홍빛 표면이 번들번들 빛나고 어린애가 만든 진흙뭉치처럼 삐툴빼툴 불균형한 형상. 크기는 스바루의 팔이 미처 두르지 못할 정도로, 그것이 여럿, 족히 스물은 될 만한 수가 있다. 군데군데 늘어선 정체 모를 고깃덩이. 그것의 환영에 전원의 보조가 흐트러지고——.

"——놈들이다!!"

그 직후, 선두를 달리던 가필이 머리 위를 올려다보며 부르짖었다.

고깃덩이에 대한 충격이 미처 식지 않은 채, 억지로 고개를 위로 꺾었다. 도시청사 위층, 곧게 떨어져 오는 두 그림자와, 거머쥔 검이 번뜩이는 것이 눈에 날아들었다.

"윽! 갑니다!!"

그 날아 내려오는 적의 그림자를 노려 용감하게 내디딘 크루쉬가 선제의 검을 휘둘렀다.

——보이지 않는 바람의 칼날, 백인일태도(百人一太刀)가 날아갔다.

대각선으로 허공을 가르는 것은 『풍견의 가호』를 응용한 크루쉬 필살의 검격이다. 참격을 바람에 실어 검의 사정거리를 몇십 미터까지 확대하는 초원거리 공격—— 백경에게도 치명상을 입힌 참격이 뻗치며 허공에 있던 두 그림자를 직격했다.

"해치웠나?!"

"아뇨! 막혔어요! 맞지 않았어요!"

솟구친 스바루의 목소리에 쓴 표정을 지은 크루쉬가 고개를 가로저었다.

거한과 마른 여자, 두 그림자는 각자의 무기로 바람 칼날을 막고 착지했다. 거한의 발밑에서 포석이 터지고 여자는 피 웅덩이에 파문조차 일게 하지 않으며 고요히 내려섰다.

양극단의 등장. 두 자루의 대도와 이름 없는 장검. 머리부터 흑의를 쑥 뒤집어쓴 그 모습. 실로 마녀교도의 광신이 만들어낸 최악의 패션 센스다.

그 모습을 본 직후, 두 적이 가볍게 앞으로 기울어지며 요격하러 치고 나선다.

그러나 그 두 종류의 흉기가 닿기 전에——.

"크루쉬 님의 검은 막아도 무지개의 굴레로부터는 벗어나지 못하리라!"

삼색의 다른 빛이 마녀교도의 머리 위를 선회, 원통 모양의 극광이 쏟아지며 적을 봉했다.

율리우스가 거느린 여섯 준정령은 셋이 한 조를 꾸려 두 교도의 발을 묶었다. 빛의 원통에는 구속력이 있는지 어마어마한 압력에 마녀교도가 무릎 꿇었다.

그 순간 가필과 빌헬름, 리카드의 거친 맹격이 엄습했다.

"핫——!"

타격과 참격, 둘 다 일격에 치명상이 될 만한 공격이 터진다.

리카드의 손도끼가 거한의 머리를 노리고, 가필과 빌헬름의 주먹과 검이 여자에게로, 각각 필살의 간격으로 짓치고——.

"————."

무릎 꿇은 여자가 손에서 장검을 휘돌려 가필과 빌헬름의 다리를 쓸었다. 찰나의 순간 두 사람은 도약하며 검을 피했지만, 여자는 검과 같은 궤도로 몸을 돌리더니 벌어진 긴 다리로 가필의 목을 휘감고 마법의 효과 범위로 끌어들였다.

　"뭐, 어?!"

　무지개색의 압박감에 움직임이 흐트러져 몸을 굽힌 가필의 콧잔등을 여자의 무릎이 깨부수었다. 그대로 몸을 뒤로 꺾는 가필의 팔을 잡고 그 방패로 빌헬름의 검격을 쉽사리 튕겨냈다.

　그 가공할 기술에 가필이 비명을, 빌헬름이 신음을 흘렸다.

　멈칫한 대가는 노검사의 복근을 꿰뚫는 돌려차기였다. 충격이 빌헬름의 몸을 ㄱ자로 꺾고, 기우는 몸을 재차 반회전한 여자의 뒤돌려차기가 지면에 내리찍혔다.

　"＿＿＿＿＿＿."

　한편으로, 리카드와 거한 사이에선 거센 작렬음이 폭발했다.

　거한의 굽힌 머리에다 내려친 손도끼를, 거한은 머리 위에서 교차한 두 자루의 대도로 막았다. 강철과 강철이 부대끼는 소리가 울려 퍼지고 거기에 리카드가 빈주먹을 연방 찍었다.

　타격의 충격에 손도끼가 눌리고 거한의 머리에 둔탁한 날이 다가든다. 하지만 거한은 흑의 속에서 새로운 두 팔을 개방함으로써 그 압력에 대처했다.

　막는 것은 네 개의 팔이 되고, 그 이형의 출현에 리카드는 흉악하게 뺨을 일그러뜨렸다.

　"다완족(多腕族)이란 말은 들었다 안카나! 팔 네 개가 머 우쨌

단 기고!"

막아내든 말든 상관하지 않고 손도끼를 처박고자 리카드가 기세를 올렸다. 상대에게 네 개의 팔이 있더라도 두 팔로 그 이상의 힘을 보이면 그만이다.

하지만 리카드의 그 의도를 배신하며 거한은 더욱 비밀병기를 선보였다. 그 흑의에서 두 개의 팔과 두 자루의 대도가 더 나타난 것이다.

"뭐, 꼬, 그건!!"

두 자루의 대도와 네 개의 팔이 방어로 돌고, 다른 두 자루의 대도와 두 개의 팔이 공격을 개시했다. 상황이 돌변해 쌍방의 공방이 바뀌고 형세가 불리해진 리카드가 한 발짝 물러섰다.

"──꺼, 윽!"

그 턱을, 거한의 등에서 튀어나온 일곱 개째와 여덟 개째의 팔이 때린다, 때린다, 때린다. 리카드의 거구가 충격에 피를 흘리며 크게 뒤로 거꾸러졌다.

"──────."

선제했을 터인 근접 팀 셋이 일제히 요격당하고 여자와 거한이 가차 없이 추가타를 가하러 몰아친다.

"그렇게 둘까 봐!"

거기서 간신히 따라잡은 것이 행동이 더딘 스바루의 채찍 공격이다.

넓은 간격에서 지른 채찍이 소리를 가르며 포석을 날카롭게 쳤다. 음속에 육박하는 채찍이 공기의 파열음을 울리고 두 교도의 발길이 찰나의 망설임을 얻었다.

"합성 마법, 울 고라!!"

그 직후, 준정령을 되돌린 율리우스의 영창이 때를 맞추어 진홍의 회오리가 발생했다. 회오리치는 바람이 화염을 삼키고 발생한 불꽃의 회오리가 마녀교도를 크게 뒤로 뛰게 했다.

그 방대한 불꽃의 열파에 스바루는 무심코 눈을 부릅떴다.

"그거 뭐야?! 너, 그런 로망 마법 쓸 수 있었냐?!"

"아니, 엄호에 불과해. 공격으로선 숙련도 부족이야. 실제로……."

스바루의 놀람에 씁쓸하게 대답하는 율리우스. 그 시선 앞에 그의 말이 증명됐다.

불꽃의 회오리를 노려 뒤로 물러선 여자가 장검을 한 차례 번뜩였다. ——그것만으로도 바람의 중핵이 절단되어 술법의 구성이 망가진 회오리가 와해, 소멸한다.

무시무시한 검 솜씨를 발휘한 여자 옆에는 네 자루의 대도를 여덟 개의 팔로 거머쥔 거한이 당당히 버티고 서고 있다. 이야기로 들은 것 이상으로 상식을 벗어난 모습에 스바루의 등골에 한기가 뻗쳤다.

"일제히 공세를 펼쳤는데 전과 제로라니, 충격 어마어마하군."

힐끔 곁눈질하니 율리우스의 원호로 이탈한 가필과 다른 사람들이 각각 피를 닦고 호흡을 고르려 하고 있다.

근접 팀이 압도당한 사실, 그 절망감은 결코 쉽게 씻을 수 없다.

그러나 완전히 방도가 없느냐고 하면 그건 헛짚은 것이다.

"근접전이 장난 아닌 건 알았지만, 원거리 공격이라면 파고들 여지가 있어."

율리우스의 마법도, 크루쉬의 바람 칼날도, 스바루의 채찍마저 도 효과가 있었다.

마지막 하나는 맞아도 별다른 피해가 아니라고 손절했을 가능 성도 있지만, 전자 둘은 틀림없이 그것만으로도 승패를 판가름 할 가능성이 있는 공격이다.

"———."

주위 곳곳에 놓인 고깃덩이는 끔찍스러운 존재감을 풍기지만 기이한 장식물로 취급하며 의식에서 떼어놓았다. 우선해야 할 것은 눈앞에 있는 두 적의 격파——.

"다들, 재공격이다. 율리우스와 크루쉬 씨를 주력으로……."

"——꺄하하핫! 왔다, 왔어. 진짜로 납시셨잖아요!"

"억——?!"

갑자기 그 자리에 끼어든 것은 전장에 어울리지 않는, 새된 웃 음소리였다.

타인의 신경을 격하게 긁는 그 목소리에 거한과 여검사가 그 자 리에 무릎 꿇었다. 동시에 견디기 어려운 한기에 숨을 죽인 스바 루 일행을 웃음소리는 여전히 비웃고 있다.

"잠깐 으름장만 놨는데 이렇게 월척이 낚이다니, 어째서 니들 썩은 고기들은 그렇게나 어리석고 추하고 비열하게 산대요? 나 라면 못 견디지—! 꺄하하핫."

"——그럴 수가."

목소리의 출처를 찾아 시선을 헤매던 스바루 옆에서 별안간 크루쉬가 숨을 훅 내뱉었다.

호박색 눈을 부릅뜬 크루쉬, 그녀의 시선은 도시청사의 옥상을 보고 있다. 그 시선 끝에 목소리의 주인인 『색욕』이 있으리라. 스바루도 같은 방향에 눈길을 주었다.

그리고 크루쉬의 아연한 중얼거림, 그 갈라진 목소리의 진의를 통감했다.

"꺄하하하핫! 뭐래요, 그 낯짝! 그 얼빠진 낯짝! 나 때문에 연습해 왔어? 그렇다면 상 주고 싶네! 내 침이면 돼? 침이면 좋아 죽지? 니들 썩은 고기들은 그게 진짜 군침 도는 보배 아니냐고!"

목소리의 주인은 큰 웃음을 퍼뜨리면서 도시청사 옥상── 아니, 그 위에서 눈 아래의 스바루 일행을 깔아보며 조소하고 있다.

──그 등에, 크고 흉흉한 검은 날개를 홰치면서.

"그럼, 다시 이름 대겠습니다─! 내가 마녀교 대죄주교, 『색욕』 담당!"

흉악한 희열로 붉은 눈을 빛내며 조소의 주인──『색욕』이 비웃는다.

『색욕』의 대죄주교를 칭하는, 한 마리의 흑룡이 지상을 내려다보고 비웃는다.

"카펠라 에메라다 루그니카 님이십니다─! 죽어! 빌어먹을 썩은 고기들아!"

# 4

──도시청사 상공을 선회하던 흑룡이 눈 아래의 스바루 일행에게로 조소를 던진다.

날카롭고 사나운 이빨, 웅대하게 바람을 거머쥐고 하늘을 나는 검은 날개, 바위 같은 비늘에 둘러싸인 가죽과 늠름한 얼굴 생김새── 그것은 그야말로 스바루가 상상하는 『드래곤』 그 자체였다.

개개의 특징은 파트라슈 같은 지룡에 가깝지만 그 체구의 크기와 위압감은 비교도 되지 않는다. 지룡의 체격이 말 수준이라면, 머리 위 흑룡의 덩치는 코끼리에 필적한다.

그것이 날개를 펼치고 유유히 비행하는 모습은 악몽이라는 말 외에 달리 표현할 수 없다.

"뜨거운 시선을 받고서 흥분하는 게 아니죠. 니들 만년 발정기세요? 날 시선 강간하며 즐기고 계신가요? 어떡해 어떡해 어떡해, 나 너무 욕본다!"

"……오싹할 만큼, 표정 풍부한 드래곤이군."

공중에서 몸부림치며 파충류의 얼굴을 야비한 모양으로 일그러뜨리는 흑룡── 카펠라의 태도에 스바루는 혐오를 숨기지 못했다. 말을 할 수 있는 용이란, 이토록 일그러진 인상을 주는 법인가.

카펠라의 나쁜 의미로 인간적인 구석에는 끔찍함밖에 느낄 수 없었다.

"가능하다면 『색욕』과는 다음에 대치하고 싶은 바였다만."

기사검의 감촉을 확인하고 머리 위의 익룡을 우러르는 율리우스가 차분한 목소리로 중얼거렸다. 그 말에 속으로 동의하면서 스바루는 하늘의 익룡과 지상의 검사, 삼자에 대한 경계로 몸을 굳혔다.

익룡을 주인으로 우러르듯 두 검사는 무릎 꿇고, 방심 없이 스바루 일행을 바라보고 있다. 가뜩이나 난적, 여기에 흑룡이 끼어드는 건 압도적인 불리를 부를 것이다.

그러나――.

"――용(龍)과의 싸움에서 중요한 것은 한시라도 빨리 날개를 꺾어 땅에 떨어뜨리는 것입니다. 마냥 하늘을 날도록 허용하면 일방적으로 숨결을 뒤집어쓰지요. 그건 피해야만 합니다."

익룡의 출현에 긴장한 빛이 떠오르는 일행, 그 중심에서 빌헬름이 당당하게 내뱉었다. 그 확신에 찬 말에 스바루는 힐끔 『검귀』를 돌아보고 말했다.

"왠지, 드래곤 전투 경험자 같은 말투시네요."

"40년 가까이 전에 한 번, 왕국의 남방에 출현한 흑룡 발그렌과 검을 주고받은 적이. 그것과 비교하면 이 용은 지나치게 작은 축이군요. 모가지를 떨어뜨리면 한 번에 죽겠지요."

"발그렌은 한 번으론 안 죽은 거예요?"

"떨어뜨릴 목이 세 개 있었던지라."

떨어뜨릴 목이 하나라면 쉽다니, 이 얼마나 굳센 말인가.

장렬한 사투를 상상케 하는 경험담에 스바루는 믿음직함을 느끼고 채찍을 고쳐 쥐었다. 나중에 자세히 무용담을 듣자고 결심하자, 다른 이들도 전의를 되찾고 자세를 잡았다.

마음이 꺾이지 않은 스바루 일행의 모습에 카펠라는 "으잉?" 하고 짐작이 빗나갔다는 티를 냈다.

"얼라라, 포기가 느린 놈들이잖아요. 보통 이만큼 농락당한 끝에 원군 등장, 심지어 대죄주교! 씩이나 되면 꼬리 말고 도망치고 싶어지는 게 찌질한 니네들 습성 아니었어요? 나, 왠지 다른 벌레랑 착각당하기라도 했대요?"

"──주절주절 시끄러! 니가 도마뱀이건 대죄주교건 간에 알 바냐! 방해하는 놈은 모조리 처잡고 처날리고 처쓰러뜨린다!"

묘하게 긴 혀를 낼름대며 악랄한 말을 주워섬긴 카펠라에게 가필이 주먹을 겨누었다. 그 강력한 전의를 받아 카펠라는 "어라, 어라라?" 하고 비웃었다.

"꺄핫, 패배한 개새끼가 짖는 소리가 시끄러운뎁쇼? 이크, 니는 개가 아니라 괭이였던가? 야옹야옹야옹야옹, 짝지은 괭이가 죽었다고 얼굴 시뻘게져서 지랄하지 마시지! 깡패괭이가!"

"큭──!"

들어줄 수 없는 욕설이 가필의 마음속 가장 약한 곳을 헤집었다. 그 애처로운 옆얼굴에 스바루는 한 걸음, 가필 앞에 나섰다.

"대장……."

귀여운 동생뻘의 부름에 스바루는 아무 말도 하지 않고 머리 위의 카펠라를 노려보았다. 그 시선을 받고 흑룡은 명백한 불쾌감에 붉은 두 눈을 가늘게 떴다.

"허어? 니는 또 뭔데? 다른 썩은 고기 중에서도 니는 일등 꼽사리의 냄새가 나거든요? 이런 데 끼어 있다니 미아쩨용—?"

"닥치시지. 네가 나불댈 때마다 내 안의 드래곤 상이 더럽혀진다. 그리고 공주님의 이름을 가장하는 것도 관두시지. 본인이 불쌍하니까."

"가자앙? 요것이 진짜, 대체 무슨……."

"애초에 너네 방식이 엉성하다고! 간부는 더 뜸 들이다가 한 명씩 내보내! 그걸 대뜸 우르르 쏟아내긴, 양식미란 걸 알아먹질 못하는군! 그런 식으로 남의 일상 짓밟기는, 뭐라도 되는 줄 알아? 신이라도 된 줄 아는 거냐, 아앙?!"

"————."

화살 같은 기세로 쏴댄 스바루의 폭언에 카펠라가 눈이 동그래져 어안이 벙벙해졌다.

흑룡이 멍 때리는 모습은 제법 볼만했지만, 스바루의 노림수는 그쪽이 아니다. 물론 지금 떠든 소리에 적잖게 본심이 포함된 것은 부정하지 않지만, 진짜 목적은——

"시간 벌기 종료! 해치워, 율리우스!"

"네 무모함은 때때로 진심으로 감탄스럽더군."

손뼉을 친 스바루 뒤에서 기사검의 끝부분에 빛을 모은 율리우스가 응수했다. 『가장 뛰어난 기사』가 마치 지휘자처럼 육색의 준정령이 깃든 검을 휘두른다.

"이 몸께 잔꾀를……!"

"무지개의 빛에 불탈지어다! ——알 크라우젤리아!"

내지른 기사검, 그 칼끝에 무지개의 빛이 생기고 휘몰아치는 극광이 발사됐다. 여섯 준정령의 힘을 집결한 무지개의 일격이 바로 위의 흑룡을 노리며 일직선으로 조사됐다.

　――순간, 무지개색의 빛이 작렬하고 도시청사의 옥상이 폭발적인 빛에 휩싸였다.

　하늘을 환상적인 빛이 물들이지만 아름다운 극광은 사악을 멸하는 파사의 술식이다. 이전, 페텔기우스와의 싸움에서도 맹위를 발휘한 마법, 그것이 카펠라에게 적의를 드러냈다.

　"끼아아아악――!"

　무지개색 빛의 직격을 받고 카펠라의 찢어지는 절규가 울려 퍼졌다.

　"――――."

　그 비명을 개전 신호 삼아 무릎 꿇고 있던 두 검사가 다시 땅을 박차고 날아들었다. 뒤집히는 장검과 대도의 맹공. 백발의 『검귀』와 금발의 맹호가 이를 맞받아쳤다.

　"얌전히 놔둘까 봐!!"

　꺾이려던 전의를 태우며 가필이 거한의 대도를 두 방패로 막았다. 거센 충격이 가필의 발꿈치를 땅에 박았지만, 그는 한 발짝도 물러서지 않았다.

　그 옆에선 여검사와 코등이싸움을 하며 상대를 밀어붙인 빌헬름의 검격이 번뜩이고 있었다.

　"쉽게 물리칠 수 있다고 보지 마라! 확인해 보겠다!"

　뒤로 물러나는 여자에게로 『검귀』의 참격은 가차 없이 꽂혔다.

하지만 여자는 장검을 교묘하게 다루어 검격을 모조리 받아 흘리고 세련된 발놀림으로 맹추격을 회피했다.

그 재주를 부린 것은 검을 휘두르기 위해서 빚어진 것만 같은 여자의 육체였다.

옛날, 백경과의 싸움에서 보인 것에 뒤지지 않는 검세를 발휘하는 빌헬름에게 여자는 탁월한 기량과 재치, 초인적인 몸의 균형을 구사해서 응전했다.

번뜩이는 칼날이 바람을 베고 허공을 달리며 땅을 가르고 서로의 공격을 받고 흘리며 피한다.

두 검사의 공방은 번뜩 날이 서서 소리마저 끼어들 수 없는 검의 성역 그 자체가 되어 이어졌다.

"으라아아아아——!!"

한편으로, 그 옆의 전장에서는 반수와 거한의 전사가 정면으로 거칠게 격돌했다.

함성을 터트리며 가필과 거한이 서로를 혼신의 힘으로 후려쳤다. 그것은 검사의 화려한 싸움과는 비교가 되지 않는 야만스러운 폭력의 충돌이었다.

대도를 다루는 거한의 전투법은 자신을 검사라고 정의하고 있지 않다. 어디까지나 세련된 폭력을 후려갈기는 상대를 가필도 자기류의 싸움질 요령으로 받아치는 형국이다.

뼈가 삐걱거리고 살점이 터지며 영혼이 금이 가는 호쾌한 난타전. 울려 퍼지는 방패와 대도의 격돌은 타악기의 연주 같고 튀어 날리는 불똥도 어우러져 눈에도 귀에도 시끄러운 전투다.

──고요한 빌헬름의 결투와 우렁차게 격돌하는 가필의 전장.

그곳에 끼어들 실력이 없어 스바루는 세 곳의 싸움에 방치됐다. 하지만 역부족을 한탄할 겨를은 없다. 형세는 그보다 빨리 새로운 움직임을 보이고 있었다.

그것은──.

"스바루 님, 위험합니다!" "물러나 있그라!"

두 목소리 직후, 스바루는 옆에서 날아든 크루쉬에게 떠밀려 그녀의 부드러운 몸 아래에 깔리면서 앞으로 내디딘 리카드의 행동을 보았다.

리카드는 큰 입을 벌리고 날카로운 이가 돋은 구강 속에서 포효를 폭발시키더니──

"와, 학──!!"

짖는 소리가 대기를 명동시키고 생겨난 소리의 물결이 파괴의 힘을 띠고 세계에 간섭했다.

포효파── 예전 백경 및 페텔기우스와의 전투에서 미미 삼남매가 보여 준 것과 같은 계열의 공격이다. 단, 미미 삼남매가 협력해서 쏜 한 방을, 무시무시하게도 리카드는 단독으로 쏠 수 있는 모양이다.

"─────."

리카드의 포효파가 노린 곳은 극광을 물어뜯으며 지상으로 쏟아지는 검은 불꽃이다.

어둠보다 짙은 흑염이 허공에서 포효파와 정면충돌했다. 순간, 불꽃은 일절 저항 없이 충격에 박살 나고 흩어지며 광장 이곳저

곳으로 튀어 나갔다.

하지만 그 검은 불꽃의 본분은 오히려 그렇게 된 다음에 있다.

"뭐야, 저 검은 불…… 안 꺼지는 거야?"

튀어 나간 흑염은 포석에서, 수로에서, 혹은 고깃덩이 위에서 끊임없이 타고 있다. 이글거리는 불꽃은 연소 범위를 조금씩 넓히며 마치 살아 있는 것처럼 세계를 침략한다.

물에 떨어뜨린 기름을 불씨로 삼듯, 흑염은 그 장소에 존재를 마냥 주장하고 있다.

"＿＿＿＿＿＿."

그 쏟아진 흑염은 스바루 일행에게 닿지 않은 대신에 극광을 지워 없앴다. 마법의 구성이 흐트러져 경계하는 율리우스의 시선 앞에 흑염을 뱉은 흑룡이 있었다.

그의 시선을 따라 스바루도 그 흑룡의 모습을 시야에 넣고──

"──힉."

"못 살아 못 살아, 남을 닭살 돋는 각도에서 바라보고 흥분하는 게 아니죠. 하지 마. 보지 마. 시선 강간하지 마! 꺄하하핫! 무용수에게 접촉 금지라고 했더니, 마법으로 태울 뿐이니까 안 만졌어요─라는 거래요? 꺄하하하!"

천박한 말을 주워섬기고 도시청사 옥상에 내려선 카펠라는 건재한 기색이다. 하지만 그것은 상처 하나 없다는 뜻이 아니다.

──오히려 율리우스의 마법의 효과는 직통이었다.

날개를 쉬는 흑룡, 그 두 날개는 극광에 타고 문드러져 녹은 피막에서 뼈가 엿보였다. 피해는 그에 그치지 않고 타서 떨어진 복부

안에는 내장이 작열에 익고 용의 머리도 오른쪽 절반이 날아갔으며 깔깔 웃어대는 혀가 끊어지고 안구가 축 늘어져 있었다.

반사반생 수준이 아니다. 그건 이미 죽음에 이를 참상이다.

그러나 스바루가 숨을 집어삼키고 율리우스와 리카드가 눈썹을 모으고 크루쉬에게 무심코 여성스럽게 비명을 지르게 한 것은 그 처참한 양상이 아니다.

──그 끔찍한 상처가, 소름 끼칠 정도 속도로 재생되는 모습이다.

핏줄이 꿈틀대고 살이 용솟음치며 뼈가 삐걱거리는 소리를 내고 끊어진 섬유가 봉합되면서, 파괴된 카펠라의 육체가 상궤를 벗어난 속도로 재생된다.

그 재생 속도에 세포가 끓어오르고 흐르는 피가 증발해서 붉은 증기가 피어오른다.

"이걸로, 아름다운 내 내장까지 보고서 니들은 만족하셨어요? 니들은 육욕을 느낀 나머지, 좋아하는 썩은 고기의 똥구녕까지 보고 싶어 하는 변태들뿐이죠? 응, 응, 만족? 응, 만족해서 물을 싸 버렸쪄요오?"

"너의, 그건…… 뭐지?"

"보면 아는 걸 묻는 건 바보 티 대놓고 내는 거 아닌가요? 하지만 나는 자비로우니 대답해 줄래. 보는 바대로 죽음을 극복한 완전! 존재! 아니겠냐!"

아물어 가는 날개로 자신을 껴안고 카펠라가 큰소리치는 말에 스바루는 충격을 받았다.

완전 존재── 다시 말해 카펠라는 자기 자신을 불사신이라고 한 것이다. 그리고 머리 절반이 날아갔음에도 여전히 생명을 포기하지 않는 회복 속도는 그것을 뒷받침하는 증거이기도 하다.

신체의 예비품, 죽음의 길동무, 무적 존재, 그리고 불사의 괴물──.

"크── 대죄주교!"

"아, 왠지 지금, 다른 쓰레기들이랑 싸잡힌 느낌. 관둬 주실랑까요? 왜냐면, 왜냐면, 내 품성이 의심받으니까 말이죠!"

스바루가 밉살스럽게 혀 차는 소리에 카펠라가 불쾌하다는 태도로 반박했다. 그사이, 몸을 거의 재생을 마친 흑룡은 천천히 무거운 허리를 내리고──.

"어차차."

다음 순간, 멀리, 시각탑의 종이 치는 소리가 도시 하늘에 울려 퍼졌다.

그 소리를 들은 카펠라의 움직임이 우뚝 멈추고 흑룡은 긴 목을 기울이더니 저녁이 다 되어 가는 하늘을 보면서 "아아──." 하고 나른하게 으르렁댔다.

"약속 시간 됐잖아요. 니들의 못생긴 얼굴도 나쁘지 않지만, 나한테는 더 큰 무대가 기다리니 안으로 돌아가겠습니다──."

"뭐, 어?! 기, 기다려!"

"안 기다릴 건데? 자자, 하늘에 울려라, 내 미성아! 이 벌레통 안에 든 놈들이 어떤 식으로 괴로워할지 방송을 기대하시라! 니들은 열심히 내 종과 물리도록 놀다가 적당히 죽어 나자빠져 주시죠—! 꺄하하하핫."

카랑카랑 웃은 카펠라는 일방적으로 약속의 이행을 선언, 그 자리에서 몸을 돌렸다. 그대로 흑룡의 거체는 옥상 안으로 사라지고 『색욕』은 진심으로 전장에서 물러날 작정이다.

당연히 모종의 책략으로 스바루 일행의 방심을 꾀는 거라고 생각해야겠지만——

"방치하면 끝내 인질에게 무슨 짓을 할지 몰라. 망설일 여유는 없군."

"그걸 생중계라도 했다간 사기가 꺾여서 패닉이 전염되고. 제길, 안에 들어갈 수밖에 없단 거냐. 이 상황에! 저 녀석을 쫓아서!"

명백한 악수지만 달리 수단이 없다. 애초에 인질 구출과 방송 저지를 최우선으로 해서 도시청사에 도전한 판국이다. 상대의 손바닥에서 놀아나는 건 각오할 수밖에 없다.

"그라믄 결정 났구마. 바깥 놈들은 내랑 저 둘에게 맡겨 주그레이. 율리우스캉 형씨, 그리고 크루쉬 아가씨가 돌입 팀이다."

리카드가 그렇게 말하고 검토하는 스바루 일행에게 방침을 제시했다. 그 망설임 없는 판단에 뭔가 근거가 있느냐고 스바루가 눈으로 물으니.

"그딴 기 어데 있나. 감이다, 감! ……역전의, 내 찍기 감이다!"

"감이냐! 하지만 그게 가장 믿음직스럽군……!"

리카드의 판단에 동의하고 스바루는 그 자리에 벌떡 일어났다. 그리고 흑룡의 불꽃에서 구해 준 크루쉬에게 손을 빌려주어 일으켜 세웠다.

"아까는 고마웠어, 크루쉬 씨. 보통은 입장이 반대지만."

"페리스와 에밀리아 님에겐 비밀로 해둘게요."

생각지 못한 대꾸에 눈이 동그래지고, 그것이 크루쉬 딴의 긴장을 푸는 너스레라고 이해. 그다음 스바루는 어금니를 깨물고 난타전을 벌이는 가필에게로 목소리를 던졌다.

"가필! 우리는 『색욕』을 막으러 간다! 그게 끝나면 에밀리아를 구하러 가야 해! 지지 마라!"

"큭──! 해치우고 와, 대장! 이 어르신은 여기서 한 문턱 넘어 주겠어!"

사납게 미쳐 날뛰는 대도의 간격을 헤치며 불똥을 튀기는 가필이 포효로 대답했다.

"빌헬름, 맡기겠습니다!"

"분부대로!"

그 옆에선 크루쉬의 짧은 성원에 『검귀』가 무수한 은빛 섬광을 내지르며 대답했다.

그것을 끝으로, 스바루 일행은 율리우스를 선두로 도시청사로 일제히 달리기 시작했다. 당연히 『색욕』이 방위를 맡긴 두 검사는 그것을 저지하고자 움직였지만──

"직선상에 늘어서면 내 밥 아이가, 크어엉──!!"

도약한 리카드의 포효파가 스바루 일행의 진로를 막으려던 두 검사의 발 디딜 곳을 날려 버렸다. 그 둘, 거한과 여자는 각각의 몸놀림으로 포효파의 피해를 모면한다.

하지만 댄스를 도중에 팽개친 이들의 등을 파트너들이 못 본 척하지 않았다.

"매정한 짓 하지 마라. 나는 여태껏 네게 홀딱 반했건만!"

"싸우는 중에 어딜 엉덩이 내보여! 엉덩이 털 뽑아다 밟는다, 자식아!"

참격과 참격, 권격과 타격이 거세게 맞물리고 광장의 전장은 정취도 없이 한눈파는 짓을 금지했다.

두 교도의 발목이 잡히고, 쫓아가려고 하면 리카드가 그것을 힘으로 막는다. 그 원호를 받아 스바루 일행은 곧게, 최단 경로로 도시청사에 도달했다.

그대로 건물 안으로 우르르 몰려들어——

"스바루! 행보를 단축한다! 크루쉬 님을 맡기마!"

건물에 뛰어들기 직전, 기사검을 내든 율리우스의 머리 위에서 준정령이 눈부시게 빛났다.

무슨 일인가 싶어 눈을 깜빡인 스바루의 눈앞, 폭발적인 바람을 바로 밑에서 받고 망토를 나부끼는 율리우스의 몸이 허공을 날았다.

"너……! 크루쉬 씨, 실례!"

같은 바람을 가랑이에 느끼고 스바루는 옆에서 달리는 크루쉬의 몸을 억지로 안아 들었다. 생각 이상으로 가볍다고 생각한 직후, 스바루의 다리가 땅에서 떨어지고 단숨에 상승했다.

"꺄, 아아아아!!"

둥실, 안긴 기세로 부유감에 휩싸여 크루쉬가 카랑카랑한 비명을 질렀다. 그대로 둘은 쭉쭉 도시청사의 벽을 타고 올라 마침내 옥상마저도 뛰어넘었다.

"크루쉬 씨, 단단히 잡고 있어!"

외치고 스바루가 한쪽 팔로 크루쉬를 받치며 반대쪽 손으로 채찍을 뽑았다. 숨을 죽인 크루쉬가 스바루에게 세게 매달리고, 순간, 내뻗은 채찍이 옥상의 난간에 감겼다.

그것에 기대어 스바루와 크루쉬의 몸이 크게 반원을 그리고 도시청사의 옥상으로. 착지하는 순간, 스바루는 두 다리를 크게 벌리고 바닥에 떨어졌다.

"끄, 으으윽——!"

다리에 강렬한 저림이 퍼지고, 나서는 안 될 소리가 오른쪽 다리에서 들렸다. 무리는 하지 말라던 페리스의 주의를 빨리도 배신하고 스바루는 품속의 크루쉬를 풀어 놓았다.

"……크루쉬 씨, 무사해?"

"저, 저는 괜찮아요. 하지만, 스바루 님의 다리가……."

"걱정 마, 걱정 마. 안 아파. 나중에 페리스에겐 잔소리로 살해당할지도 모르겠지만……."

스바루는 그 미래를 겁내면서 비척비척 옥상을 쳐다보았다.

그곳에 무지개에 태워진 카펠라의 모습은 없고, 있는 것은 흑룡의 이동으로 황폐해진 옥상뿐이었다. 옥상에는 옥내로 통하는 문 하나만 덩그러니 있다.

키리타카의 말에 따르면, 『미티어』가 있는 곳은 건물 최상층이다. 카펠라의 추적과 최단 거리의 이동, 양쪽 모두 달성한 율리우스가 망토를 털고 눈짓했다.

그 미장부에게 중지를 세우고 나서 스바루는 옥내로 통하는 문으로 달려가려다가——

"——아하하. 침착하지 그래, 형들이랑 누나."

홍소에 스바루의 발길이 멎고 갑자기 철문이 건물 안쪽에서 박살 나며 날아갔다. 호쾌하게 쓰러지는 문, 그것을 짓밟으며 치덕치덕 맨발의 발소리를 내는 것은 새로운 등장인물.

"————."

——얼핏 보면 나이 어린 소년 같았다.

작은 몸에 생김새가 어리고, 들린 목소리도 2차 성징을 맞이하기 전 같았기 때문이다. 하지만 소년의 두 눈을 한 번 보니 그런 감상은 큰 착오라고 금세 깨달았다.

번듯한 인간이 이 세상의 악덕을 모조리 졸인 듯한 썩어 빠진 눈을 할 리가 없다.

"기뻐라, 기쁜 걸, 기쁘다고, 기쁘고 말고, 너무 기쁘니까, 기쁘다고 생각하니까, 기쁘다고 느끼기 때문에! 폭음! 폭식! 애타게 기다린 것일수록, 배를 비워 두면 비워 둘수록! 처음 한입이 몸살 나게 맛있어지는 법이지!"

적갈색의 머리카락을 땋아 내리고, 소매와 옷자락이 긴 녹색 장옷으로 작은 몸을 덮고 있다. 어린 생김새의 소년이 상어처럼 사나운 이를 내비치고 가학적으로 웃고 있었다.

——그 음험한 특징이 스바루에게, 이전 들은 적이 있는 존재를 떠올리게 했다.

"얼라? 형, 성질 난 표정인걸. 혹시 우리들 나들에게 뭔가 원한이라도 있는 사람인가 봐? 기억난다면 떠올리고 싶은데, 그 왜, 우리들은 머리가 안 좋고, 나들은 기억력이 없으니까 말이야…….."

자신을 바라보는 스바루의 시선을 받고, 소년이 생쥐를 괴롭히는 고양이처럼 잔혹하게 미소 지었다. 그 태도에 신경이 긁혔지만 스바루는 애써 냉정하게 숨을 내뱉고 말했다.

"이봐, 빌어먹을 꼬맹아. 네가, 그냥 실수로 여기에 잘못 들어온 방향치라면 이 틈에 자백해라. 그것도 꽤 뭐하지만, 그나마 용서할 수 있어. 그런데…….."

"나들은 마녀교, 대죄주교——."

애써, 냉정하게, 마음을, 유지하려고, 스바루는, 노력해서, 해서, 해서, 해서.

"——『폭식』 담당, 로이 알파르드."

애써 냉정해지는 건, 그 이상은 불가능했다.

"『폭식』——!!"

소년이 『폭식』이라고 자칭한 순간, 스바루는 인생에서 가장 빨리 혼신의 채찍을 휘두르고 있었다.

채찍 끝부분이 바람을 가르고 미운 적의 안면을 가차 없이 후려친다. 직격하면 가죽이 벗겨지고 살이 갈라져 두 눈 뜨고 못 볼 처절한 상처 자국을 남기는 일격, 그것을——

"——뭐, 우리들이 원한을 '먹는' 건 흔한 일이지마는."

채찍 끝을 물어 막은 『폭식』이 유들유들하게 내뱉었다.

봐주는 것 없이, 명실상부 인생 최고의 공격인데 치아에 물려 막혔다.

채찍 끝을 깨물고 두 손이 비었다고 어필하듯 흔들고 있는『폭식』──로이 알파르드라고 자칭한 적을 앞두고 스바루의 사고가 끓어올랐다.

알의 충고, 그 말이 옳았다. ──이 도시에 확실히『폭식』이 있었다.

잠자고 있는 렘을, 깨울 수 있는 열쇠가 될 대죄주교가.

"이 자식, 여기서 끝장을 볼 줄──."

"놓치지 않아요! 갑니다!"

외치는 스바루 옆, 크루쉬가『폭식』알파르드를 노리며 백인일 태도를 쏘아냈다.

미쳐 날뛰는 바람의 칼날이 한산한 옥상의 대기를 옆으로 쓸어내고 발생한 폭풍이 공중을 집어삼키고 충격파가 사방으로 흩어졌다. 물론, 참격은 알파르드에게도 가차 없이 날아들어──

"우핫, 굉장한데! 근데 장기 자랑치곤 재미있단 수준인 거지."

"웃──!"

보이지 않는 바람의 참격을 알파르드는 바닥에 사지를 짚은 자세로 낮게 회피. 그대로 짧은 팔다리를 휘고 입술을 핥으며 크루쉬를 바라보았다.

"그 눈이 있어야 가능한 기술이란 느낌이라, 별로 나들의 취향이 아닐까 싶거든!"

말을 맺은 직후, 바닥을 깨는 폭발력을 발휘해 알파르드의 몸이 탄환처럼 날았다.

큰 입을 벌리고 날카로운 개 이빨을 드러내며 육박하는 모습은 굶주린 맹수로 착각하게 한다. 하지만 그 위험도는 짐승과 비교가 되지 않고 도시를 혼돈으로 빠트리는 악몽의 일익이다.

그 알파르드에 대해 크루쉬는 검을 허리 높이에 두고, 눈으로도 못 잡을 찌르기를 지른다. 표적은 상대의 안면, 무자비하게 뇌를 꿰는 일격――.

"요령은 좋아! 근데! 연마가 부족해! 그래선 우리들의 전채 이하다!"

부르짖는 알파르드의 두 팔이 마치 관절이 없는 것처럼 호쾌하게 회전했다. 순간, 거센 마찰음이 푸른 하늘을 쥐어뜯고 크루쉬의 팔이 크게 튕겨났다.

그렇게 만든 것은 알파르드의 두 손 손가락에 장착된 『호조』라고 불리는 암기다. 갈고리와 달리 손가락 움직임이 자유로운 호조가 찌르기를 떨치고, 손톱이 크루쉬의 안면을 노린다.

"어딜, 감히!"

크루쉬의 아름다운 얼굴에 고랑이 패이기 직전, 그녀의 가는 허리에 스바루의 채찍이 휘감겼다. "꺄!" 하고 비명을 지르는 크루쉬를 끌어당기고, 스바루는 그녀째로 손톱의 범위에서 이탈했다.

하지만 사냥감을 옆에서 낚아채인 알파르드는 불만스럽게 도약 한 번으로 진로를 바꾸고――.

"좋은데, 좋아, 좋지, 좋고말고! 도망칠 수 있을 것 같아?! 오히려 그쪽 형째로 폭음! 폭식!"

크루쉬를 안고 뒤로 물러나는 스바루에게 침을 흘리며 알파르드가 따라붙었다. 그 맹공에 스바루는 뺨을 일그러뜨리고.

"웬 도망! 내 역할은……."

"──항상 미끼지. 지금도 그 효능은 충분히 발휘되고 있어!"

"뭣?!"

빈틈투성이 스바루를 표적으로 삼음으로써 도리어 자신의 빈틈을 드러내는 알파르드── 그 허공에 있던 몸에 율리우스의 때가 무르익은 무지개의 검격이 꽂혔다.

알파르드는 창졸간에 몸을 틀어 빛나는 검광을 피하려고 한다. 하지만 『가장 뛰어난 기사』의 검격은 선뜻한 궤적으로 적을 따라붙어 선혈을 뿌리고 『폭식』이 바닥에 나뒹굴었다.

·"우햐! 이건 놀랍군! 어……."

"그럼 더한 놀람을 제공하지. 꽃피어라, 나의 봉오리들아!"

바닥을 치며 벌떡 일어난 알파르드를 율리우스의 추가타가 가차 없이 몰아세웠다. 기사의 머리 위를 선회하는 여섯 색깔의 준정령이 무지개의 광채로 옥상을 아름답게 휩쓸었다.

"무지막지하게 구네, 정령사!"

"정식으로는 정령기사로. 자네는 미식가라고 들었지만 봉오리들의 환대는 어떻던가."

"열렬 환영, 아주 좋소! 느끼해서 물어뜯을 보람이 있다 이거야!"

시야를 태우는 극광에 쫓기면서 알파르드는 식욕왕성하게 기를 세웠다. 그 도망갈 길을 막듯이 종횡무진의 참격으로 율리우스는『폭식』을 몰아세운다.

스바루도 지체 없이 원호로 들어가고 싶지만, 짐승 같은 움직임으로 옥상을 뛰어다니는 알파르드에게는 조준을 맞출 수 없다. 어떻게 해서든 여기서『폭식』을, 알파르드를──

"──목적을 떠올려,『여아 사역자』!"

이 자리에서, 전혀 걸맞지 않은 외침소리가 옥상 하늘을 꿰뚫었다.

"──────."

알의 충언에 따라 스바루의 본명을 숨긴 율리우스의 노란 두 눈이 쳐다보고 있다. 무지개색의 검극을 펼치는 기사, 그 의사가 말로 표현하지 않아도 뚜렷하게 알 수 있었다.

──『폭식』의 상대는 자신에게 맡겨라. 학살과 방송을 멈추라고 그는 말하고 있는 것이다.

"이봐이봐이봐이봐, 도망쳐도 되겠어? 형, 나들에게 원한이 있는 거 아니야? 은원이 있는 상대란 건 실로 풍성하고 깊은 맛의 극치야. 그것을 먹고 깨물고 씹고 핥고 빨고 삼켜서 물고 뜯어서 으스러뜨리고, 폭음! 폭식! 하게 해 주라고, 자!"

뛰어다니며 악담을 뱉는『폭식』이 스바루의 주저를 끄집어내듯 떠들었다.

실제로 그 말이 맞다. 스바루에게『폭식』타도는 1년 넘게 추구해온 비원이었다. 오늘을 꿈꾼 밤이 몇 번 있었는지 헤아릴 수 없을 정도로.

놈을 쓰러뜨리면 구원받는 소녀가 있다. 그녀와 재회할 수 있다. 그렇게 믿고 지내 왔다.

그것을 눈 뜨고서 그냥 지나칠——

"——스바루 님."

그런 스바루의 갈등을 가슴속에서 올려다보는 크루쉬의 부름이 깨트렸다.

지척에 있는 호박색 눈이 굳세고 굳센 신념과 희미한 후회로 일렁이는 게 보였다.

——『폭식』과 강한 은원이 있는 건 다름 아닌 크루쉬도 마찬가지다.

『폭식』의 손에 기억을 빼앗겨 공백의 세상을 더듬거리며 걸어온 그녀에게 눈앞의 적은 기억을 되찾을 최대의 열쇠—— 그래도 그녀는 자기보다 책무를 우선하고 있었다.

이 자리에서 원수를 쓰러뜨리기엔 시간도 실력도 크게 부족하다. 스바루와 크루쉬의 입장은 동일하며, 그렇기 때문에 그녀가 내린 결단의 존엄함을 스바루는 이해했다.

주저가 있다. 미련이 있다. 후회도, 분명히 있다. 그렇지만——

——미안, 렘. 조금만 더, 기다려 줘.

"——아아, 제길! 알았다고! 『유리』! 너, 졌다간 가만 안 둬!"

"그건 내가 할 말이군. 너야말로 『전쟁의 여신』의 대리 기사, 무사히 완수하도록!"

"이 자리는 『유리』 님에게 맡기고 가죠, 『여아 사역자』님!"

머리를 쥐어뜯고 아쉬운 마음을 남겨두고 스바루는 크루쉬의 손을 잡았다. 그리고 두 사람은 극광이 만들어낸 경계선에 기대어『폭식』의 공격 범위에서 뛰쳐나갔다.

가는 곳은 옥내로 이어지는 문——이 아니라, 옥상의 찌그러진 철책이다. 그 울타리를 단숨에 뛰어넘은 스바루는 크루쉬를 받치면서 등 뒤의 싸움을 뒤돌아보았다.

"——가 보게!"

그러나 시선을 깨달은 율리우스는 끝까지 신변을 염려하도록 해 주지도 않았다.

그 태도에 속으로 혀를 차고, 나중에 직접 불평을 토하겠다고 맹세했다. 그리고 스바루는 크루쉬의 가는 허리를 끌어안고 다시 공중으로 몸을 내던지고——

"——크루쉬 씨, 플랜B!"

"떠, 떨어지지 마세요!"

페리스에게 알려졌다간 살해당할 거라 생각하면서, 스바루는 매달리는 크루쉬를 단단히 안고 도시청사 옥상에서 단숨에 뛰어내렸다.

당연히 둘의 몸은 중력에 이끌려 거꾸로 광장에 떨어진다. ——그 낙하 도중에 울타리에 묶은 채찍의 길이가 한계에 이르러 2인분의 부하가 스바루의 어깨에 걸렸다.

"——으긱!"

뼈가 삐걱거리는 아픔을 기합으로 견디고 스바루와 크루쉬의 몸이 크게 호를 그리며 도시청사의 벽면—— 유리를 끼운 창문으로, 뻗은 두 다리를 내갈겨 깼다.

"라차──!!"

"꺄아아악!"

창유리의 파편을 쏟아내면서 스바루와 크루쉬가 목적한 방에 굴러 들어갔다.

힘차게 바닥에 손을 짚은 스바루는 두 번째 비명을 지른 크루쉬를 팔에서 풀어놓았다. 두 사람은 즉각 방을 둘러보고 그곳이 목적한 방임을 확인했다.

도시청사의 최상층, 방송용 『미티어』가 비치된 방이다.

사전의 회의에서 최상층으로 뛰어들 순서는 정해 놓았다. 몇 가지 생각한 방책 중에서 가장 과격한 방법이 됐지만, 스바루의 오른쪽 다리 외에는 문제없이 작전 성립이다.

격노할 페리스의 얼굴을 머리에 그리면서 스바루는 방 안쪽에 눈길을 줬다가 벽면에 설치된 거대한 존재감에 의식을 빼앗겼다.

그것이야말로, 이 도시에서 가장 중요성이 높은──

"──이게, 『미티어』?"

그것은 여태까지 스바루가 봐 온 것 중에서 가장 특수한 『미티어』였다.

사용자의 목소리를 확대해서 광범위에 음성을 전달하는 장치── 파이프 오르간 같은 모양의 그것은 동력원을 마석에 의지할 뿐인 『기계』처럼 보였다.

그렇게, 의도치 않게 『미티어』에 눈길을 빼앗긴 스바루를──

"──스바루 님!!"

날카롭게 부르는 소리와 등 뒤에서 격돌한 검과 발톱의 충격파가 제정신으로 되돌렸다.

몸을 굳히고 뒤돌아본 스바루 앞에서 크루쉬가 화려하게 검무를 추며 방 안쪽에 자리 잡고 있던 흑룡의 비늘에 치명타를 가했다.

그 고통에 세차게 포효한 것은 도시에서 증오스러운 흉행을 거듭한 『색욕』의 흑룡——

"——카펠라!"

외치는 스바루를 내버려 두고, 흑룡과 전쟁의 여신이 넓은 방 안에서 거세게 공방을 교환했다.

방에는 『미티어』만이 아니라 회의용 긴 탁자와 의자, 비품 선반 등이 벽면에 줄짓고 있으며, 그것들이 어마어마한 충격에 시달리며 잇따라 원형을 남기지 못하고 날아갔다.

하지만 이 공방, 우세한 것은 단숨에 몰아치며 공격을 퍼붓는 크루쉬 쪽이었다.

방 안에서 거구를 휘두르는 흑룡은 위치 선정이 안 좋다. 그것은 아마도 흑룡에게 스바루 일행이 창문으로 뛰어드는 게 예상 밖이었기 때문이리라.

흑룡은 방의 정식 입구를 감시하며 그곳에 화포를 겨누고 있었을 것이다. 그것을 경계해 기습을 시도하고자 스바루 일행은 옥상에서 뛰었다. ——그것이 플랜 B다.

"이, 야아압——!"

높은 곳의 공포에서 해방되어 크루쉬가 늠름한 목소리를 지르며 검광을 때려 박았다.

크루쉬의 백인일태도, 그 진정한 위력은 초원거리전보다 근접

전에서 발휘된다. 도망칠 곳이 없는 폐쇄 공간에서 보이지 않는 바람의 칼날은 가차 없이 흑룡을 저몄다.

"——오오오오!!"

"위험해! 슉…… 아?"

아군 우세인 싸움에 말려들 뻔했다가, 용의 절규와 함께 튀는 거무죽죽한 피를 스바루는 열심히 구르며 피했다. 그러나 그 도망극 도중, 스바루는 눈치챘다.

——피 흘리는 흑룡의 발밑에, 묶여서 몸을 비트는 소녀의 모습이 있음을.

"————."

순간, 『색욕』의 야비한 속셈, 『분노』와 같이 인질을 이용하는 악랄함에 스바루는 구역질이 일었다. 결국 대죄주교, 상대를 모략하기 위해서 선택하는 수단은 비슷한 꼴이다.

——같은 술수에 패배하고, 그 결과 에밀리아는 끌려가는 처지가 됐다.

"으, 아아아아——!"

그 사실이 마음에 불을 지펴, 스바루는 극한의 집중력을 발휘해서 카펠라의 발밑으로 미끄러져 들어갔다.

머리 위를 지나는 꼬리를 헤치며 부서진 창틀을 뛰어넘어서 과감하게 소녀 쪽으로. 떠는 몸을 주워 들고 내친김에 흑룡의 등짝에 채찍을 갈겼다. 대미지 없음. 속은 풀렸다.

하지만 그에 이어진 크루쉬의 참격은 그런 어설픈 것이 아니었다.

"카아——!!"

"주고받을 말은 없습니다! 도시에 혼란과 재앙을 초래한 악행, 그 응보를 받으십시오!"

겁먹은 시늉으로 머리를 감싸 쥔 흑룡을 크루쉬의 칼날이 정면으로 베었다.

수세로 돌면 이토록 나약한 것인가. 카펠라는 강철의 칼날에 무방비하게 공격을 받고 받았다. 날개가 찢어지고 이빨이 부러지며 긴 목의 비늘이 벗겨지는 고통에 용이 절규했다.

그 몸통을 크루쉬의 가늘고 긴 다리가 강렬하게 차올렸다. 스바루의 각력과 얼마나 다른지 그 위력에 거체가 후퇴하고 깨지지 않은 창문 쪽으로 내몰렸다.

승산이 있어서 하는 행동이 아니다. 그저 크루쉬의 검세에 밀려났을 뿐이다.

"——이걸로 끝입니다!"

"카아——!!"

끝까지 『색욕』의 목소리에 귀를 기울이지 않고, 크루쉬의 바람 칼날이 흑룡의 몸통을, 날개를, 목을 후려쳐 그 거체를 벽에 처박고 끝내는 창틀째로 붕괴시켜 밖으로 날려 버렸다.

창을 부수고 낙하하는 흑룡은 순간적으로 날개를 펼쳤지만 한쪽 날개는 밑동부터 꺾이고 다른 한쪽은 무수한 열상 때문에 제 역할을 못하고 재생도 따라잡지 못한다. ——따라서 추락은 필연이었다.

불과 몇 초 뒤, 『색욕』이 지면에 꽂히는 소리가 전달된다. 고기를 벽에 내던진 것 같은, 젖은 걸레를 바닥에 떨어뜨린 부류의 소리다.

"확인과 경계를 하겠어요. 스바루 님은 그 아이를."

"어, 엉, 알았어."

흑룡이 추락한 창틀로 걸어가 경계를 늦추지 않는 크루쉬. 그녀의 뒷모습에 듬직함을 느끼면서 스바루는 지금 소동 중에 확보한 소녀를 살피며 포박에서 풀었다.

"아, 으……."

"괜찮아. 지금의 나쁜 용은 저기 강하고 예쁜 언니가 해치워 줬어. 그다지 느긋하게 있을 수는 없지만…… 다른 사람들은, 어디 있는지 아니?"

인간과 용의 싸움에 휘말려 곤혹과 두려움의 기색이 짙은 소녀에게 스바루가 말을 걸었다. 무릎 꿇어 눈높이를 맞추고 되도록 다정하게 묻는 스바루에게 소녀가 몇 번쯤 눈을 깜빡였다.

그리고 소녀는 몇 번쯤 신음하듯 입술을 움직이더니.

"저, 저쪽 방…… 다들, 저기에."

목소리가 떨리는 소녀의 손가락이 가리킨 곳은 전투의 흔적이 생생한 방 안쪽, 다른 방으로 통하는 문이었다.

그 문에 눈길을 준 스바루는 뇌리에 떠오른 질문을 입에 담는 것을 겨우 참아 냈다. 말하지 않은 내용은 사로잡힌 사람들의 생사 확인이다.

하지만 그런 것을 소녀에게 묻는 건 너무나 가혹하고, 생각이 지나치게 부족하다. ──다만 이만한 소동이 있는데 아무 액션도 없는 것은 꺼림칙한 상상을 가속시켰다.

"───────."

아직 불안한 내색인 소녀의 머리를 쓰다듬고 나서, 스바루는 천천히 방으로 향했다.

자연히 손발이 무겁고 차가워지며 흥건한 땀을 등에 느꼈다. 이곳이 방송용 방이니까 방음 설비의 영향 때문에 소리가 전달되지 않았을 분이라고, 그렇게 믿고 싶다.

"스바루 님?"

"문제없어. 바로 확인할게. ……『색욕』은?"

"……이쪽도 문제없습니다. 왠지, 떨어진 채로 움직일 낌새가 없어서."

눈 아래의 『색욕』을 경계하는 크루쉬의 대답, 그것을 듣고 스바루는 심호흡하면서 문 앞에 섰다. 그리고 문고리로 손을 뻗었다.

이 문 안쪽에도 아직 마녀교도가 잠복해 있을 가능성이 있다. 그것을 감안하면 스바루가 이렇게 방을 검사하는 것도 최선의 선택지는 아니다.

그러나 왠지 그런 걱정은 필요 없다는 확신이 있었다. 그리고 실제로 이 생각은 틀리지 않았다. 실내에, 감시하는 마녀교도는 없었다.

──왜냐하면 그 방을 감시할 필요는 없었으므로.

"────." "────." "────." "────." "────." "────." "────."
"────." "────." "────." "────." "────." "────." "────."

"＿＿." "＿＿." "＿＿." "＿＿." "＿＿." "＿＿." "＿＿."

"＿＿." "＿＿." "＿＿." "＿＿." "＿＿." "＿＿." "＿＿."

"＿＿." "＿＿." "＿＿." "＿＿." "＿＿." "＿＿." "＿＿."

"＿＿." "＿＿." "＿＿." "＿＿." "＿＿." "＿＿." "＿＿."

"＿＿." "＿＿." "＿＿." "＿＿." "＿＿." "＿＿." "＿＿."

시선. 시선이다. 시선, 시선, 시선, 시선, 시선시선시선시선시 선시선시선시선시선시선시선시선시선시선시선시선시선시선 시선시선시선시선시선시선시선시선시선시선시선시선시선시 선시선시선시선시선시선시선시선시선시선시선시선시선시선 시선시선시선시선시선시선시선시선시선시선시선시선시선.

──말문을 잃은 스바루를, 말 없는, 무수한, 시선이, 보고 있다.

──아니, 보고 있다고 스바루가 느낀 것에 불과하다. 그것이 어떻게 세상을 관측하고 있는지 스바루는 모른다. 이해하려고 한 적도 없다.

그저 말문을 잃었다. 목소리가 나오질 않았다. 말을 잃었다 함은 바로 이런 것이다. 사고가 얼어붙고 아무것도 생각할 수 없어 졌다. 그러나 알아낸 것도 있다.

──『색욕』의 협박 방송 때 들리던, 귀에 거슬리는 배경음의 정체다.

"……게, 뭐야."

간신히, 말이 못 되는 말이 흘러나온 순간, 방 안에서 일제히 그 소리가 울었다.

그것은 스바루를 환영하고, 두려워하고, 기뻐하며, 거부하는,

수많은 감정을 띤 무수한 '날갯소리' 다.

어두컴컴한 방 안, 붉게 빛나는 대량의 복안이 굼실대며 우두커니 선 스바루를 뒤룩뒤룩 응시하고 있다. 그것은 파리였다. 틀림없는 파리였다.

──방 안을 가득 메우는, 인간 크기의, 파리가, 대량으로, 있는 것이다.

"──윽! 스바루 니…… 아."

"──크루쉬 씨?!"

끔찍스러운 광경에 사고가 표백된 스바루는 갑작스러운 비명에 등 뒤를 돌아보았다. 비명에 반응하는 파리들의 날갯소리에 귀를 침범당하면서 뒤돌아선 스바루는 목격했다.

──허물어지는 크루쉬와 그녀를 발로 밟으며 음험한 웃음을 띠는 소녀의 모습을.

소녀는 짧은 금빛 머리를 손바닥으로 매만지며 형형히 빛나는 붉은 눈으로 스바루를 응시하고 입을 열었다.

"꺄하하핫! 진짜, 왜 니들은 그렇게나 속 편한대? 이걸로 이 몸의 의표를 찌른 줄 알았나? 우습지도 않거든요! 꺄하하하핫."

낄낄 새된 목소리로 가가대소하며 피 웅덩이에 엎어진 크루쉬를 짓밟는 소녀──아니, 들은 적 있는 그 악랄한 목소리, 틀림없이.

"카펠라 님아예용──! 꺄하하하핫!"

혀를 내밀고 윙크하면서 포즈를 잡은 카펠라가 생각이 짧은 스바루를 비웃고 있었다.

등 뒤에는 거대한 파리가 들어찬 벌레통, 실내에는 쏟아진 흑룡의 피가 번지며, 그 참상을 스스로 연출하고 크루쉬 위에 발을 올린 소녀── 아니, 『색욕』의 대죄주교.

──카펠라 에메라다 루그니카가 입가의 덧니를 내비치며 비웃고 있다.

"대, 대체 뭐야, 이건……."

"니들 썩은 고기는 생각할수록 헛수고! 눈앞의 현실을 그대로 받아들이는 게 제일이잖아요. 움츠리고 떨던 미소녀, 그러나 그것은 마녀교 대죄주교였던 것입니다─!"

동요를 숨기지 못하는 스바루 앞에서 천박하게 혀를 내밀면서 카펠라가 춤춘다. 그 발밑에 쓰러져 있는 크루쉬는 눈이 허옇게 뒤집혀 위험한 징후의 경련을 일으키고 있었다.

눈에 띄는 외상은 없고 무슨 짓을 당했는지 알 수 없다. 하지만 저건 위험한 반응이다. 지금 당장 구하지 않으면 때를 놓치고 만다.

"애초에 니들은 생각할 대가리가 없으세요? 이 상황에서 왜 도시청사 꼭대기에 꼬마 고기가 있다고 생각한대? 의심도 안 하고 '아, 곤란해하는 애다. 구해야지─.' 하고 바보 티 훌훌 내고 살 수 있는 정신이 내게는 오히려 의문!"

"시……끄러워. 여러 가지로, 하고 싶은 말도 묻고 싶은 말도 많지만, 우선 그 발 치워."

"뭐어? 내 귀한 발을 뵙고 기뻐서 물을 찍찍 싸는 게 아니고요?

아니면 내 발바닥을 만끽하고 있는 암컷 고기한테 집착? 야한 몸
매 하고 있긴 하죠. 내 못 참겠디야— 이건가요. 꺄하하핫.”

"큭——! 그 사람은! 네가 발밑에 깔아도 될 사람이 아니라는
소리다!"

발꿈치로 짓이기듯이 크루쉬의 가슴을 위에서 밟아대는 카펠
라. 그 폭거와 조소에 끓는점을 넘어 스바루는 격정대로 지면을
박차고 채찍을 휘둘렀다.

"음냐?"

의뭉스런 목소리를 내며 카펠라가 스바루의 행동에 눈을 동그
랗게 떴다.

스바루가 휘두른 채찍의 조준은 카펠라가 아니라 크루쉬와 흑
룡의 전투 도중에 조각조각 뿌려진 파편의 일부다. 한 아름은 될
듯한 석재, 그것을 스바루는 채찍으로 요령 좋게 휘감아서 손목
을 틀어 카펠라의 머리를 노리고 투척했다.

"————."

상대의 공격 수단을 알 수 없는 이상, 근접전은 더없이 어리석
다. 애당초 스바루에게 대죄주교와 직접 싸울 만한 힘이라곤 없
다. 머리에 피가 올랐을 때일수록 자신의 무력함을 자각해라.

따라서 스바루가 이 자리에서 우선해야 할 것은 격파가 아니
다. 상황의 타파다.

——쓰러진 크루쉬를 회수해 이 자리를 벗어나 동료 중 누군가
와 합류한다.

내던진 파편 뭉치는 맨몸의 머리라면 찌부러뜨릴 정도의 질량

이다. 막으려 하든 피하려 하든 크루쉬를 밟은 상태로는 있을 수 없다.

그래서 발생한 빈틈을 타서 크루쉬의 신병을 되찾는━━

"맞아라!"

"그러죠━."

"윽━━?!"

기합을 외친 스바루에게 여유작작한 목소리로 카펠라가 응수했다.

직후, 단단한 것이 살과 뼈를 부수는 소리가 나고 튕겨 난 카펠라의 머리에서 피가 떨어졌다.

무방비한 옆머리에 일격을 받은 소녀의 이마가 찢어지고 선명한 금발이 새빨갛게 물들었다. 그대로 얄궂게도 예쁜 소녀의 얼굴이 보기에도 끔찍하게 터지고 찌그러졌다.

"━━으."

반쯤 뭉개진 왼쪽 눈에 응시하자 스바루의 마음이 예상 밖의 광경에 묶이고 말았다. 그것은 빈틈을 찌를 작정이었는데 빈틈을 만든, 이 도시에서 으뜸가는 우행이었다고 해도 무방하다.

"니들은 왜 이토록 사랑스러울 만큼 내 손바닥에 있대? 그런 구제할 도리 없는 어리석음이 정말 쪼아. 꺄하하핫!"

"━━억."

사고가 얼어붙은 순간에 카펠라의 조소와 검은 선풍이 스바루를 옆으로 후려쳐 날려 버렸다.

거인의 따귀를 맞은 것처럼 오른쪽 반신을 한꺼번에 얻어맞은 스바루는 바닥을 튕기며 방의 탁자를 쓰러뜨리면서 나뒹굴었다. 몸 이곳저곳을 찧어 벽에 부딪혀 멈춘 스바루는 기침하며 무슨 일이 일어났느냐고 고개를 들었다가, 보았다.

"꺄핫, 뭐래요, 그 낯짝? 내 아름다움에 목소리도 안 나오는 참이에요오?"

"……그거, 뭐야."

"음──음──? 아, 이거? 글쎄요. 우리 썩은 고기에겐 뭐로 보여요?"

아픔도 잊고 목소리가 나오지 않는 스바루에게 등을 보이고 카펠라가 작은 엉덩이를 신나게 흔들었다.

그렇게 돌출된 모양 좋은 둔부, 그곳에는 있어야 할 게 아닌 기이한 형상이 돋아 있다. 그것은 검고 굵은 도마뱀의── 아니, 용의 꼬리다. 용 꼬리가 나 있는 것이다.

그 결론을 얻고 조금 전의 일격이 그 꼬리에서 나온 것이었다고 뒤늦게 깨달았다.

"설마, 인간으로 변신하는 용……인가?"

"네, 저능한 티 다 내고 발상력 빈곤해서 들어줄 수도 없는 폭론 나왔습니다─! 이만큼 자상하게 빵부스러기 뿌려도 니들은 진짜 죄다 싸그리 걷어차고 그래!"

"──으, 어!"

스바루의 추론에 비위가 상한 카펠라가 다시 거대한 꼬리를 후려쳤다. 그것을 창졸간에 옆으로 뛰어 피하고 긴 꼬리가 바닥에 균열을 만드는 것을 비켜보다가 스바루는 숨을──.

"거기서 안심했다간 결국 망하는 거 아니냐고!"

"──업푸!"

한 박자, 띄운 스바루의 안면이 거대한 주먹에 얻어맞았다. 그 위력에 튕긴 곳에 기다리던 꼬리가 스바루를 천장으로 쳐올렸다. 온몸으로 천장에 부딪혀 속수무책으로 추락하는 스바루, 그 몸을 무수한 새의 깃털이 칼날처럼 찢어발기고 피보라가 날았다.

"익, 끄, 아아아악!"

등을 쓸어 베인 고통에 비명을 지르고 바닥을 뒹굴며, 스바루는 열심히 사고를 굴렸다. 지금, 자신을 잇달아 때리고 튕기고 찢어발긴 공격, 그것이 무엇이었는가.

스바루의 얼굴을 때린 것은 털이 무성한 짐승의 거대한 왼팔이다. 튕겨난 스바루를 쳐올린 것은 흑룡의 꼬리로, 스바루를 찢어발긴 것은 칼날 같이 예리한 새의 깃털──. 그 전부가 아픔에 허덕이는 스바루를 내려다보는, 소녀의 육체에서 파생한 것이었다.

"슬슬 답을 알아먹었을 즈음 아녜요?"

──거대한 짐승의 팔, 흑룡의 꼬리, 괴조의 날개, 어느 것이나 이형이라고밖에 할 수 없다.

그 모습을 목도하고 다른 어떠한 말이 떠오를까. 말 외에 떠오르는 것이 있다면 그것은 본래 있을 수 없는 부자연스러운 존재에 대한 생리적 혐오감뿐이다.

괴물, 이형, 괴물, 기타 등등, 그 본질은──.

"변이, 변모……."

"꺄핫."

억눌린 스바루의 답에 카펠라는 처음으로 본심부터 만족스럽게 웃었다.

"난 대죄주교, 『색욕』 담당 카펠라 에메라다 루그니카. ──이 세상의 사랑과 존경은 전부 내가 독점하기 위해 있어. 가장 사랑받아야 할 나는 누구의 어떤 변태적인 욕망에도 응답할 수 있는, 온갖 미의식을 궁극적으로 체현할 수 있단 거죠. 니 취향의 미소녀로도 쭈글쭈글 변신해 준다고요? 나, 헌신하는 여자거든요! 꺄하하하하핫!"

내키는 대로 지껄이면서, 스바루 앞에서 카펠라의 모습이 자유자재로 변화했다.

괴물이 순박한 소년이 되고, 바로 팔다리가 늘어나며 풍만한 몸을 가진 묘령의 여성으로. 그런 줄 알았더니 눈 깜빡할 새에 박복한 마을 소녀 같은 풍모로 현현하고, 다음 순간에는 천진한 얼굴에 음란한 웃음을 띤 어린 소녀가 나타난다.

"봤지? 니는 대체, 어어어어떤 내가 좋아아?"

"_____."

침묵했다. 말이 나오질 않는다. 오로지 최악인 것만을 마음이 이해했다.

가치관의 모독이다. 단순명쾌한 능력임에도 카펠라가 지닌 『색욕』의 권능은 모든 가치관을 짓밟고 유린하며 자신을 과시하는 데 특화되어 있다.

바라보니 파편의 일격을 맞은 상처일랑 없어진 것처럼 아물고 핏자국조차 남아 있지 않았다. 무시무시한 재생력은, 어쩌면 변신 능력을 통한 상처의 은닉인지도 모른다.

어쨌든 간에 흑룡과 소녀, 카펠라가 두 가지 모습을 가진 속사정은 해명됐다. 당초에는 페텔기우스처럼 타인에게 빙의하는 힘을 의심했지만——

——그렇다면 지금, 도시청사 밖에 날아간 흑룡은 도대체 뭐냐.

"한 번 불 뿜어 줬더니 그것만 경계해 버리지. 나머지는 함정스럽게 그럴싸한 위치에 도마뱀을 배치해 두면 왜 반격 안 하죠라거나, 내 미성이 전혀 안 들리는데요라거나, 그—런 의문은 어디로 가 버렸다죠?"

"……잠, 깐, 잠깐, 잠깐잠깐잠깐, 잠깐, 잠깐만."

표정 변화에서 자세하게 스바루의 속내를 읽어 낸 카펠라가 조롱하고 냉소했다.

그 모습이 긴 머리를 찰랑이는 정숙한 여성이 되고 새빨간 머리카락과 수염을 기른 신사가 되며 음색마저도 변모해서 이미 자신이 누구와 대화하는 건지도 애매해진다.

하지만 그 속내에 발생한 의문과 앞뒤를 맞추는 적절한 추측은 사라져 주질 않는다.

자유롭게 자신의 육체를 변이, 변모할 수 있는 카펠라의 『색욕』의 권능—— 그것이 만약 자신의 육체에만 그치지 않고 타인의 육체에도 영향을 미칠 수 있다면.

"그 도마뱀과 파리의 정체, 혈액 순환이 더딘 머리로도 이해가 되기 시작한 거 아녜요?"

카펠라는 입가에 손을 짚고 추악한 무대의 연출자로서 스바루에게 대답을 강요했다.

그 언행에 넘어가고 있다는 자각이 있음에도 스바루는 이를 딱딱 떨면서 대답했다.

최악의, 추악한, 되어 먹잖은 악몽, 그것은──.

"──저건 전부, 도시청사에 있던 사람들을 네가 변화시킨 모습이냐."

"네, 정답. 하지만 너무 늦어서 상품은 없음! 어리석고 못 생긴 썩은 고기는 뭐 때문에 존재하고 있는지 내 이해를 초월해서 대경실색!"

"이해, 못하겠다? ──그건 내가 할 소리다!!"

잔혹하고 악마 같은 행위를 카펠라는 일절 가책이 없는 표정으로 고백했다.

어두컴컴한 방 안, 붉게 빛나는 복안이 일제히 스바루를 보던 것은. 날아오르지도 못하는 날개를 퍼덕이며 무수한 날갯소리를 필사적으로 방송에 실은 것은.

──틀림없이, 그들은 구조를, 바라고 있었기 때문이다.

"이해 못하겠어! 머리가 이상한 거 아니냐?! 왜…… 왜, 저런 짓을 할 수 있어?! 못한다고! 사람을 파리로…… 파리로 바꿔서, 무슨 의미가?!"

"끔찍하다고?"

"모골이 송연하다! 너는……! 너는, 너희는…….."

"역겨워서 못 견디겠다고. 혐오감이 그치지 않는다고, 그렇게 말하겠다?"

"으———."

스바루의 감정은 더 이상 말이 되지 못한다.

인간을 파리로 바꾸고 그 생명을 가지고 논다. 그저 죽이는 것보다 질이 나쁘다. 최악이다. 최저다.

스바루는 요 몇 시간에 영원히 양립할 수 없는 네 명의 대죄주교와 맞닥뜨렸다.

『분노』의 시리우스는 타인의 감정을 희롱하며 이기적인 사랑을 강요하는 괴인이다.

『탐욕』의 레굴루스는 자신의 가치관을 내세우며 독선을 떠들어 대는 흉인이다.

『폭식』의 알파르드는 남의 기억과 이름을 빼앗고, 그 살아간 증거를 짓밟는 모독자다.

그리고『색욕』의 카펠라는 인간의 존엄과 가치관을 토사물로 발라 버리는 괴물이다.

이놈이고 저놈이고 구제할 도리가 없을 만큼, 저주스러울 만큼, 맛이 가 있다.

절대로 메워지지 않을 도랑, 그 결론에 스바루의 시야가 새빨개졌다. 그러나 카펠라는 그런 의문에 괴로워하는 스바루를 바라보면서.

"——그래. 끔찍하고 역겹고 혐오한다. 그거란 말이죠."

더할 나위 없을 만큼 기쁘게 미소 지은 것이다.

"————."

의미를, 모르겠다. 애당초 알아먹을 여지라곤 없었다. 이것은 외계인의 언어다.

가치관이, 존재 방식이, 너무나도 차이가 나서 무리인 것이다.

"무식하게 큰 파리가 모여 있는 걸 보고 넌 생리적으로 혐오했어. 끔찍하다고 생각했어. 그게 정답. 저런 생물은 아무도 사랑 못하죠. 부자연스럽죠."

꾸물꾸물 형상을 바꾸면서, 지글지글 음색을 바꾸면서.

"누가 봐도 알 만한 추하고 역겨운 것. 흐물흐물 썩은 고기를 보기에도 끔찍한 버러지로 바꿔 줬어. 저딴 거, 아무도 사랑 못하죠. 당연하잖아요."

괴물이, 아무것도 보지 않는 눈으로, 거무칙칙하고 끝 모를 어둠이 담긴 눈으로.

"사람은 누군가를 사랑해야만 살아갈 수 있는 생물이고, 하지만 역겨운 것은 사랑 못하는 생물이라, 그렇다면 소거법으로 사랑할 수 있는 뭔가를 사랑해야만 살아갈 수 있는 거죠."

카펠라는 마치 사랑의 방정식을 연인에게 설명하듯이 열기 어린 목소리로 떠들었다.

"————."

머리가 하얘졌다. 고개를 기울이며 금세기 최대의 발견을 고백하는 괴물을 이해할 수 없다.

지금 당장 이 자리에서 사라지고 싶다. 1초라도 같은 공기를 들이쉬기 싫다. 시야에 들어가기 싫다. 피부로 느끼기 싫다. 목소리를 듣기 싫다. 기억에 놔두기 싫다.

──왜냐면, 눈앞의 괴물은, 나츠키 스바루를 사랑하고 있다.

스바루만이 아니다. 흑룡으로 바꾼 희생자도, 파리로 바꾼 많은 사람들도, 발로 밟은 크루쉬도, 위에서 싸우는 율리우스도, 광장에서 싸우는 가필, 빌헬름, 리카드, 거한과 여자 두 검사, 도시의 모든 사람들을 모두 사랑하고 있다.

사랑하기에 사랑받으려고 노력하고 있다. 그것이 이 괴물이 사랑하는 법이다.

이것을 생리적으로 무리라고 말 안 하고 뭐라고 하랴.

"자비롭고 다정한 나는 수많은 사랑에 빠지는 여자이기도 한 거예요. 이 세상의 사랑과 존경은 독점, 하지만 사랑받기 위한 노력을 빠트리진 않는단 말이죠. 사랑받기 위해서라면, 니가 좋아하는 내가 될 거야. 네가 나를 보게 되도록 나 외의 것에서 네 흥미를 빼앗겠어. 원래 누구를 사랑했더라도 상관 안 해요. 어차피 마지막에 너도, 나를 사랑하게 될걸. 나는 그러기 위한 노력을 빼먹지 않으니까요. 나 자신의 매력을, 위로 위로 위로 위로 위로 위로 위로! 나 외의 썩은 고기의 노력을 아래로 아래로 아래로 아래로 아래로 아래로 아래로 아래로!"

"……차라리, 죽여."

"엉? 왜? 나는 박애주의라 죽이거나 야만스러운 짓은 안 하는데요. 아무리 써먹을 구석 없는 썩은 고기에게도 나를 사랑하는 한 점에서 가치가 있지……. 나는 승인 욕구가 아주 조금 강하거든요. 그러니까 한 명이라도 많이, 1초라도 길게, 한마디라도 깊게, 나를 사랑해 주길 바라. 알았죠? 나의, 그것만이 소원."

————————.

————————— ——————————— ————————————.

————————— ——————————— ———————— ————————.

"알았어."

"오, 알아 주셨어요? 그렇다면 날 찬미하는 말을 늘어놓고 사랑으로 흐물흐물 녹아서 내 취향의 고깃덩이가…….."

"죽어."

사고할 여지도 없이 스바루는 눈앞의 괴물의 죽음을 바랐다.

이것은 적이다. 그 이상의 정보, 원하지도 않는다.

채찍을 휘둘러 발치를 때렸다. 허를 찔린 괴물이 순간적으로 뒷걸음질 치고 크루쉬의 몸이 간신히 추레한 괴물에게서 해방됐다. 거기에 파고들어 그녀를 안아 들었다.

이미 오늘, 몇 번째가 되는가. 가벼운 몸을 안은 채로 단숨에 뒤로 뛰었다.

그 광경을 보고 카펠라의 눈을 강하디 강한 증오가 뒤덮었다.

"거봐, 결국 그런 식으로 수컷 고기는 암컷 고기를 원해서 침 질질 흘려대잖아요. 부정하지 말죠. 번드르르한 말 늘어놓지 말죠. 예쁘게 생긴 걸 좋아하잖아. 귀엽게 생긴 걸 좋아하잖아. 부드럽고 기분 좋은 걸 좋아하잖아. 고상한 척하지 말란 말이야!!"

"으, 엇?!"

카펠라가 뛰어 물러난 스바루를 노려보고 침을 튀기면서 두 팔을 뻗었다.

팔 하나가 뱀 머리로, 다른 팔이 사자 머리로 변모—— 괴물의 목을 뻗어서 스바루를 쫓아가며 그 이빨을 박고자 황폐해진 방을 기어 다닌다.

──오른쪽 다리, 재출혈. 통증은 없다. 끊어져도 상관없다. 품속에 있는 온기를 지키는 데 온 마음을 기울이며 스바루는 카펠라의 추격을 모든 운동력을 투입해 회피했다.

"짝지은 암컷 고기가 그렇게나 소중한 건가요! 그렇담 열심히 소중히 껴안고 붙든 채로 손 떼지 말라고! 남자를 꾀는 몸이! 동정을 유도하는 눈매가! 베갯머리에서 말하는 입술이! 기분 좋은 고기가 고기가 고기가! 너무 탐나니까 필사적인 거잖아!"

"──윽, 멋대로 지껄이지 마, 쓰레기 자식! 나랑 이 사람은 그런 게 아냐!"

"시끄럽거든! 암컷 고기에서 암컷 냄새가 나고! 수컷 고기인 네게서 수컷 냄새가 나면 똑같아! 아무 생각도 안 해 봤던 거예요? 엉큼한 생각 한 번도 한 톨도 1초도 안 했다고 맹세할 수 있으십니까요? 1초 생각했으면 그건 이미 수컷 고기랑 암컷 고기의 관계잖아. 뭐가 다른데! 뭐가 다른지 말해 보셔어!"

뱀의 이빨이, 사자의 턱이, 용의 꼬리가, 거수의 팔이, 괴조의 날개가, 방에서 미쳐 날뛰고 있다.

죽는 소리를 지르며 스바루는 그 미쳐 날뛰는 파괴 속에서 승기를 찾았다. 이탈하려 해도 출구 쪽에 선 것은 카펠라 쪽이다. 그 카펠라의 모습은 부풀고, 줄고, 남녀노소를 어지럽게 방황하며 현실의 것이라고는 생각할 수 없는 이상한 형상을 빚어내고 있었다.

"머리카락을 쓰다듬고 싶은 거 아녜요? 입술을 만지고 싶은 거 아녜요? 몸을 안고 싶은 게 아녜요? 그 추레한 즙 흘리는 사고를 니들은 사랑이라고 번드르르하게 꾸미고 있잖아요. 개소리야. 사랑이 예쁜 것이라고 착각하지 마시죠. 욕정을 니들이 멋대로 아름다운 말로 꾸미며 즐거움에 젖어 있을 뿐이잖아."

스바루를 바라보는 눈이 광기를 머금으며 빛나고 카펠라의 모습이 가장 끔찍한 변화를 이룩한다.

달빛에 반짝이는 긴 은발, 보석을 박은 남보랏빛 눈, 설원처럼 뽀얀 살결과 훤칠한 팔다리에 기복이 풍성한 몸. 세부는 다를지언정 그곳에 나타난 것은——

"대놓고 토해 낼 수 없는 욕정을! 사랑이란 말로 꾸미지 말란 말이죠. 어때. 어때, 어때. 이게 너에게 사랑받기 위한 내 노력! 이걸 보고 아직도 말할 수 있냐. 입을 놀릴 수 있느냐고요? 뻔한, 고식적인, 반론을!"

아름다운 은발의 소녀를 본뜬 괴물이, 그녀가 절대 하지 않을 표정으로 부르짖었다.

"——내가 그녀를 사랑하는 건 그녀의 심성에 끌렸기 때문이다! 그녀의 고상함에, 자상함에, 자비로운 마음에, 그릇 크기에, 하늘 아래의 미소에, 헌신적인 자세에, 불평을 호소하지 않는 강함에, 내게만 보여 주는 약함에, 단 혼자서 노력하고자 하는 갸륵함에, 마음을 안정시켜 주는 음색에, 자애에 찬 눈에, 마음을 간질이는 눈초리에, 사랑을 속삭이는 입술에, 잡은 손바닥의 온기에, 맞닿을 때마다 높이 뛰는 심장박동에, 바람에 부푸는 아름다운 머리카락에! 운명이 두 사람을 맺어 주리라 믿으니까. 그녀만이 나를 인정해 줬으니까. 괴로울 때 곁에 있어 줬으니까. 정말로 소중한 것을 가르쳐 줬으니까. 줄곧 내내 함께 있었으니까. 앞으로도 같은 것을 보고, 같은 것을 느끼며 살아가고 싶으니까. 약속했으니까. 맹세를 잊지 않아 주었으니까. 다른 사람에게 보여 줄 수 없는 자신을 알아 줬으니까. 진정한 나를 알고 있는 건 그녀뿐이니까. 그녀 앞에서라면 자신을 위장하지 않아도 되니까. 사실은 외로운 본심을 알아 줬으니까. 괴로운 추억을 잊게 해 줬으니까. 남을 좋아한다는 것이 무엇인지 가르쳐 줬으니까. 흐르는 눈물을 당신이 닦아 줬으니까. 많은 이들 중에서 나를 찾아내 줬으니까. 본 적이 없는 경치를 보여 줬으니까. 나를 알아주는 건 당신뿐이니까. 당신이 없으면 살아갈 수 없으니까. 당신과 있는 것이 내 전부니까. 당신이 가슴을 뜨겁게 해 주니까. 당신과 있으면 모든 것이 색색으로 곱게 보이니까. 그대 없이는 행복을 느낄 수 없으니까. 이젠 혼자서 살아갈 수 없으니까. 거짓투성이의 삶 중에서 이 마음만은 진짜니까."

저주처럼 말을 늘어놓는 은발 괴물의 표정이 한 마디마다 죽어 간다.

하지만 장황하디장황하게, 끝없이 반복해서 사랑의 동기를 입에 담고 고개를 든 카펠라는, 아름다움과 귀여움과 음란함, 애증이 뒤섞인 복잡기괴한 표정을 지으며 외쳤다.

"──죄다 전부, 겉만 번드르르하잖아!"

"_____."

"듣기 좋은 소리만 나불대지 말란 거야! 내면이 어떠니 성격이 어떠니, 죽이 맞는다니 궁합이라느니 주절주절 시끄럽거든요! 외견이잖아, 겉모습이잖아, 외모가 네 고기를 자극하니까 그 고기에 끌리고 있는 거잖아! 진심으로 사랑이 두 사람을 맺어 준다면, 그 반짝거리는 말로 꾸미고, 반짝거리는 눈으로 마주 보며, 반짝거리는 미래상을 얘기하던 상대가 파리가 되더라도 사랑할 수 있을지 시험해 보라고요! 사랑할 수 있어? 사랑 못하지?! 끔찍하니까 그래?! 역겨우니까 응?! 혐오감밖에 안 솟지?! 넌 똑똑히 그렇게 말했잖아!"

미쳐 날뛰는 폭언과 망언과 피해망상과 질투와 증오와 망집과 자기 보신.

침을 튀기며 고래고래 소리 지르고, 제정신을 잃은 것처럼 카펠라가 히스테릭하게 고함 질러대면서 방을 파괴한다.

구렁이의 위협도, 사자의 포효도, 카펠라의 외침도 더 이상 들리지 않는다.

소음은 폭풍이 되어 방 이곳저곳이 붕괴했다. 충격에 삼켜지며 자신이 어떻게 움직이고 있는지도 자욱한 연기에 섞여서 볼 수 없었다.

아직 땅에 발은 붙어 있는가. 끊어질락 말락 하던 다리는 무사한가. 확실한 것은 품속에 있는 여성의 맥박이 스바루의 온몸에 힘을 보내 주고 있다는 것뿐.

하지만 그 분전도, 끝난다.

"썩은 고기가, 이 몸을 봐!"

"──꺼어어!!"

연기를 뚫고 사납게 돌진해 오는 사자의 머리, 그 이빨이 스바루의 다리를 물어뜯었다.

이미 중상이던 오른쪽 다리가 사자의 이빨을 받고 넓적다리에서 끊어져 날아갔다. 페리스의 비장의 수도 효과가 지워지고, 뇌가 다리를 잃은 격통에 끓어올라 시야가 붉어졌다.

쓰러졌다. 크루쉬도 품속에서 흘러 떨어졌다. 몸부림치며 구르고 피가 넘친다. 상처를 막을 경황이 아니다. 다리가 없다. 피가, 폭포수처럼 흘러나온다.

그 전부가 나츠키 스바루가 지닌 생명의 잔량이라고, 부스러질 듯한 마음이 이해하고.

"하─아, 머리 아파. 뭔가 흥분해서 이성을 잃었어요. 창피해. 꺄핫."

위를 보고 누운 스바루의 눈이 허옇게 뒤집히고 허약하게 경련했다.

상처에 손바닥을 대고는 있지만 출혈을 막는 역할은 못하고 있다. 그래도 피의 기세는 서서히 약해지고 있다. 몸 안의 피가 전부 나오기 때문이다.

이제 곧 끝난다. 잘 아는 『죽음』의 감각이 지척까지 다가왔다.

"어머머, 왠지 죽을 것 같잖아요. 썩은 고기가 몸부림치는 모습을 보는 건 남의 마음의 고통을 지나치게 알아 버리는 내게는 괴롭기 그지없는 광경인 법이죠."

"아, 아, 아─."

"암컷 고기 쪽도 아마 죽어 버리려나요—. 이쪽은 진짜로 안타깝네요. 내 취향의 몸이었으니 더 여러모로 시험해 보고 싶었는데. ——아, 맞다."

아무것도 안 보인다. 모르겠다. 뭔가, 숨결이, 가까이 있다.

스바루 옆에 미소 짓는 괴물이 쭈그려 앉더니 다리 상처에 손을 슬쩍 드리웠다.

"니가 얼마나 꼴사나운 고기가 될지 내가 시험해 주겠다고요."

그렇게 말하고 카펠라는 드리운 자신의 손목을 반대쪽 손으로 찢어 출혈시켰다.

흐르는 거무칙칙한 피가 힘차게 떨어지고 오른쪽 다리의 상처에 닿아 피와 피가 뒤섞인다. 스바루의 붉은 피와 카펠라의 검은 피가 섞이고 한데 녹으며 배덕한 냄새를 풍긴다.

——그, 직후였다.

"——흡?! 오, 아아아오오아오?!"

"꺄하핫! 괴로워? 저기저기, 괴로워? 내 피는 흔해 빠진 피와는 고귀함이 너무 다르죠? 여하튼 용의 피가 섞여 있으니 말이죠. 피의 저주에 지면 장난 아니게 돼. 거기 암컷 고기랑 너, 어느 쪽이 버틸까요?"

즐겁게 목을 그렁거리는 카펠라지만 스바루는 아무런 대답도 할 수 없다.

죽음을 지척에 둔 상태로 아픔마저 애매해졌을 차에 난데없는 충격이다. 끼얹힌 검은 피는 스바루의 상처 위에서 굼실대며 천천히 체내로 침식한다.

자신이, 자신이 아닌 것으로 덧칠된다. 그것은 아픔과도, 괴로움과도 다른, 별차원의 공포── 그렇다. 공포라고밖에 말할 도리가 없다. 무섭다. 무섭다. 두렵다.

이해할 수 없다. 그저 죽는 것도 용납되지 않는다.

크루쉬와 어느 쪽이 버티겠느냐고 괴물은 말했다. 그렇다면 그녀도 같은 수준의 괴로움을 맛보고 있단 말인가. 스바루가 약한 나머지. 아무것도 못한, 바람에.

크루쉬도, 베아트리스도, 렘도, 에밀리아도, 다들, 다들, 다들
──.

"에, 이, 이, 아──."

"꺄하하핫! 자아, 자자자, 또 하나, 이 몸의 사랑을 거부한 추하고 가엾은 고깃덩이의 탄생인가요. 자, 나는 슬슬……."

몸부림치는 스바루를 사랑스럽게 바라보며 카펠라는 천천히 그 자리에서 일어섰다.

그 모습이 또다시 금발에 붉은 눈의 소녀로 바뀌고── 불현듯 카펠라는 뒤돌아보았다.

그곳에는 깨진 벽과 창유리가 있고, 선선한 바람이 불어오고 있어서──.

"어머머, 제법 하잖아요."

"카아────!!"

추락한 계단 아래에서 기어 올라와 원수를 발견한 흑룡이 함성을 지르고, 그 벌어진 구강에서 흑염이 카펠라를 노리고 방출됐다.

──그때, 도시청사 최상층은 칠흑의 불길에 휩싸였다.

7

──이름이 불린 느낌이 들어 에밀리아의 의식은 현실로 회귀한다.

선잠 속을 부상하자 처음에 느낀 것은 몸을 감싼 매끄러운 감촉이다. 따뜻하고 부드러운 모피를 가진 동물에 안겨 있는 듯한, 그런 기분 좋은 감촉.

전에는 이런 감촉을 지척에서 즐기는 것도 일과였다고, 멍하니 기억이 쑤신다.

"──아."

그리움에 눈꼬리에 눈물이 스윽 배었다.

그 눈물방울을 손등으로 훔치며 온기에 대한 미련을 떼어놓고 각성을 선택했다. 긴 속눈썹이 테를 두른 눈이 느릿느릿 뜨이고 크고 동그란 남보랏빛 눈이 세상을 인식했다.

높은 천장과 벽에 낯선 장식이 꾸며진 방이었다. 본 적이 없는 장소. 자신의 몸은 침대 위에서 고급스러운 홑이불을 말고 있다.

"여기, 어디야……?"

에밀리아는 자다 깬 머리를 흔들면서 어물어물 상반신을 일으켰다.

희미한 나른함이 있지만 몸에 통증이나 이상은 느껴지지 않는다. 이 경험이 있는 나른함은 아직 길이 들지 않은 게이트를 혹사해 마법을 과용한 것의 반동이다.

거기까지 생각한 참에, 에밀리아는 본인에게 무슨 일이 있었는지를 떠올렸다.

"맞……아. 나, 광장에서 붕대 감은, 여자랑 싸워서……."

눈꺼풀 뒤를 스친 것은 전신에 붕대를 감은 괴인──『분노』의 대죄주교를 자칭한 인물이 에밀리아에게 오싹할 정도의 증오와 무시무시한 전투력을 겨누던 기억이었다.

한때 전투는 에밀리아의 우세였지만, 그 형세는 뒤집혀 어마어마한 불길에 습격당하고──

"나, 그대로 기절해 버렸구나. 하지만 멀쩡히 살아 있어."

열세 후에 백척간두의 위기에 빠졌던 건 틀림없다. 그래도 자신이 살아남은 것은 그 상황에서 누군가에게 구원받았기 때문.
──당연히 스바루의 얼굴이 처음으로 눈에 떠올랐다.

누군가가 자신을 도와준다면, 첫째가는 후보는 역시 스바루일 것이다. 에밀리아 본인부터 누군가의 도움을 받는다면, 그건 스바루였으면 좋겠다고 마음속 깊이 생각하고 있다.

스바루에게 그만큼 폼을 잡았다가 지다니, 한심해서 가슴이 먹먹해지지만.

"으응, 침울해하고 있을 순 없지. 안 그래도 출발이 늦은 내게 발길을 멈추고 반성할 여유라곤 없으니까. 반성은 걸으면서 할래."

하얀 뺨에 손을 대고서 에밀리아는 가라앉으려던 마음을 회복해 침대에서 내려왔다.

이 침대에 홑이불, 누군가가 간호해 주던 것임이 틀림없다. 그 사람에게 인사하고, 그 뒤에 무슨 일이 있었는지 스바루 일행에게 확인해야만——

"응, 어라? 나, 알몸?"

날렵하게 걸으려던 순간에, 유난히 무방비한 자신의 몸을 에밀리아가 깨달았다. 미의 여신 같은 아름다운 나신을 드러낸 에밀리아는 갸웃하고 홑이불을 맨살에 둘렀다.

방 안을 둘러보지만 걸칠 만한 것은 달리 없다.

"으음, 어쩌지. 이런 모습으로 나다니는 건 상스러울 것 같은데……"

부끄러움, 그것은 부모 대신인 팩에게 입에 신물 나게 교육받은 단어다. 팩이 부재중인 현재도 강사를 안네로제로 대신해서 공부가 지속되고 있다.

그 가르침에 따르면, 거의 알몸이나 마찬가지인 지금의 자신은 명백하게 낙제지만.

"하지만 지금은 모두가 걱정되고 비상사태니까 눈감아 주겠지."

대죄주교와의 결판, 그것을 한시라도 빨리 확인해야만 한다. 그런 사정을 대의명분 삼아 에밀리아는 홑이불 한 장인 모습으로 방을 나섰다.

복도로 나서자 역시 그곳은 본 적이 없는 건물 안이었다. 다만 앞선 방의 실내 장식에서 상상하던 인상과 다르게 복도와 건물 전체에는 무기질적이고 차가운 분위기가 맴돌았다.

아마도 침대가 있던 방 쪽이 이질적인 것이리라.

그렇게 생각하자 건물과 방의 뒤죽박죽인 분위기에도 수긍이

갔다. 이 건물은 사람을 살게 하는 게 목적이 아니고, 일하게 하는 게 목적인 곳이다.

그 증거로 귀를 곤두세우면 희미한 물소리와 모종의 기계 작동음이──

"──아아, 깨어났나 보구나. 정말 다행이야. 네가 무사해서 진심으로 안심했지 뭐야."

느닷없이 날아온 목소리에 에밀리아는 살짝 놀라면서 뒤돌아보았다.

그러자 복도의 막다른 곳에 한 청년이 서 있는 게 보였다. 에밀리아를 쳐다보며 미소 짓고 있는 것은 백발에 하얀 수단을 걸친 인물이었다.

청년은 스스럼없는 웃음을 띤 채로 자연스러운 발걸음으로 다가왔다.

"하지만 일어나자마자 돌아다니는 건 탐탁지 않은데. 여러 가지로 몸에 무리를 시킨 직후인걸. 무슨 일이 있으면 향후에 지장이 있잖아. 그 부분에 관해, 야무지게 자기 자신을 소중히 해 줬으면 한단 말이지. 그 왜, 이제 너 혼자만의 몸이 아니니까."

"어어, 저, 당신은?"

쏜살같이 말을 퍼붓는 청년, 그 기세에 에밀리아는 눈이 동그래졌다.

낯선 상대일 테지만 한 걸음에 펄쩍 거리를 좁혀 오는 모습은 스바루와 비슷한 것을 느꼈다. 단, 스바루와 결정적으로 다른 것은 말에 배인 온기의 유무다.

상대를 배려하는 정신, 그것은 스바루의 겁 많은 미덕이지만, 눈앞의 청년에게는 그것이 일절 없다. 자신의 언동에 관해서 타인에게 아부할 이유일랑 하나도 없다고 말하듯이.

──단 한 번뿐인 대화로 에밀리아는 청년에게 그런 기묘한 인상을 느끼고 있었다.

단지 청년 쪽은 에밀리아의 속마음을 아랑곳하지 않고, 그 물음에만 너그럽게 끄덕였다.

"아아, 그렇지. 미안, 미안. 나는 네 잠자는 얼굴을 응시하고 있었을 정도지만 너는 나를 처음 봤지. 아니, 엄밀히는 이게 처음은 아니지만 그 말을 꺼내기 시작하면 한이 없어. 나랑 네 관계는 미래에 축복받았다고는 해도 최초를 소홀히 해도 되는 게 아냐. 순순히 사과할게. 자, 나는 그럴 수 있는 사람이니까."

"어, 어어……."

술술 유창하게 떠드는 청년에게 에밀리아의 대꾸는 무겁다.

그것은 강고한 그의 태도에 기가 죽었기 때문이기도 하지만, 그 이상으로 중대한 위화감이 에밀리아를 좀먹고 있었기 때문이기도 하다. 그것은 의식 저편에서의 호소다.

──이 청년을, 자신은 어디서, 어디선가 본 느낌이 든다고.

"좋은 장면의 배경이 심심한 복도인 게 아쉬운걸. 하지만 그것도 언젠가 추억을 돌이켰을 적에 특별한 한순간이었다고 여겨질 거야. 하루하루의 자그마한 행복, 그것만으로도 사람은 충분히 만족할 수 있지. 너와 함께라면 특히 그럴 거야. 너도 그렇게 생각하지 않아? 에밀리아."

"나, 당신에게 이름을 댄 기억이 없는데…… 그래서, 당신은?"

"이크, 미안해. 마음이 앞서면 그만 주위를 보지 못하게 되는 게 내 나쁜 버릇이더라. 이것만은 감수성이 풍부한 내 성격이 밉게 여겨질 때도 있어. 이번은 네가 너무나 나를 푹 빠지게 하기 때문일지도 모르지만. 아아, 이름 말이지."

실로 에두르고 에두른 표현을 거듭해서, 청년의 발언은 간신히 본론에 이르렀다.

그 자신에게 느낀 불안과 그 존재에 느끼는 기묘한 위화감──그 양방에 태워지면서 에밀리아는 청년의 거동에서 눈을 떼지 못했다.

그의 일거수일투족이, 에밀리아의 생사에 직결한다고, 직감이 이해하고 있었다.

그런 에밀리아 앞에서 청년은 두 팔을 벌리고 정중히 인사했다.

"내 이름은 레굴루스 코르니아스. 어느 집단의, 일단, 책임자 중 한 명이야. 하지만 그런 건 네게는 중요하지 않아. 네게, 나를 아는 데 있어 중요한 사항은 하나뿐. 나는 네 소중한 서방님이고, 너는 내 사랑하는 일흔아홉 번째 아내라는 점이야."

"……뭐?"

이름을 밝힌 청년── 레굴루스가 도취된 표정으로 선언한 말. 그 의미를 모르겠다.

에밀리아는 당황하며 고운 눈썹을 찡그렸다. 그러나 레굴루스는 그런 무의식적 거부반응에 눈길도 주지 않고 얇은 천 하나를 몸에 두른 에밀리아를 바라보더니.

"그 복장은 눈에 해로운걸. 바로 갈아입을 옷을 가져오게 할게. 안심해도 돼. 갈아입히는 건 너랑 같은, 내 아내들이야. 신부 의상을 입히는 것도 도가 텄어."

"신부 의상? 무슨 소리야? 아니지. 그보다 당신 색시라니……."

"맞다, 중요한 걸 깜빡했네! 나란 사람이, 위험한 순간이었지 뭐야."

말 그대로, 듣는 척도 하지 않는 레굴루스가 에밀리아의 어깨를 잡았다. 그 손끝에 담긴 힘에 에밀리아가 얼굴을 찌푸리지만 청년은 그에 일절 관심이 없다.

그저 서로의 이마와 이마를 맞닿기 직전까지 접근해서 남보랏빛 눈을 들여다본다.

"중요한, 중요한 질문을 잊고 있었어. 혼인 의식은 그다음이지. 에밀리아, 중요한 거니까 신중하게 대답해 줬으면 해. 우리의 미래에, 중요한 사항이야."

"_____."

기이하기까지 한 압력에 에밀리아는 숨을 삼키며 침묵을 지켰다.

에밀리아의 침묵을 승낙이라고 받아들였는지 레굴루스는 미소 지었다.

미소 짓고, 말했다.

"──에밀리아, 넌 처녀야? 그것만은, 정말 중요한 문제니까."

(계속)

# 후기


——레굴루스의 역겨움, 모두에게 전해져라!


여어, 나가츠키 탓페이입니다! 네즈미이로네코입니다! 후기 양식에 관해 이젠 언급 안 해!

그런 이유로 본편 17권에 함께해 주셔서 감사합니다! 이미 읽어 주셨다는 전제로, 본편 내용을 서슴없이 꺼내겠으니 조심하세요!

자, 이번 이야기로 5장의 테마! 왕선 후보자도 대죄주교도 한곳에 모두 모여 대난투 올스타 배틀! 같은 장이라는 것을 눈치채셨을까 합니다! 그런 것에 비해선 주인공들이 일방적으로 궁지에 몰리고 있지만, 준비 만반과 준비 부족이 부딪치면 이 또한 당연한 법.

어쨌든 상황이 사면초가라도 거기서 기어코 만회하는 것이 이 작품의 주인공이 싸우는 방식이니, 다음 권부터 일어나는 싸움을 꼭 놓치지 마시길!

여전히 황망한 차라 여러모로 뭐하지만, 이번 권이 나온 직후에는 리제로의 극장판 공개가 있기도 하고, 『검귀연가』 시리즈의 만화판이 시작되기도 하고, 여기다 『무직전생 ~이세계에 갔으면 최선을 다한다~』의 만화판 쪽에 '리제로'와 '무직'의 컬래버레이션 소설이 실리는 등, 좌우지간 이것저것 많이 했습니다! 스바루와 루데우스의 협연은 자못 재미가 있는 내용이니 꼭 봐 주세요! 마고 씨, 내가 선전해 놨어!

그런 이유로 선전도 한순간, 늘 하는 인사의 말로 들어가겠습니다!

담당자 I님, 이번은 유례없이 스케줄이 빡빡해져서 죄송합니다! 5장은 4장과 비교하면 편할 거라고 누가 그랬을까요. 18권도 잘 부탁&감사합니다!

일러스트의 오츠카 선생님, 마침내 거의 전원 모인 대죄주교! 카펠라는 권능상 "부정형인데요……." 같은 부분부터 스타트했는데 이 완성도, 훌륭합니다! 하지만 표지로 파리떼는 무리였죠! 그건 너무 과격! 감사합니다!

디자인의 쿠사노 선생님, 지난번과 이번에 꽤 이색 일러스트가 이어졌지만, 아마 좀 더 이어질 테니 다음에도 잘 부탁드립니다! 감사합니다!

그리고 3장 만화판이 종국으로 들어선 마츠세 선생님, 『검귀연가』시리즈 시작하신 노자키 츠바타 선생님 또한 함께 만화판 리제로도 잘 부탁드립니다!

그 밖에도 MF 문고 J 편집부 여러분, 교열 담당자님에 각 서점, 영업 담당자님 등 정말로 많은 분들께 신세를 졌습니다. 여러분,

늘 감사합니다!

그리고 이번 권이 나올 무렵에는 공개를 코앞에 두었을 극장 판! 애니메이션 제작진 여러분, 정말 정말 감사합니다! OVA를 버팀목 삼아 17권을 극복했습니다!

끝으로, 늘 응원해 주시는 독자 여러분께 천하불멸의 감사를!

2018년 8월

《노트북의 스페이스 키 고장에 괴로워하면서》

미미

Mimi

"아— 그래서 말이다. 이 어르신네가 다음 권 예고를 한단 말인데."

"오— 다음 권 예고! 미미 알아! 아가씨 했던 그거! 미미도 할래, 미미도!"

"칵— 야, 시끄러워! 그러니까 그걸 이 어르신이랑 니가 한다고 그러잖아. 무슨 『귀 막은 광견』이냐. 얘기 정도는 들어!"

"오— 알겠습니다! 그래서—? 공지는 뭐가 있는데—?"

"우선은 다음 18권이 12월에 발매할 예정이라더군. 솔직히 모두가 호되게 당했잖아. 후딱 갚아 줘야 직성에 맞지."

"이해 가! 엄청 이해 가—! 그리고 또또, 10월 6일부터 오브이에이? 라는 게 극장에서 공개된다던데!"

"극장판 OVA 공개 말이군. 아직 이 어르신이 없을 적의 저택 얘기라는데. 대빵 큰 화면으로 대장이나 람을 볼 수 있다네. ……젠장, 왜 이 어르신이 없는 거야!"

"가프, 반성은 나중에! 공지가 훨씬 중요해!"

"니한테 한 소리 들으니 마뜩잖지만, 알았다. 이 타이밍이라면 시부야 마루이란 곳에서 에밀리아 님의 생일 이벤트랑 OVA 공개의 행사를 한다 그랬을걸."

"왠지 케이크라든지! 이것저것 많이 있을 것 같아! 미미도! 미미도 먹고 싶어!"

Re: Life in a different world
from zero

가필

Garfiel

"그거하고, 『검귀연가』 시리즈가 9월 27일 발매하는 월간 코믹 얼라이브에서 시작한다더라. 『검 귀』와 『검성』의 이야기야. 이 어르신도 무지 관심이 간다."

"오―? 하지만 『검귀』 할아버지, 여관에 본인 있었잖아―?"

"바, 바보야! 진짜랑 얼굴을 맞대고 그런 얘기를 어떻게 해? 준비 제대로 하고 나서나……."

"하앙― 가프, 겁났어?"

"아앙?"

"가프, 겁났나―. 하긴 그럴 만하지 그럴 만해. 미미, 딱히 실망은 안 했당께로, 하나도 걱정할 끼 없다이끄아―!"

"누가 겁먹었단 거야?! 겁 안 먹었어! 오냐, 좋아! 그 증거로 지금 당장 직접 『검귀』한테 들이받고 와 주마!"

"굉장해―! 가프 무지 기운차서 굉장해―!"

"암, 당연하지! 누가 뭐래도 이 어르신은 고저스 타이거!"

"그리고 고저스 미미로다―!"

※일본어판 발매 당시 내용입니다.

# Re:제로부터 시작하는 이세계 생활 17

2019년 03월 25일 제1판 인쇄
2024년 12월 30일 제3쇄 발행

**지음** 나가츠키 탓페이
**일러스트** 오츠카 신이치로

**옮김** 정홍식

**제작 · 편집** 노블엔진 편집부

**발행** 데이즈엔터(주)
**등록번호** 제 2023-000035호
**주소** 07551 서울특별시 강서구 양천로 570 NH서울타워 19층
**대표전화** 02-2013-5665

ISBN 979-11-319-9772-7
ISBN 979-11-319-0097-0 (세트)

Re : ZERO KARA HAJIMERU ISEKAI SEIKATSU volume 17
©Tappei Nagatsuki 2018
First published in Japan in 2018 by KADOKAWA CORPORATION, Tokyo.
Korean translation rights arranged with KADOKAWA CORPORATION, Tokyo.

이 책의 한국어판 저작권은 데이즈엔터(주)에 있습니다.
저작권법으로 한국 내에서 보호를 받는 저작물이므로 무단 전재와 무단 복제를 금합니다.

구매 시 파손된 도서는 구매처에서 교환하실 수 있습니다.
기타 불편사항, 문의사항이 있으신 독자님께서는 노블엔진 홈페이지 [ http://novelengine.com ] 에서
Q&A 게시판을 이용해 주시기 바랍니다.